Christian Amling * Bergerz, Die Rache der Ariadne

AF543878

PLATON

Christian Amling

BergErz

Die Rache der Ariadne

Kriminalroman

mit Zeichnungen
von Jochen Müller

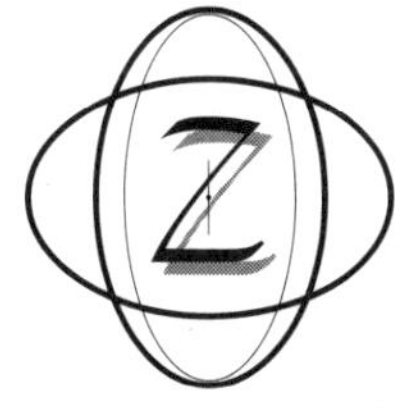

dr. ziethen verlag
Oschersleben

Die Deutsche Bibliothek - CIP-Einheitsaufnahme

Amling, Christian : Bergerz. Die Rache der Ariadne .
Christian Amling – Oschersleben : Ziethen, 2010
ISBN 978-3-86289-005-7

Diese Ausgabe einschließlich aller ihrer Teile ist urheberrechtlich geschützt. Jede Verwertung außerhalb der engen Grenzen des Urheberrechtsgesetzes ist ohne Zustimmung des dr. ziethen verlages unzulässig und strafbar. Das gilt insbesondere für Vervielfältigungen, Übersetzungen, Mikroverfilmungen und die Einspeicherung und Verarbeitung in elektronischen Systemen.

Alle im Buch vorkommenden Ähnlichkeiten mit lebenden Personen sind zufällig und nicht beabsichtigt. Die Namen aller Personen sind erfunden.

© dr. ziethen verlag
Friedrichstraße 15a, 39387 Oschersleben
Telefon 03949 4396, Fax 03949 500 100
www.dr-ziethen-verlag.de
email: info@dr-ziethen-verlag.de
2010

Satz & Layout dr. ziethen verlag
Umschlaggestaltung: Karen Teßmer
Autorenfoto auf dem Umschlag: Magdalena Dreysse
Satz mit QuarkXPress auf Macintosh
Schrift: GillSans, Frutiger
Druck: Druckerei Gemi
ISBN: 978-3-86289-005-7

So etwas hatte Lara noch nie im Leben gesehen. Gebannt hing ihr Blick an der kleinen Figur. Es war eine Frau. Sie stand in einem leichten Ausfallschritt, ihr Oberkörper war eine Nuance nach hinten gebeugt. Den linken Arm stemmte sie grazil in die Hüfte, während der rechte wie zu einer vagen Geste nach vorn ausgestreckt wurde. Auch den Kopf neigte sie leicht zurück, als schaue sie in eine unzugängliche Ferne. Die Haare bildeten eine kunstvolle Tracht, halb aufgesteckt und halb bis über die Schultern herabflutend. Der Oberkörper der Frau war nackt. Von der Taille an trug sie einen Rock, der trotz seiner Metallstruktur in feinsten Konturen bis zu den Waden herabfiel.

Das Unglaublichste an dieser Figur stellte die extrem filigrane Ausarbeitung aller Einzelheiten dar, auch wenn sie noch so winzig waren. Ob es nun Augen, Nase und Mund in ihrem schmalen klassischen Gesicht anging, oder die schönen Brüste, die auf den Rippenbögen eines kraftvollen Oberkörpers aufsaßen, und die Vertiefung des Bauchnabels, kurz über dem Bund des Rockes. Auch Oberarme, Hände und Füße wirkten dermaßen lebendig, dass man es bei einer Figur dieser Ausmaße nicht für möglich hielt. Lara holte eine Lupe und fand noch wesentlich subtilere Details, wie etwa die Muskelstränge von Hals und Rücken, die Flechten der langen, kräftigen Haare und die aufreizende Rundung des Hinterteils unter dem Stoff des Rocks, auf dem sie feine Filamente zu erkennen meinte. Irgendwie wirkte diese Frau wie
5
lebendig, so als begänne sie im nächsten Augenblick, sich zu bewegen und über den Tisch zu tanzen.

Aus: „Das Geheimnis der Minoischen Dame“

Der ICE München-Hamburg setzte mit einem fast unmerklichen Ruck zur Weiterfahrt an. Draußen, jenseits der Panoramascheibe, tobte der Sturm immer heftiger und schleuderte bereits größere Gegenstände durch die gerade einsetzende Dunkelheit des Abends. Die Frau schaute mit leichter Besorgnis in dieses Inferno und bemerkte deshalb nicht sofort den Fremden, der von weit oben auf sie herab schaute.

„Darf ich hier Platz nehmen?" Es war eine ziemlich tiefe Stimme mit fränkischem Akzent. Hellblaue Augen musterten sie fragend. Der Zug gewann an Geschwindigkeit.

Wanda zögerte die Antwort einen Moment hinaus. Eigentlich war sie froh gewesen, allein zu sein, das Surren des fahrenden Zuges auf sich einwirken zu lassen, ein wenig über das Leben nachzusinnen und eventuell sogar noch einmal in ihre Aufzeichnungen zu schauen. Ihre schmale Hand fingerte irritiert nach der weißen Plastiktasse auf dem Klapptisch, die sie während des Zwischenstopps in Würzburg fast geleert hatte. Würde es sich lohnen, diesen Mann bei sich Platz nehmen zu lassen? Blitzschnell scannte sie das Bild vor sich. Sie könnte immer noch sagen: „Ungern!" Dann würde er sich zu jemandem anderen setzen. Es gab noch etliche freie Plätze.

Er mochte knapp einsneunzig groß sein, um die sechzig, schien sich aber in guter Verfassung zu befinden. Das etwas fleischige Gesicht wirkte intelligent, die Augen strahlten sie verhalten an. Graue Haare bildeten eine etwas wirre Künstlerfrisur. Prägnant war der üppige, grau melierte Schnauzer. Dunkles Seidenhemd, dunkles Sakko und gut sitzende Levis.

„Bitte!", sagte Wanda leger.

Der Mann rückte ohne weitere Umstände auf die Sitzbank, nahm am Fenster Platz, mit dem Rücken zur Fahrtrichtung. Die kleine schwarze Reisetasche stellte er neben sich. Auf seinem leicht gebräunten Gesicht erschien kurzzeitig ein Lächeln wie zur nachträglichen Begrüßung, bestärkt durch ein kaum merkliches Kopfnicken. Dann drehte er sich zur Seite und schaute aus dem Fenster.

Der Zug gewann inzwischen an Geschwindigkeit. Er raste durch den Stadtrand Würzburgs, durchquerte Industriegebiete und Grüngürtel. Überall leuchteten bereits die abendlichen Laternen und Lampen. Das Fahrgeräusch des ICE übertönte das Rauschen des Sturmes. Jedoch gaben die sich biegenden und schüttelnden Bäume, flatternden Fahnen und Plakate, herumfliegenden Äste, Plastiktüten und Papierfetzen eine eindeutige Aussage. Es wurde immer schlimmer da draußen, jenseits der dünnen Glasplatte.

Im Zug hatte sich das Licht angeschaltet. Wanda sah das Spiegelbild ihres Gesichts in der Fensterscheibe. Unterbewusst überprüfte sie den Sitz der Frisur. Die schwarzen Haare waren aufgesteckt und wurden von einer breiten ägyptischen Spange zusammengehalten. Ihre Gesichtszüge wirkten heute etwas abgekämpft, fast verhärmt. Die hohe Stirn, markante Wangenknochen und eine schmale Kinnpartie deuteten auf Intelligenz und Zurückhaltung hin. Die dunklen Augen sahen im Spiegelbild groß und schwarz aus. Um den schlanken Hals trug sie einen breiten, exotischen Silberreif. Für die Bahnfahrt hatte sie eine dunkelbraune Bluse und eine Hose aus weichem, eng auf der Haut liegendem Leder ausgewählt. An den Füßen trug sie spitze Schuhe aus imitiertem Schlangenleder mit halbhohen Absätzen.

Der ICE hatte mittlerweile die offene Landschaft erreicht. Wanda ließ sich zurücksinken und schloss die Augen. Natürlich war das kein Schlaf, sondern eine Aufforderung. Es dauerte einige Zeit, bis die Blicke des Mannes über sie hinwegglitten und sich schließlich an ihrem Gesicht festbissen. Sie konnte es fühlen, trotz geschlossener Lider. Der Zug verminderte die Geschwindigkeit. Die Frau öffnete die Augen und schaute genau in die des Mannes. Auch er hatte sich nach hinten gelehnt. Tatsächlich musterte er sie verstohlen. Ein leises Lächeln, das ihn jünger werden ließ, schlich sich in sein Gesicht.

Dann sagte er: „Ich glaube, der Sturm macht dem Zug zu schaffen. Er wird immer heftiger."

Draußen regnete es jetzt, und das Wasser lief in vom Fahrtwind gepeitschten Rinnsalen waagerecht an der Scheibe entlang.

Die Frau überlegte, ob sie in das Gespräch einsteigen sollte. „Wir werden doch nicht stehenbleiben", sagte sie mit leicht spöttischem Unterton. „Ich möchte heute noch nach Hause kommen."

„Wer weiß!", setzte er die Unterhaltung fort. „Haben Sie es noch weit?" Er hatte sich jetzt ein wenig nach vorn gebeugt. Seine Augen waren hellblau und die Nase ein bisschen wulstig. Er schien kein uninteressanter Typ zu sein.

Also erwiderte Wanda: „Ziemlich weit. Ich muss noch bis Quedlinburg. Das klappt nur, wenn ich alle Anschlüsse bekomme."

Sein Gesicht nahm einen kritischen Ausdruck an. Er murmelte: „Quedlinburg. Welch ein Zufall."

„Wieso?", fragte sie und schnalzte kurz mit der Zunge, eine Angewohnheit im Gespräch mit Männern, die sie zu interessieren begannen. „Kennen Sie die Stadt?"

„Ich war bereits mehrmals dort", entgegnete er ausweichend. Die Frau fühlte, dass er eine wichtige Information verbarg. „Es ist eine interessante Stadt. Ich hatte dort schon privat und geschäftlich zu tun."

„Aha!", schnappte Wanda und lehnte sich dezent nach vorn. „Geschäftlich? Darf ich fragen, in welcher Branche Sie tätig sind?"

Der ICE beschleunigte erneut auf fast normale Reisegeschwindigkeit. Der Mann warf ihr wieder einen seiner prüfend abschätzenden Blicke zu. „Ich bin Kulturhistoriker und Gutachter. Ich fahre zu einem Auftraggeber nach Hamburg. Auch ich hoffe, dort heute noch anzukommen."

Wanda fand diese Unterhaltung ziemlich anregend. Sie war ein wissbegieriger Mensch und sprach gern mit klugen Männern. „Gutachter?", fragte sie schnell. Sie setzte ihren wissenden Blick auf und legte den Kopf etwas schief. „Was begutachtet ein Kulturhistoriker? Alte Bücher und Schriften?"

In die wasserblauen Augen des Mannes trat eine Nuance von Spott, aber auch der Hauch eines Flirts. „Das ist nicht mein Gebiet. Ich bin spezialisiert auf die Artefakte alter Kulturen aus vorchristlicher Zeit. Es handelt sich dabei sowohl um Kunstgüter, als auch um Waffen oder Gebrauchsgegenstände."

„Wie interessant!", rief Wanda mit ihrer etwas kindlich hohen Stimme. Die ohnehin sehr dunkelblauen Augen wurden noch dunkelblauer. Scheinbar unbewusst streckte sie für einen Moment ihre Brüste über die Tischplatte. „Und was haben Sie in Quedlinburg begutachtet? Vielleicht den Domschatz?"

„Der ist nicht vorchristlich ...“, begann ihr Gegenüber, hielt aber im Satz inne, weil der Zug gerade den Bahnhof von Fulda erreichte. Eine Lautsprecherstimme ertönte im Abteil und erklärte, dass der Sturm unter Umständen für Verzögerungen im Bahnverkehr sorgen könnte. Im Moment lag man erst wenige Minuten hinter der fahrplanmäßigen Sollzeit. Wanda und der Kulturhistoriker schauten gespannt aus dem Fenster. Auch in der Bahnhofshalle nahm man stürmische Bewegung wahr. Und das nicht zu knapp! Menschen stiegen hinaus in die feuchte Ungemütlichkeit. Andere kamen mit flatternden Haaren und verkniffenen Gesichtern in die Waggons. Das Pfeifen des Windes war deutlich zu vernehmen. Der Aufenthalt währte kurz. Langsam fuhr der Zug an. Menschen nahmen ihre Plätze ein. Ein Zugkellner fuhr mit einem schmalen Wägelchen durch den Mittelgang.

Wanda und ihr fremder Begleiter orderten je einen Kaffee schwarz. Der Mann fragte: „Wollen wir einen Cognac trinken?“

Die Frau setzte ein charmantes Lächeln auf und sagte ganz schnell: „Okay!“

Der Mann nahm die Getränke entgegen und drapierte sie mit einem genießerischen Grinsen zwischen ihnen auf der Tischplatte. Dann hob er den durchsichtigen Plastikbecher und meinte: „Auf Ihr Wohl, gnädige Frau! Wenn ich mich vorstellen darf: Jürgen Graf ist mein Name!“ Er lächelte verschmitzt und sah sie auffordernd an.

Wanda führte eine spontane Schlenkerbewegung ihres Armes durch, hielt ihm ihr Cognacbecherchen entgegen und rief: „Prost! Ich bin Wanda Uhland! Freut mich, Sie kennenzulernen, Herr Graf!“

Sie tranken. Wanda musste laut auflachen.

„Uhland?“, fragte der Mann und war ebenso vergnügt. „Genau wie der große deutsche Dichter, einer meiner Lieblings-Klassiker?“

„Genau der!“, sagte Wanda. „Er zählt zu meinen Vorfahren.“

Der ICE fuhr durch ein Waldgebiet. In diesem Augenblick setzte eine ziemlich scharfe Bremsung ein. Für einige Sekunden flackerte das Licht. Die Lautsprecherstimme entschuldigte sich und sprach von einem Defekt an der Oberleitung, der aber bereits behoben würde und der sie nicht unmittelbar beträfe. Wie wohl auch fast alle anderen Menschen im Zug, spähten die beiden Reisenden durchs Fenster hinaus in die stockfinstere Nacht. Und sahen natürlich nichts ... Nur der Sturm heulte.

Jürgen Graf und Wanda schauten sich mit gespielter Beklommenheit an und tranken noch einmal einander zu. Der Zug nahm wieder Fahrt auf. Wanda registrierte mit der ihr eigenen Routine, dass sich der Mann zunehmend für ihre Person zu interessieren begann. Sie setzte ein nuanciert diabolisches Lächeln auf und flüsterte: „Was für einen Schatz haben Sie denn nun in Quedlinburg begutachtet?"

Jürgen Graf kniff die Augen zusammen und versuchte, ebenfalls diabolisch auszusehen. „Soll ich uns noch zwei Cognacs bestellen?" Der Kellner mit dem Wägelchen nahte erneut.

„Okay!", sagte Wanda wieder. „Aber, Sie lenken ab, Herr Graf. Handelt es sich um ein Geheimnis? Ich werde es für mich behalten."

Der Historiker bezahlte die Cognac-Becher und orakelte. „Ich habe gehört, dass drei Quedlinburger ein Geheimnis nur dann bewahren können ...", er hob das Becherchen und hielt es ihr entgegen, „... wenn alle drei tot sind."

Wanda lachte hell auf. Dann meinte sie: „Ich bin keine echte Quedlinburgerin. Diese Leute langweilen mich. Ich lebe am Stadtrand und arbeite den ganzen Tag. Bei mir liegt Ihr Geheimnis verschlossen wie in einem Bleisarg ..."

Graf grinste: „So, so! Na, fangen wir mal so an: Ist Ihnen eine Person namens Irenäus Moll bekannt?"

Wanda zog die üppigen schwarzen Brauen in die Höhe: „Merkwürdiger Name. Den habe ich noch nie gehört. Der soll in Quedlinburg wohnen? Und er besitzt etwas, das Sie begutachten mussten? Richtig?"

„Nicht ganz", antwortete der Mann. „Er hat etwas in seinen Besitz gebracht, das ihm nicht gehört, und zwar ein einmaliges Stück."

„Sie machen mich aber neugierig", ereiferte sich die Frau und fuhr mit der Zunge über die Lippen. „Heißt das, dieses einmalige Stück gehört ihm gar nicht? Hat er es gestohlen? Oder gefunden? Wer ist der wahre Besitzer? Warum holt der es sich nicht einfach wieder zurück?"

„Die Geschichte ist nicht so einfach", erklärte der Kulturhistoriker. „Wem dieses Stück gehört, ist nicht eindeutig zu benennen. Es steht nur fest, dass es sehr alt und sehr wertvoll ist und dass es sich momentan im Besitz dieses Privatdetektivs befindet. Eigentlich kann er damit gar nichts anfangen. Bei mir wäre es wesentlich besser aufgehoben."

„Wie alt ist dieses Teil denn?", fragte Wanda und legte in kindlicher Weise den Kopf schief. „Und warum wollen Sie es unbedingt besitzen?"

„Es ist mindestens 4.000 Jahre alt, wahrscheinlich aber deutlich älter", erwiderte Graf nachdenklich. „Für mich ist das Artefakt von außerordentlichem wissenschaftlichem Interesse. Es ist einmalig auf der Welt ..."

„Und so etwas soll es in unserem kleinen Quedlinburg geben?", unterbrach ihn die Frau. „Unvorstellbar! Wo stammt das her? Wieso ist dieser Mann Privatdetektiv?"

Ein Ruck erschütterte den Zug. Wanda wurde ein Stück nach vorn geworfen und fing sich an der Tischplatte ab. Draußen heulte der Sturm, man sah in der Dunkelheit Äste durch die Gegend fliegen. Die Lautsprecherstimme entschuldigte sich und betonte, dass kein Anlass zur Beunruhigung bestünde. Der Zug schlich nur noch dahin, das Licht flackerte erneut.

„Das ist eine lange Geschichte", nahm der Mann den Gesprächsfaden wieder auf. „Es handelt sich dabei um ein besonders einmaliges Stück aus einem geraubten Schatz, eine kleine

Statuette von Kreta, scheinbar gehört sie der Zivilisation der Minoer an. Es gibt jedoch untrügliche Anzeichen dafür, dass ihre Herkunft noch viel älter und viel geheimnisvoller ist. Aber ich habe schon fast zuviel verraten. Endlich – der Zug wird wieder schneller."

Wandas Neugier war nun aufs Äußerste geweckt. Sie versuchte jedoch, sich das nicht anmerken zu lassen. Das Verlangen nach diesem Objekt erwachte in ihr. Sie setzte ihren Dackelblick auf und sagte bescheiden: „Ach, Jürgen, jetzt lenkst du ab, jetzt, wo es am spannendsten wird. Was bildet diese Statuette ab? Woher stammt sie in Wirklichkeit? Was macht sie so einmalig? Stammt sie von den alten Ägyptern?"

Sie lächelte hintergründig und machte dem Mann schöne Augen. Dabei wiegte sie leicht den Oberkörper hin und her, so, als winde sie sich in seinen Händen. Sie wusste, dass so etwas bei fast allen Männern zog. Und dieser Jürgen Graf war zwar nicht mehr der Jüngste, aber er schien trotzdem kein Kostverächter zu sein.

Der sprang denn auch auf ihre Masche an, wenn auch verhalten: „Wanda, du kannst einen ganz schön ausfragen. Allerdings liegst du mit deinen Ägyptern schon ziemlich nahe an der möglichen Wahrheit. Doch auch das alte Ägypten war am Anfang nur der Außenposten einer noch viel älteren Zivilisation. Und von dieser in grauer Vorzeit existierenden Hochkultur stammt dieses Artefakt. Es war einst Teil einer großen Sammlung altertümlicher Kunstwerke aus dem ägyptischen Siedlungsraum und von Kreta. Es geriet erst in der Neuzeit in eine Sammlung irgendwo auf dem Balkan, vielleicht so um das Jahr 1900 herum. Diese Sammlung wurde im Ersten Weltkrieg von zwei Angehörigen der Wehrmacht geplündert. Ja, und so ist der Zusammenhang: Der betreffende Hauptmann und sein Bursche kamen aus Quedlinburg."

Wandas Augen wurden immer größer.

„Die kleine Statuette erblickte das Tageslicht erst im vergangenen Jahr wieder. Sie unterscheidet sich von allen anderen Stücken durch ihre Signatur. Und deshalb bin ich immer noch am Überlegen, wie ich in ihren Besitz kommen kann. Schade, dass du diesen Detektiv nicht kennst, sonst könntest du vielleicht eine Vermittlerrolle spielen."

Wandas Neugier wurde beständig heftiger angefacht, aber sie wusste, dass sie vor dem Mann weiterhin die Unbedarfte spielen musste. Sie witterte außerdem eine Chance, Geld zu verdienen, eine ihrer Lieblingsbeschäftigungen. Einen kleinen Job als Vermittlerin könnte sich dieser Jürgen Graf etwas kosten lassen. Wie aber konnte sie ihn in der kurzen Zeit endgültig für sich gewinnen? Sie wusste, dass derartige Bekanntschaften in Zügen oder Kneipen meist keine wahren Spuren in den Menschen hinterließen. Bald würde der Zug Hannover erreichen. Dort würde sie aussteigen und dann – aus den Augen, aus dem Sinn.

Doch zu diesem Zeitpunkt stellte das Schicksal eine wesentliche Weiche! Die daraus resultierende Zukunft sollte für beide Reisende ungeahnte Konsequenzen bereit halten.

Alles begann mit einer weiteren Durchsage des Bordlautsprechers. Diesmal entnahmen sensiblere Menschen der anonymen Stimme eine nicht unerhebliche unterdrückte Aufregung. Der Sturm hatte inzwischen derart an Stärke zugenommen, dass sich die Deutsche Bahn AG dazu entschloss, den gesamten Zugverkehr in der Nordhälfte Deutschlands für diese Nacht einzustellen. Das Befahren der Strecken konnte nicht mehr risikofrei erfolgen. Dieser ICE würde in etwa fünfzehn Minuten in Hannover seine Fahrt beenden. Überall waren Service-Teams im Einsatz, die Reisenden, die fernab der Heimat strandeten, so reibungslos wie möglich Übernachtungen in Hotels und Pensionen vermittelten. Shuttlebusse übernahmen den Transport. Die Übernachtungskosten mussten allerdings die Gestrandeten tragen. „So ein Scheiß!", schrie Wanda, die ziemlich leicht die Contenance verlor. „Das hat mir gerade noch gefehlt. Ich habe morgen wichtige Termine."

Die Augen Jürgen Grafs richteten sich mit mildem Spott auf die Frau: „Das ist Schicksal, Gnädigste! Eine abenteuerliche Situation. Ich liebe so was. In deiner Gegenwart fühle ich mich bestens aufgehoben. Was beschließt du, dass wir tun sollten?"

Wanda sah mit einem Seitenblick in die Fensterscheibe, dass sich ihr Gesicht zu einer unschönen Grimasse verzogen hatte. Schnell setzte sie ein gemäßigtes Lächeln auf und fragte: „Wieso wir? Du musst nach Hamburg, ich nach Quedlinburg. Ich hätte deine Geschichte gern zu Ende gehört, aber nun muss ich zusehen, wie ich mich bis nach Hause durchkämpfe."

Der ICE erreichte die Vorortlandschaft von Hannover. Der Mann grinste, fast eine Idee zu frech, und erwiderte: „Also, verehrte Wanda, du glaubst doch nicht im Ernst, dass dich heute noch jemand in dein Quedlinburg bringt, außer vielleicht ein durchgeknallter Taxifahrer, der dafür ein Vermögen verlangt.

Ich für mein Teil werde eine Übernachtung annehmen. Es ist noch nicht allzu spät, und wir könnten unsere Unterhaltung fortsetzen. Die Idee einer Vermittlerin erscheint mir gar nicht so aus der Welt."

Wanda schaute jetzt etwas bockig drein. Dieser Kunsthistoriker kam ja ziemlich schnell zur Sache. Vernünftig besehen, hatte er allerdings Recht. Ein Weiterkommen war wahrscheinlich unmöglich. Die Situation war abenteuerlich, und ihr Leben bot nicht allzu viel interessante Abwechslung. Außerdem beschäftigte sie das Geheimnis dieser mysteriösen Statuette, das ihr charmanter Gegenüber noch nicht preisgegeben hatte. Vielleicht bot sich die Chance zu einem guten Nebengeschäft ohne großen Eigeneinsatz. Sie beschloss, in die Offensive zu gehen, und sagte mit einem gewinnenden Lächeln: „Du meinst, wir sollten uns eine nächtliche Bleibe suchen? Eigentlich hast du ja Recht! Ich wäre morgen vielleicht bis Mittag entbehrlich. Und unsere Unterhaltung hat mir Spaß gemacht. Also ..."

„Du würdest dich mir für heute Nacht anschließen?", fragte der Mann, und ein Hauch von Ungläubigkeit schwang in seiner Stimme mit. Doch dann wurde er schnell sachlich: „Na, prima! Dann sollten wir nicht lange mit unserem Schicksal hadern. Wir müssen unter den ersten sein, die Situation beim Schopf packen! Wir nehmen uns ein Zimmer, und dann gehen wir noch etwas schwofen. Bist du einverstanden?"

Wanda staunte über diesen Typen. Wie schnell der die Initiative ergriff und das in seinem Alter … Selbst sie hätte das nicht drauf gehabt. Aber sollte sie sich ihm überhaupt anvertrauen? Könnte er nicht gefährlich werden? Andererseits, wovor sollte sie sich schon fürchten? Wie ein Vergewaltiger oder Mörder sah Jürgen Graf nicht aus. Also sagte sie: „Okay! Wir bleiben für diese Nacht zusammen. Aber bilde dir keine Schwachheiten ein. Wir plaudern etwas über deine kleine Statuette. Danach nehmen wir eine Mütze Schlaf. Morgen müssen wir sicher frühzeitig aufstehen."

„Genau so habe ich mir das vorgestellt", lachte Jürgen Graf, und man sah ihm die Vorfreude auf eine Nacht ohne vorhersehbaren Verlauf deutlich an. Auch Wanda musste kichern, denn sie begann, sich mit dieser Situation anzufreunden. Der Zug bremste langsam die Geschwindigkeit herunter. Sie näherten sich dem Hauptbahnhof.

Wanda erhob sich von ihrem Sitz und fühlte einen schmerzhaften Stich im linken Bein. Sie biss die Zähne zusammen. Nach jenem Unfall war die Verletzung nie mehr zur Ruhe gekommen. Bei sehr starken Tiefdruckgebieten, wie sie derartige Stürme erzeugten, schmerzten die Knochen, sodass sie das Bein nicht problemlos bewegen konnte. Sie wollte unter keinen Umständen neben diesem Mann einherhinken.

Lächelnd wies sie seine Hilfe ab und nahm die Reisetasche von der Ablage. Dann gingen sie und Jürgen Graf als erste durch den Mittelgang zum Ausstieg. Es tat verdammt weh nach dem langen Sitzen, aber im fahrenden Zug konnte sie das Problem gut kaschieren. Sie wühlte in ihrer Handtasche nach einer Schmerztablette.

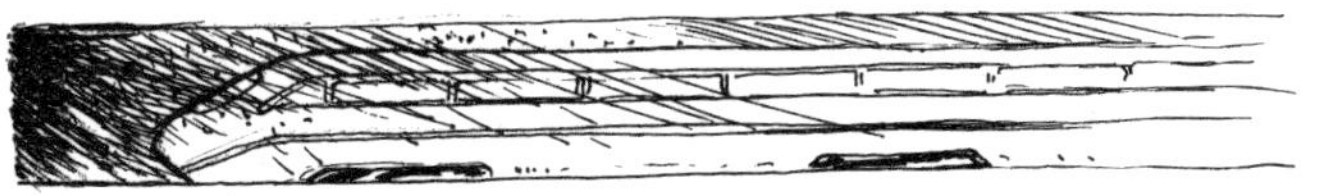

II

Stanko fluchte leise vor sich hin. Mitternacht war vorüber. Gerade hatte er sich heftig geklemmt. Die Hand schmerzte. Blut tropfte auf den Beton. Er koppelte das letzte Verbindungskabel und warf einen prüfenden Blick auf den Lastzug. Die graue Scania Sattelzugmaschine war vor einen Tieflader gespannt, einen dreiachsigen, mitlenkenden Auflieger. Auf der Ladefläche waren drei große Holzkisten verankert, Terminfracht für Polen.

Eile war angesagt, damit seine Auftraggeber nicht warten mussten. Es war ein Scheiß-Auftrag, und ihm war klar, dass er in eine illegale Handlung verwickelt wurde. Aber fünf Riesen in einer einzigen Nacht zu verdienen, das konnte man einfach nicht abschlagen. Er brauchte das Geld. Dringend.

Also biss er die Zähne zusammen und setzte sich hinters Lenkrad. In der Kabine hörte er den Sturm nicht gar so laut pfeifen. Er hatte den Wetterbericht genau studiert. Da, wo er hinfahren sollte, blies der Wind schwächer. Ein kleiner Trost. Er lenkte den Sattelzug auf die nasse, dunkle Landstraße von Quedlinburg nach Ballenstedt. Beide Orte bargen in sich die

Geschichte tausendjährigen Hochadels, aber das war ihm im Moment herzlich egal.

Vor der Ortschaft Ballenstedt bog er nach links in eine schmale Feldstraße, die vorbei an einer markanten Felsformation zum kleinen Flugplatz für Segelflugzeuge führte. Die lichte Landschaft war geprägt von schmalen Feldern, Waldstücken, Hecken, Trockenrasenflächen und Gärten – fast eine Idylle. Wenn die Stadtväter nicht auf die kluge Idee gekommen wären, hier eine nette und bequeme Umgehungsstraße zu bauen.

Im Scheinwerferlicht tauchte eine dunkel gekleidete Person auf. Sie stand in der geschotterten Baustelleneinfahrt und winkte hastig. Kopf einschließlich Gesicht waren von einer schwarzen Pudelmütze weitgehend verhüllt. Stanko wusste trotzdem, dass das Darko war, der Chef der Hehlerbande. Dieser wies Stanko an, rückwärts in die Baustelle zu haken. Das war gar nicht so einfach. Es regnete. Der Wind orgelte um die Fahrerkabine. Hier im Regenschatten des Brockenmassivs fiel zwar weniger Wasser vom Himmel als anderswo, aber es reichte, um den Boden aufzuweichen. Der Trucker fluchte leise. Die Bereifung der Zugmaschine war für die Oberflächen von Autobahnen ausgelegt, nicht für Schlammlöcher. Wenn er hier hängen blieb, konnte er sich gleich den Strick nehmen. Vorsichtig manövrierte er den Tieflader durch den angeschotterten Dreck. Dann sah er im Spot der Heckscheinwerfer das Objekt der Begierde.

Darko und zwei weitere Männer standen neben einem funkelnagelneuen Caterpillar-Schaufellader. Stanko sah an der Abgasfahne, dass dessen Motor bereits lief. Ihn fröstelte. Mit pfeifenden Luftdruckbremsen hielt der Sattelschlepper. Er sprang aus der Kabine. Seine gequetschte Hand schmerzte immer noch. Er war schlank, etwa einsneunzig groß, trug Jeans und ein dunkelblaues Sweatshirt. Die Gestalt war sportlich durchtrainiert, das Gesicht so normal wie es nur sein konnte, die aschblonden Haare nach hinten gekämmt.

Stanko hieß eigentlich Stanislaus Kowalski. Besonders den Vornamen fand er total bescheuert. Viele seiner Bekannten nannten ihn nur Stanko, schon seit der Schulzeit. Rief ihn jemand Stanislaus und grinste dabei womöglich noch, lief derjenige akute Gefahr, einen derben Hieb aufs Maul zu bekommen.

Jetzt ließ Stanko die Auffahrrampe herab und zerrte die Abspannseile aus der Halterung. Hier im Freien toste der Orkan wie ein wilder Ozean. Hoffentlich kam er heil bis zur Autobahn. Das Risiko war fast unerträglich. Am liebsten wäre er wieder eingestiegen und nach Quedlinburg zurückgefahren.

Als könne er Gedanken lesen, schrie Darko: „Das Wetter ist ideal, was? Hier ist die Kohle. Du fährst bis Görlitz und bringst die Ware rüber nach Polen. Wenn alles klappt, ist das Geld dein's, wenn nicht, holen wir es uns wieder!"

„Wird schon klappen!", schrie Stanko zurück, ohne selber direkt daran zu glauben. Er schaute auf Darko. Ein guter Kumpel war der gerade nicht, eher ein bescheuertes Arschloch, hinterhältig und skrupellos. Wie immer war er in schwarze Klamotten gekleidet. Die lockigen schwarzen Haare klebten am Fellkragen

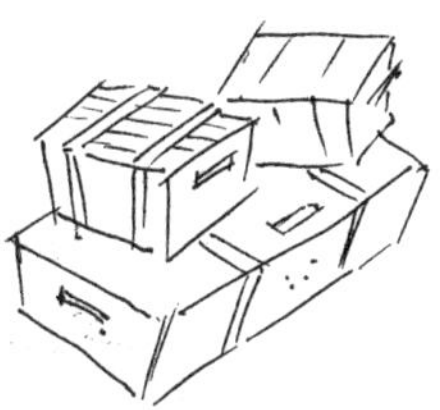

der Bomberjacke. Er dirigierte den Schaufellader auf den Sattelauflieger, direkt hinter die Frachtkisten. Dann sprang Stanko auf und verspannte eigenhändig die Halteseile. Bei diesem Wetter musste alles hundertprozentig festsitzen. Der Briefumschlag mit dem Geld drückte in seiner Hosentasche. Das brachte ein wenig Mut.

Alles dauerte etwa eine Viertelstunde. Stanko hob wortlos den Arm zum Gruß und kletterte in die Kabine. Darko reichte ihm einen Zettel mit der polnischen Handynummer. Als der Scania anruckte, war es gerade ein Uhr. Die Zwillingsreifen drehten leicht durch, aber dann hatte er es geschafft.

Um fünf Uhr rollte er über die Oderbrücke. Sonnabendmorgen. Der Zoll hatte gerade Schichtwechsel. Zwei Deutsche Schäferhunde saßen vor der Wachstation und schauten mit synchronen Kopfdrehungen dem vorbeifahrenden Tieflader hinterher. Ihre Zungen sahen aus, als hätten sie gerade Himbeereis geschleckt.

Auf der polnischen Seite lief alles wie am Schnürchen. Um sechs Uhr überquerte der Lastzug die Oderbrücke bereits wieder – diesmal mit einem leeren Tieflader.

Um elf Uhr koppelte Stanko den Auflieger in Quedlinburg ab und fuhr die Sattelzugmaschine auf ihren heimischen Stellplatz. Sein Herz bebte vor Freude und Angst. Alles war gut gegangen.

Aber konnte er sich tatsächlich in Sicherheit wiegen? Ein schales Gefühl würde noch lange zurückbleiben, das wusste er. Todmüde setzte sich Stanko in seinen blauweißen Caddy und ließ den Motor an. Er hatte nur noch einen Wunsch, er wollte bei seiner Freundin sein.

III

Die Situation im Hauptbahnhof von Hannover machte einen ziemlich chaotischen Eindruck. Ihr ICE war nicht der erste, der in dieser Nacht hier strandete. Das konnte ja heiter werden. Wandas Mut zum Abenteuer begann abzunehmen. Ziemlich desorientiert sah sie sich in der riesigen Halle um. Lautsprecherstimmen gaben ununterbrochen irgendwelche Informationen von sich. Der Sturm rüttelte an allem, was nicht niet- und nagelfest war.

„Komm schnell!", rief Jürgen Graf und eilte zwischen Menschen und Gepäckstücken in Richtung Haupteingang. So schnell konnte Wanda ihm nicht folgen. Ihre weinrote Handtasche rutschte laufend von der Schulter, und die Reisetasche zerdrückte die Finger der linken Hand. Das Bein schmerzte. Mit zusammengebissenen Zähnen hastete sie hinter dem Mann her. Ungeduldig wartete sie darauf, dass die Wirkung der Schmerztablette, die sie trocken heruntergeschluckt hatte, einsetzen würde. Alles um sie herum begann zu nerven. Sie war nahe daran, einfach ins Bahnhofsrestaurant abzudriften und diesen Typen mit seiner Statuette in den Wind zu schießen.

Im letzten Moment vor dem Abkippen ihrer Stimmung sah sie ihn am Eingang erscheinen. Er überragte die meisten anderen Menschen. Angestrengt hielt er nach ihr Ausschau. Endlich hatte er sie entdeckt und steuerte ihr entgegen.

„Ich habe ein Zimmer für uns!", sagte er triumphierend und nahm ihr die Reisetasche ab. Wandas Stimmung besserte sich ein wenig. Auch die Tablette begann zu wirken. Sie fühlte sich jetzt leichter und trabte neben Jürgen Graf hinaus auf den Bahnhofsplatz. In einem kleinen Shuttlebus saßen bereits ein paar Leute und warteten. Sie beide waren die Letzten. Das Fahrzeug setzte sich unverzüglich in Bewegung.

Als sie endlich das Zimmer in einem Hotel der gehobenen Mittelklasse bezogen, ging es bereits auf elf zu. Wanda fühlte sich nicht mehr besonders frisch. Nachdem sie die Tasche in die nächste Ecke gestellt und sich aus dem langen hellbraunen Flanellmantel geschält hatte, flüchtete sie wortlos in das kleine Bad. Im Spiegel schaute sie ein schmales Gesicht mit beginnenden Krähenfüßen unter den Augen an. Sie verzog kritisch den Mund und wusch sich mit kaltem Wasser. Anschließend schminkte sie sich dezent und meisterhaft, sodass sie alsbald einige Jahre jünger und einigermaßen strahlend aussah. Die ägyptische Spange zerrte sie mit einer ungeduldigen Bewegung vom Kopf und ordnete mit schnellen Händen die schwarzen Haare, die ihr nun bis auf die Schultern herabfielen.

Als sie wieder ins Zimmer trat, sah sie den Mann zurückgelehnt in einem Sessel sitzen. Er betrachtete sie prüfend. Wanda wusste, dass sie ihm gefiel. Sie lächelte ihm zu, ein wenig vertraut und ein wenig provokant.

„Wollen wir wirklich noch irgendwo hingehen?", fragte Jürgen Graf. „Das Hotelrestaurant sah ziemlich vereinsamt aus."

„Was wäre denn die Alternative?", fragte Wanda und ließ sich auf das Doppelbett fallen. Sie fühlte sich jetzt ziemlich müde.

In diesem Augenblick klingelte das Zimmertelefon. Sie war schneller als der Mann. Eine Frauenstimme erklärte ihr, man hätte soeben die Nachricht erhalten, dass der Bahnverkehr voraussichtlich in den Morgenstunden wieder aufgenommen würde. Der Sturm nahm an Stärke ab. Bereits um sechs Uhr könnten sie mit dem Shuttle zum Bahnhof gebracht werden.

„Okay! Danke!", erwiderte Wanda. „Gibt es noch etwas zu essen? Vielleicht können wir gleich etwas bestellen?" Dann wandte sie sich an den Mann, der sich bereits an der Minibar zu schaffen machte: „Jürgen! Ich glaube, es ist entschieden. Wir sollten besser nicht mehr schwofen gehen. Morgen geht es frühzeitig weiter. Wollen wir etwas essen? Schinkenplatte wäre noch im Angebot."

Er hatte zwei kleine Beck's Bier auf ein Tischchen gestellt und schien erleichtert: „Bestelle eine Schinkenplatte und eine Flasche Champagner. Wer weiß, wann wir mal wieder eine Nacht in einem Zimmer verbringen."

Wanda lächelte schelmisch und telefonierte. Dann zog sie die Schuhe aus und ließ sich aufs Bett fallen. Sie fragte: „Wollen wir im Bett speisen?"

Der Mann hängte das Sakko sorgfältig auf einen Bügel und antwortete: „Von mir aus sehr gern. Wenn du nicht sofort einschläfst. Ich fände es wunderbar, wenn wir uns noch unterhalten würden. Du bist eine sehr charmante Frau, Wanda! Aber das weißt du ja sicherlich."

Der Etagenkellner brachte das Gedeck. Nachdem Jürgen Graf die Tür hinter ihm geschlossen hatte, zog er das Seidenhemd aus und trug nur noch Jeans und ein blaugraues T-Shirt. Seine Haut war zwar gealtert, aber gebräunt und überzog kraftvolle Arme, wie die Frau mit dem Blick einer Kennerin registrierte. Er zog auf seiner Seite die Bettdecke zurück und stellte das Edelstahltablett zwischen sie aufs Laken. Zuerst schenkte er kaltes Beck's ein und murmelte: „Gegen den elementaren Durst!"

„Ich auch!", lachte Wanda. Sie prostete ihm zu und sah dabei tief in seine Augen. Doch der Mann erwiderte den Blick gelassen und ohne Flirt. Sie überlegte, wann sie das Gespräch wieder auf die Statuette bringen könnte. Dann beschloss sie, die Schraube um einen Gewindegang anzuziehen: „Hast du was dagegen, wenn ich diese Hose ausziehe? Sie kneift beim Liegen."

„Tu dir keinen Zwang an", entgegnete der Mann und schob sich genüsslich ein Stück Schwarzwälder Schinken in den Mund.

Wanda zog die braune Lederhose aus und warf sie achtlos auf einen Sessel. Ihre Beine waren lang und schlank und ziemlich weiß. Das schmale Becken und der nicht besonders dralle Hintern wurden von einem rostbraunen, halbdurchsichtigen Slip teilweise verhüllt. Einen Moment lang ließ sie seine Augen darauf ruhen, dann legte sie sich auf ihre Seite des Bettes und verhüllte den Unterleib mit der Decke. Gierig aß sie ein paar Häppchen. Schließlich fragte sie: „Machst du den Schampus auf?"

Jürgen Graf stellte die leere Bierflasche beiseite und kam ihrem Wunsch schweigend nach. Lächelnd tranken sie einander zu: „Auf dich, liebe Wanda, auf deinen Geist und deine Schönheit!"

Alter Charmeur, dachte sie und fühlte sich geschmeichelt. Dann meinte sie: „Danke! Auf uns beide! Leider werden wir uns ja schon in wenigen Stunden wieder trennen. Ich bin froh, so zeitig nach Hause zu kommen. Allerdings – vielleicht sehen wir uns ja wieder. Soll ich tatsächlich diesen Privatdetektiv auskundschaften? Wie war gleich sein Name?"

„Irenäus Moll", sagte der Mann und kaute an einem Salatblatt.

„Ich glaube, das muss ich mir aufschreiben", rief sie. „Aber wie soll ich den finden? Quedlinburg ist zwar nicht besonders groß, aber ..."

„Ich weiß, wo er wohnt", erwiderte er. „Kennst du das Waldgebiet mit dem merkwürdigen Namen Eselstall im Süden der Stadt? Im hinteren Teil dieses Gebietes gibt es einige versteckte Grundstücke. Direkt an der Waldkante liegt das Gehöft, in dem dieser Detektiv haust. Du sollst dich nur mit ihm bekannt machen. Das dürfte dir doch nicht übermäßig schwer fallen."

„Und was genau soll ich herauskriegen?", fragte sie kauend und warf ihm einen dunklen Blick zu.

„Bei ihm befindet sich jene kleine Statuette, die ich bereits erwähnte", erklärte der Mann. „Ich möchte sicher sein, dass sie tatsächlich in seinem Haus deponiert ist, und ich möchte wissen, wo er sie aufbewahrt. Wenn du das an mich weitergibst, werde ich mich erkenntlich zeigen."

Den letzten Satz registrierte Wanda besonders aufmerksam. „Wie sieht diese Statuette aus? Warum ist sie so wertvoll?"

Sie hatte mit dem Essen abgeschlossen und räkelte sich sinnlich. Dabei öffnete sie einen weiteren Knopf ihrer Bluse und gewährte dem Mann scheinbar arglos einen tiefen Blick auf ihren schönen Busen.

Jetzt trat in seine Augen ein leichtes Funkeln des Verlangens. Doch gleich darauf nippte er an seinem Glas und schaute wieder rational zu ihr hinüber: „Der materielle Wert der Statuette ist für mich nicht das Ausschlaggebende. Er dürfte für Liebhaber bei etlichen Tausend Euro liegen. Es handelt sich übrigens um eine sehr kunstvoll ausgeführte Frauengestalt aus Metall. Sie misst etwa fünfzehn Zentimeter in der Höhe. Das eigentliche Geheimnis dieser kleinen Minoischen Dame liegt, wie ich schon vorhin sagte, in ihrer Herkunft. Das ist allerdings nur für Spezialisten von Inter-esse. Wenn ich Recht behalte, ist diese Statuette das einzige Zeugnis einer uralten Zivilisation, auf der alle anderen menschlichen Gemeinschaften als Folgekulturen aufbauen."

„Ist das spannend!", warf Wanda ein. „Aber warte mal einen Moment! Bist du fertig mit dem Essen?" Ohne eine Antwort abzuwarten, drehte sie sich aus dem Bett. Sie ergriff das Tablett mit den Resten. Dabei gewährte sie ihm einen so tiefen Blick in ihre Bluse, dass ihre Brüste um ein Haar aus dem weit geöffneten Ausschnitt gehüpft wären. Sie trug das Geschirr zu einem Tischchen und gab dem Mann damit Gelegenheit, seine Jeans auszuziehen, um ebenfalls unter die Bettdecke zu schlüpfen. Dann kehrte sie mit gefüllten Gläsern zurück und fragte: „Was deutet auf die Zugehörigkeit zu dieser Kultur hin, Jürgen?"

„Das Material", erklärte der Gefragte. „Die Figur besteht nämlich nicht aus Bronze oder Kupfer, sondern aus Bergerz. Das Wissen um dieses geheimnisvolle Metall ging bereits im frühen Altertum verloren."

„Bergerz?!", rief Wanda mit vor Aufregung zu hoher Stimmlage. „Davon habe ich noch nie etwas gehört. Und ich beschäftige mich ständig mit Metallen."

„Du ...?", fragte Jürgen Graf ungläubig.

„Das habe ich noch gar nicht erzählt", schmunzelte die Frau. „Ich betreibe ein Entwicklungsbüro für Werkzeuge, zusammen mit zwei Partnern. Wir sind Maschinenbau-Ingenieure."

„Was?", lachte er. „Das hätte ich jetzt nicht erwartet. Aber was für Werkzeuge ...?"

„So nennt man die Formen für Pressteile", belehrte sie ihn gewichtig. „Hast du dir noch nie überlegt, woher all die Millionen Teile aus Plastik und Metall stammen, die uns umgeben? Sie werden fast alle gepresst, gezogen, gebogen in riesengroßen, von Computern gesteuerten Werkzeugmaschinen. Den Schritt vom künstlerischen Entwurf zum Beispiel eines Fernsehergehäuses durch einen Formgestalter bis zur Herstellung des dafür benötigten formgebenden Werkzeugs – den machen wir! Auch für Autoteile und alles, was du dir denken kannst. Jetzt komme ich gerade von BMW aus München."

Der Mann schaute sie überrascht und nachdenklich an.

„Das hättest du nicht gedacht?", fragte sie, fast ein wenig beleidigt. „Welches Bild hattest du dir von mir gemacht?"

„Komm her!", erwiderte er und streckte einen Arm nach ihr aus.

Wanda rückte näher an ihn heran und wollte wissen: „Wieso sollte die Figur aus diesem unbekannten Metall gefertigt sein? Was ist Bergerz? Ein unbekanntes Element oder eine Legierung?"

Jürgen Graf zog ihren Kopf in seine Armbeuge. Sie ließ es sich gefallen. Er streichelte ihre Haare: „Die Figur besitzt eine Signatur. Diese stammt von Krateros. Das ist eine fiktive Person, deren Glyphe in Linear A immer wieder auftaucht. Wir wissen nicht, ob es der Künstler verschiedener Plastiken oder das Symbol einer Manufaktur ist."

„Linear A?", fragte die Frau und schmiegte sich verhalten an ihn.

„Linear A und Linear B sind Schriften", erklärte er bereitwillig, „die man nur auf Kreta gefunden hat. Sie sind sehr alt, und die Gelehrten haben sie bis heute nicht entziffert."

Er hatte sich etwas aufgerichtet und beugte sich nun zu ihrem Gesicht herab. Sie fühlte plötzlich seine Zunge zwischen ihren Lippen und küsste einen Moment zurück. Es lag ihr jedoch weder an Liebesspiel, noch gar an Sex. Sie war begierig, so viel wie möglich über diese Figur zu erfahren. Die Informationen des Mannes wurden immer brisanter. Deshalb schob sie sanft seinen Kopf zurück und ging mit ihrem Körper einige Zentimeter auf Distanz.

„Sachte, Jürgen, ganz sachte!", flüsterte sie und schaute ihn eindringlich an. „Auch wenn ich mit dir im Bett liege und dich sehr sympathisch finde, kriegt man mich nicht einfach so in der ersten Nacht. Also reg' dich nicht auf! Sage mir lieber, warum nicht alle Figuren dieses fiktiven Krateros aus Bergerz sind! Oder habe ich da etwas falsch verstanden?"

Jürgen Graf blickte sie etwas enttäuscht an, als er jedoch ihren Körper tätscheln durfte, wurde er wieder gesprächiger: „Ja, weißt du, liebe Wanda, nur bei dieser einen Statuette ist der Signatur des Krateros eine gewisse Glyphe beigefügt. Dieses Symbol ist uns von Platon überliefert, der wiederum dieses Wissen von seinem Onkel Solon hat, der es von den Priestern der ägyptischen Stadt Heliopolis erfahren hat. Und diese Glyphe wird uns als 'Bergerz' überliefert, ein Metall, das vorzugsweise, nun ja, du wirst jetzt vielleicht lachen, in Atlantis verarbeitet wurde. So berichtet es jedenfalls der griechische Philosoph.“

Aber die Frau lachte nicht, sondern erfühlte in diesem Moment die Existenz eines außerordentlichen Geheimnisses, an dem sie teilzuhaben gerade im Begriff war. Um nicht zu sehr vorzupreschen und um die erotische Komponente des Geschehens etwas zu entspannen, drehte sie sich zurück und stieg aus dem Bett. „Ich hole uns den restlichen Schampus. Und dann müssen wir bald noch ein wenig schlafen. Bestimmt wecken die uns ganz früh.“

Sie kramte aus ihrer Tasche ein weißes Unterhemdchen und wechselte es vor den Augen des Mannes gegen die dunkelbraune Bluse, die zu ihrem stillem Bedauern schon sehr zerknittert aussah. Dann reichte sie die Schampusgläser. Sie tranken. „So, so, ein unbekanntes Metall aus Atlantis“, resümierte sie und kam ihm wieder näher. „Das ist hochinteressant. Hast du eine Vorstellung, um was es sich dabei handeln könnte?“

„Ach was!“, grinste der Mann und strich von ihrer Taille aufwärts. „Dem Platon-Bericht zufolge handelt es sich um einen Superstoff. Aber das interessiert mich nicht wirklich. Mich interessiert der kulturgeschichtliche Nachweis einer legendären Ur-Zivilisation. Deshalb möchte ich dieses Artefakt unbedingt besitzen. Wirst du es mir beschaffen, liebe Wanda?“

Die Frau schaute auf die Uhr. Es war bereits nach eins. Zum Abschluss ließ sie ihn ihre Brüste unter dem dünnen Seidenstoff massieren. Das machte er gar nicht so übel. Dabei sagte sie mit verträumter Stimme: „Ich werde diese Minoische Dame beschaffen. Darauf kannst du dich verlassen!“

Sie streckte ihm ihr Hinterteil entgegen, fühlte, wie er seinen warmen Körper dagegen schmiegte und schlief sofort ein.

Am nächsten Morgen verlief alles so, wie sie es vorhergesehen hatte. Sie wurden sehr frühzeitig geweckt, konnten kaum noch frühstücken und gerade mal ihre Telefonnummern austauschen. Auf dem Bahnhof gaben sie sich einen schnellen Kuss und eilten zu ihren Zügen, die fast gleichzeitig abfuhren.

Nachdem es sich Wanda allein in ihrem Abteil bequem gemacht hatte, fertigte sie mit konzentrierter Akribie ein Gedächtnisprotokoll aller Informationen über die geheimnisvolle Statuette an. Sie las diese Notizen wieder und wieder durch und fügte immer neue Details und eigene Gedanken ein. So war ihr

Arbeitsstil, der sie in der Vergangenheit zu einer gefragten Spezialistin werden ließ. Dieser Jürgen Graf hatte sie eindeutig unterschätzt. Aber sie wusste bereits, wie sie in dieser Angelegenheit weiter vorgehen würde.

Gegen zehn Uhr nahm sie vor dem neogotischen Bahnhofsgebäude von Quedlinburg ein Taxi und ließ sich an den Stadtrand fahren, dorthin, wo sich ihr eigenwilliges Wohnhaus befand. Sie ging durch den Garten und flüsterte den Bäumen und Blumen leise Begrüßungsformeln entgegen. Sie schleppte ihre Tasche die rustikale Holztreppe empor und war froh, endlich wieder ihre Wohnung zu betreten. Freudestrahlend kam ihr die schwarzweiße Katze entgegen gelaufen.

Im Büro ließ sie sich auf einen bequemen Drehstuhl fallen und zündete eine F6 an, nach zehn Minuten die nächste. Das tat gut! Ende des Martyriums. Dieser Nichtraucher-Wahn nervte! Sie schaute sich noch einmal die Notizen an. Ein fremdartiges Metall! Wenn das stimmte, dann musste sie, Wanda Uhland, diejenige sein, der diese Statuette gehörte. Bergerz – was war das? Nach der vierten Zigarette schaute sie in ein Lexikon. Fehlanzeige! Unter Platon stand ziemlich viel Text, aber Bergerz ... Sie benötigte diesen Platon-Bericht. Woher? Internet?

Es gab da noch eine andere Idee. Sie kramte das alte Telefonbüchlein aus der Zeit ihres Studiums an der TU Magdeburg hervor. Gerade als sie es triumphierend in Händen hielt, vernahm sie ganz in der Nähe ein Motorengeräusch. Das Fahrzeug befand sich bereits auf ihrem Grundstück. Wer störte sie ausgerechnet jetzt? Erbost lief sie zur Holztreppe. Ihr Bein schmerzte wieder ein wenig, was ihre Laune nicht gerade anhob. Missmutig spähte sie hinunter.

Nun ja! Ein Gefühlsgemisch zwischen Freude und Unmut durchzog ihre Seele. Die Tür des blauweißen Caddys öffnete sich gerade, und Stanko stieg aus. Er sah sehr bleich aus. Wo kam der denn her? Müde hob er die Hand und winkte ihr zu. Ein freudiges Lächeln schlich sich auf ihr Gesicht.

Seit einigen Jahren war Stanko ihr Freund. Er entsprach zwar nicht ihrem Stand und das ließ sie ihn gnadenlos fühlen, aber als Liebhaber war er ihr ein und alles. Allein deshalb hatte der alte Mann in der vergangenen Nacht nicht die geringste Chance gehabt. Stanko wohnte nicht bei ihr, aber er besuchte sie quasi jeden Tag. Wanda setzte ein strenges Gesicht auf und sah zu, wie er die Stufen herauf geschlichen kam. Er hatte sie seit zwanzig Stunden nicht angerufen. Irgendetwas war faul. Dann stand er vor ihr. Stanko war einen Kopf größer als sie, er war schlank und muskulös. Seine Gesichtszüge konnten am treffendsten mit dem Wort „stinknormal" beschrieben werden. Die blonden Haare waren kurz geschnitten. Zu den Bluejeans trug er einen grauen Pullover.

„Hallo, Süße!", sagte er mit leiser Stimme und deutete eine umarmende Geste an. Sie streckte routinemäßig den Kopf nach vorn und fühlte kurzzeitig seine kalten Lippen auf ihrem Mund.

„Na, Kleiner?", fragte sie mit beginnendem Unmut in der Stimme. „Was ist passiert?"

„Viel", murmelte er und drängte sich an ihr vorbei. „Ich erzähle es dir später. Bin todmüde."

Mit diesen knappen Worten bewegte er sich zielstrebig auf das Zimmer zu, in dem ihr gemeinsames Bett stand. Wanda verzog den Mund zu einem bedrohlichen Flunsch, die Fältchen in ihrem Gesicht vertieften sich unangenehm. Was bildete sich dieser Tölpel eigentlich ein?

Sie besaß einen überaus cholerischen Charakter. Ob Stankos Fehlverhalten schoss die Wut ungezügelt in ihr empor. Sie atmete dreimal tief durch, dann eilte sie ihm hinterher. Das Bett erreichte sie höchstens zwei Minuten nach ihm.

Der Mann hatte sich nicht die Mühe gemacht, die Bettdecke zu lüften. Breit lag er auf dem Bauch, voll bekleidet – und schnarchte.

Im ersten Augenblick wollte sich Wanda auf ihn stürzen, doch dann wandte sie sich ab und verließ den Raum. Schweigend wischte sie sich eine Träne aus dem Gesicht. Im Büro nahm sie erneut das alte Telefonbüchlein zur Hand und blätterte darin. Es gab da jemanden, dem sie in der Bergerzfrage sehr viel fachliches Wissen zutraute. Dessen Nummer wählte sie an.

IV

Professor Philip Westermann saß auf einem hellbraunen Ledersofa und las in der Magdeburger Ausgabe der „Volksstimme". Vor ihm auf dem niedrigen ovalen Holztischchen wurde der Kaffee kalt. Eigentlich schmeckte ihm das Gebräu auch gar nicht so richtig, Kaffee übersäuert den Magen. Der Arzt riet ihm seit Jahren, auf seine verschiedenen inneren Organe zu achten. Dabei war er gerade erst sechzig geworden und fühlte sich noch kräftig. Sein kurz geschnittenes schwarzes Haar war dicht und besaß kaum graue Strähnen. Aus seinem schmalen Gesicht leuchteten braune Augen, die auf dieser Welt noch einiges entdecken wollten.

Das Telefon klingelte. Wer mochte das an einem frühen Sonnabendnachmittag sein? Westermann war unverheiratet, ein Mann der Wissenschaft. Er bevorzugte unabhängige Beziehungen, von denen es allerdings über die Jahrzehnte hin eine beachtliche Anzahl gegeben hatte. War es eine seiner verflossenen Liebschaften, die sich allein an einem unfreundlichen Wochenende nach einer stürmischen Nacht langweilte? Der Professor erhob sich ohne Hast, strich seine dunkelbraunen Cordjeans glatt und ging die paar Schritte zum Telefon.

„Ja, hier Uhland am Apparat", sagte eine etwas kindlich klingende Frauenstimme. „Bist du es, Philip?"

Westermann zögerte einen Moment. Uhland? An den Namen konnte er sich gar nicht erinnern. Die Stimme kam ihm trotzdem sehr bekannt vor, ohne dass er sie allerdings zuordnen konnte. Deshalb erwiderte er: „Ja, ich bin's, Professor Westermann. Wer bitte ist dort?"

Er vernahm am anderen Ende ein schluckendes Geräusch, dann sagte die Stimme: „Hier ist Wanda Uhland aus Quedlinburg. Ich habe bei dir studiert. Hast du mich vergessen?"

Ein heißer Schauder durchzog den Mann. „Wanda! Natürlich habe ich dich nicht vergessen! Verzeih! Ich war gerade in Gedanken. Um was geht's denn? Wenn du mich anrufst ..."

Wanda war schon Ende zwanzig, als sie bei ihm Maschinenbau studierte. Ihr laszives Benehmen hatte ihn damals aufgereizt, und sie waren sich ziemlich nahe gekommen. Allerdings hatte die Frau versucht, ihn um den Finger zu wickeln, und dagegen besaß er eine schwere Allergie. Auf jeden Fall blieb sie wesentlich nachhaltiger in seiner Erinnerung haften als viele andere Damen.

„Wie geht es dir, Philip?“, fragte die Stimme, etwas weniger kindlich. „Ich denke oft an dich. Ich benutze sogar deine Lehrbücher! Ich habe eine eigene Firma.“

Ich, ich, ich, dachte der Professor, das war schon immer ihre Masche gewesen. Ich und das Geld. Trotzdem fand er ein gewisses Gefallen an diesem Telefonat. Gerade heraus fragte er: „Ist dein kleiner Arsch auch immer noch so knackig? Ich denke gern an unsere Zeit zurück.“

Wieder schluckte es am anderen Ende, doch dann kicherte es: „Kannst mich ja mal besuchen kommen! Weißt du, warum ich anrufe? Ich möchte von dir eine metallurgische Auskunft. Bist du so lieb, Philip, mein Kleiner?“

„Na, sag schon, Wanda!“, forderte der Professor sie auf. „Du weißt doch, dass ich dir keinen Wunsch abschlagen kann.“

„Was weißt du über Bergerz?“, fragte die Frau, und ihre Stimme wurde eindringlich. „Es soll in Quedlinburg eine uralte Figur aus diesem Metall existieren, und ich wüsste gern mehr darüber. Sagt dir der Begriff etwas?“

Die Frage war ungewöhnlich. Westermann wusste, woher dieser Begriff stammte, aber er ließ die Frau zappeln: „In Quedlinburg? Eine Figur aus Bergerz? Wie groß soll diese Figur sein? Und wie soll sie in diese Stadt gelangt sein? Da bist du doch bestimmt irgendeiner Scharlatanerie aufgesessen, meine Liebe!“

Wanda räusperte sich leicht genervt und antwortete: „Die Quelle dieser Information ist die sicherste, die in diesem Fall überhaupt verfügbar ist. Ansonsten hätte ich dich nicht angerufen! Die Figur ist klein, vielleicht eine Handspanne hoch. Und sie stammt irgendwoher aus dem Mittelmeerraum. Jemand hat sie sich angeeignet, und den will ich mir mal näher anschauen.“

„Was ist das für ein Jemand?“

„Ein Privatdetektiv!“ Ihre Stimme wurde ein bisschen ungeduldig. „Weißt du nun etwas?“

Also ging es wieder um's Geld, dachte Westermann und sagte: „Ja, ich weiß etwas. Am besten, du liest bei Platon nach.“

„Das weiß ich schon“, drängelte die Frau. „Ich will aber mehr über diesen Stoff erfahren. Wie komme ich an diesen Platon?“

Hier stieß sie wieder an ihre Grenzen, dachte der Professor. Amüsiert führte er aus: „Na, hast du etwa keinen Platon zu Hause? Dann warte, ich schaue bei mir nach. Einen Moment bitte!"

Er ging hinüber zu seiner riesengroßen, gut sortierten Bücherwand. Hier! Mit einem schon etwas älteren Bändchen in der Hand nahm er den Hörer wieder auf. „Bist du noch da? Okay! Ich habe hier Platons Timaios- und Kritias-Dialog. Das ist die wesentlichste Quelle des Atlantis-Mythos. Darin wird eine Hochkultur beschrieben, um nicht zu sagen, eine Superzivilisation.

An zwei Stellen wird der Begriff Bergerz erwähnt. Die Hauptstadt von Atlantis war eine von Kanälen umgebene dreistufige Ringanlage. Hier steht: Den ganzen Umfang der den äußeren Gürtel umgebenden Mauer versahen sie mit einem Überzuge von Kupfer, übergossen den des inneren mit Zinn, den um die Burg selber ausgeführten aber mit wie Feuer glänzendem Bergerz.

An der zweiten Stelle geht es um den Königssitz innerhalb der Burg. Im Inneren des zugehörigen Tempels war die Wölbung von Elfenbein, mit Verzierungen von Gold, Silber und Bergerz, alle übrigen, Wände, Säulen und Fußböden, bedeckten sie mit Bergerz. Und so weiter, und so weiter ...

Dir kam es ja auf den Begriff Bergerz an. Meines Wissens wird er im Altertum nur in dieser Quelle erwähnt."

„Vielen Dank, Herr Professor!", meldete sich Wanda dazwischen. „Und was sagst du als Koryphäe auf dem Gebiet der metallischen Werkstoffe dazu? Ist das alles nur Spinnerei? Oder ist etwas dran am Begriff Bergerz?"

„Keine leichte Frage", überlegte der Wissenschaftler. „Während man noch vor fünfzig Jahren die meisten Aussagen historischer Quellen in das Reich der Mythen verwies, weil sie der Kirche oder irgendeinem anderen Demagogen nicht in den Kram passten, wird heute immer mehr Geschriebenes ernst genommen. Insofern könnte auch der Terminus Bergerz das Synonym für ein uns bereits bekanntes Metall sein oder tatsächlich eine bisher unbekannte Legierung beschreiben. Um welches Metall könnte es sich aber handeln? Die Metallurgie tappt an dieser Stelle völlig im Dunkeln ..."

„Heißt das", fragte Wanda schnell, „dass die Existenz echten Bergerzes eine Sensation wäre?"

„Ja, natürlich!", erklärte Westermann arglos. „Das wäre nicht nur von hohem kulturgeschichtlichem Interesse, sondern könnte auch die metallurgische Forschung und Entwicklung revolutionieren, denn dieses Metall scheint ganz außergewöhnliche Eigenschaften zu besitzen. Es müsste uns gelingen, seine Zusammensetzung herauszubekommen."

„Und, Philip", fragte sie begierig, „was ist deine persönliche Meinung zum Bergerz? Ich meine, woraus könnte es bestehen?"

„Nun ja", dozierte der Professor angeregt, „wenn die Atlanter die Mixtur nicht selber entwickelt haben, könnte es auch eine einmalige Laune der Natur auf dem Mittelatlantischen Rücken sein. Für am wahrscheinlichsten halte ich jedoch meteorischen Ursprung. Man findet in letzter Zeit mit modernen Methoden immer neue Einschläge kleinerer und mittlerer Meteoriten in geschichtlicher Zeit. Besonders spektakulär ist zum Beispiel der kürzliche Nachweis eines heftigen Impacts am Chiemsee etwa 500 vor Christus. Dabei wurde das Gebiet über viele Quadratkilometer mit metallischen Tektiten übersät. Daraus wiederum sollen die Kelten ihre besonderen Schwerter geschmiedet haben, die im Altertum als Wunderwaffen galten.

Jetzt aber mal eine andere Frage, Wanda. Woher weiß dein Informant eigentlich, dass diese kleine Figur aus Bergerz ist?"

Er spürte, dass die Frau am anderen Ende der Leitung zögerte. Doch endlich kam es doch noch, wenn auch etwas gepresst: „Unter der Figur soll sich eine Signatur befinden, die in einer uralten Schrift verfasst wurde, die noch nicht entziffert ist. Aber, wenn ich es richtig verstanden habe, existiert eine zusätzliche Glyphe, aus der hervorgeht, dass das Teil aus Bergerz ist."

„Und wie heißt dieser Privatdetektiv?", hakte der Professor blitzschnell nach, um sie zu überrumpeln. Langsam begann ihn, dieser Fall immer mehr zu interessieren.

Wieder schluckte es kurz, dann sagte die kindliche Stimme: „Keine Ahnung! Ich muss das erst noch rauskriegen."

Philip Westermann wusste sofort, dass die Frau log.

„Die Statuette befindet sich zwar in seiner Gewalt, aber sie gehört ihm nicht", setzte sie schnell hinzu, denn sie hatte gespürt, was er dachte. „Ich muss jetzt Schluss machen, Philip. Die Arbeit ruft. Hab' vielen Dank! Du bist der Klügste!"

„Und wann soll ich mal deinen kleinen Arsch begutachten?", fragte der Professor lachend.

„Och!", machte sie. „Nicht vor dem Sommer! Bis dahin habe ich ganz viel zu tun. Aber dann! Tschüüüüüüß!"

„Bis dann!", erwiderte er und legte auf. Diese Frau hatte sich nicht verändert. Sie spielte mit den Menschen. Das hatte ihn schon damals geärgert. Es hatte keinen Sinn, sich mit ihr zu beschäftigen, so aufreizend sie auch manchmal sein mochte.

Aber die Information über die Figur aus Bergerz fand er ausgesprochen interessant. Das wäre doch mal ein Ding, der Nachweis einer mysteriösen Superlegierung! Man könnte auf einen Schlag sowohl reich, als auch berühmt werden. Er spürte direkt körperlich das Verlangen der Wanda Uhland nach genau diesen Attributen. Aber ein solcher Erfolg stand ihr aus seiner Sicht nicht zu. Es war wohl angebrachter, wenn er ihr zuvor kam.

Konnte man dieser Information aber überhaupt glauben? Ein Quedlinburger Privatdetektiv besaß eine atlantische Statuette aus Bergerz? Sehr merkwürdig! Trotzdem war es eine Überprüfung wert! Zuerst musste er den Namen dieses Detektivs herausfinden. So viele konnte es davon in der kleinen Stadt nicht geben, vielleicht nur einen, der überhaupt infrage kam. Philip Westermann war ein kluger Mann und kam sofort auf eine Idee. Natürlich kannte er sich gut in der Magdeburger Intellektuellenszene aus. Vor ein paar Jahren hatte ihm ein Freund von einem höchst merkwürdigen Vorfall berichtet. Es war damals tiefe Nacht und sie beide schon sehr beschwingt gewesen.

Der Professor schaute in ein schwarzes Büchlein. Dann griff er erneut zum Telefonhörer und wählte eine Nummer. Der Versuch war auf Anhieb von Erfolg gekrönt. Eine tiefe Männerstimme meldete sich: „Markoviz!"

„Hallo, Alexander!", begrüßte ihn der Professor. „Hier ist Philip Westermann. Entschuldige die Störung. Ich habe nur eine kurze Frage."

„Hallo, Philip!", rief der Mann am anderen Ende freudig. „Wann sitzen wir wieder mal zusammen? Es gibt viele Neuigkeiten. Aber stell zuerst deine Frage! Bitte!"

„Es würde mich freuen, dich bald wiederzusehen!", tönte Westermann freundschaftlich. „Wann immer du möchtest. Die Frage lautet: Wie heißt der Privatdetektiv, der dir damals in Quedlinburg das Leben schwer gemacht hat?"

„Oh!", lachte Alexander Markoviz erstaunt. „Das war dieses unselige Projekt Quitilinga History Land. Erinnere mich nur nicht daran! Es hätte mich fast das Leben gekostet. Der Detektiv hieß Irenäus Moll ...!"

V

Irenäus Moll ließ seinen Blick zum soundsovielten Mal an diesem Wochenende über die vom Sturm geknickten Bäume schweifen. Zum Glück war das Haus nicht beschädigt worden, der armygrüne Daimler ebenfalls nicht. Aber ansonsten hatte das Unwetter in der Freitagnacht ziemlich viel Schaden angerichtet.

Inzwischen war es Sonntag. Der Wald wurde von den Menschen Eselstall genannt. Angeblich leitete sich dieser merkwürdige Name vom Wort Asenstal her, einer Stelle, an der vor Urzeiten die Asen, alte nordische Gottheiten, verehrt wurden. Wo genau diese Asenstal lag, wusste niemand, allerdings hatte Irenäus da so seine Vermutungen.

Heute ging es mehr um umgestürzte Bäume und um das Grundstück am Rande des Eselstalls. Auf diesem idyllischen Flecken Land duckte sich das kleine, von ihm bewohnte Häuschen. Alles hier war nur eine Dauerleihgabe der Malerin Dunja. Mit ihr zusammen bestand er seinen ersten Kriminalfall, in dem es hauptsächlich um die vergammelte Leiche von Tommy Katzengold und eine stinkende Tasche voll bösen Geldes ging. Das war inzwischen einige Jahre her. Dunja war mit dem Geld nach Neuseeland entschwunden und überantwortete ihm ihr Häuschen und den schwarzen Altdeutschen Schäferhund Titus.

Der langhaarige Rüde saß in der Mittagssonne und schaute sein Herrchen mit schief gelegtem Kopf und gespitzten Ohren an. Das war eine eindeutige Aufforderung zum Sonntagsspaziergang. Irenäus wusste das und stieß einen Seufzer aus. Kurzentschlossen holte er die Hundeleine aus der Küche, die zu ebener Erde lag und durch die Haustür direkt begehbar war.

Es wurde Frühling, und an diesem Tag war es bereits angenehm mild. Also verzichtete Irenäus auf wärmende Kleidung. Ein schwarzes Leinenhemd, Jeans und Teva-Sandalen mussten ausreichen für einen Bewohner des Waldes. Irenäus besaß eine kräftige Statur, war einsfünfundachtzig groß und einiges über fünfzig Jahre alt. Aus dem gebräunten Gesicht schauten unter etwas schweren Lidern sehr wache blaue Augen. Ein nicht sehr gepflegter Bart umwuchs den breiten sanguinischen Mund. Die Haare waren angegraut, durchsetzt von dunkelblonden Strähnen, und hingen bis auf die Schultern.

Zusammen mit dem Hund verließ er das Gehöft durch eine von Büschen halb verdeckte Einfahrt. Davor gab es eine schmale Fahrspur, hinter der ein Acker mit aufsprießendem Raps begann. In der Ferne erhob sich der Harz. Der Kamm des kleinen Gebirges leuchtete in der gleißenden Sonne. In einiger Entfernung ragte eine bizarre Felsformation aus der Landschaft, die wie der Rückenkamm eines Sauriers aussah. Diese von titanischen Kräften senkrecht aus dem Harzvorland gepresste Schicht aus hartem Quarzsandstein hieß Teufelsmauer und war ein beliebtes Ziel für Wanderer.

Irenäus ließ das alles hinter sich und tauchte in den schattigen Kiefernwald ein. An vielen Stellen lagen entwurzelte Bäume. Manche waren über die Fahrspur gefallen, und Herr und Hund hatten einige Mühe, sie zu überwinden. Nach einer kurzen Runde Weges hatten beide genug von dieser Misere begutachtet und nahmen Kurs zurück zum Grundstück. Der Schwarze schien enttäuscht, doch sein Herrchen hatte heute keine Lust auf die Gefahr, zwischen hängenden Bäumen und angebrochenem Holz umher zu wandern.

Als sie nicht mehr weit vom Gehöft entfernt waren, meinte Irenäus plötzlich, in der Nähe eine menschliche Stimme zu hören. Auch der Hund blieb stehen und stellte die spitzen Ohren senkrecht. Aus geringer Entfernung erscholl ein leiser Ruf. Es war eine Frauenstimme. Sie wehte zwischen den Stämmen der Bäume auf ihn zu wie ein Seidentuch – oder ein Spinnennetz.

Ohne Hast setzte sich Irenäus in jene mutmaßliche Richtung in Bewegung. Der Wald war nun wieder stumm, nur seine Schritte raschelten im faulen Laub. Er musste nicht weit gehen, dann konnte er das Geschehen begutachten.

Bis vor zwanzig Jahren tobte in diesen Wäldern wie überall auf der Welt der Kalte Krieg. Hier, nahe der früheren Grenze zum Westen, fuhren martialische russische Panzer durch den Wald. Ungetüme Fahrzeuge transportierten in der Nacht gewaltige SS20-Raketen übers Land. Diese mächtigen Todesengel hatten Spuren hinterlassen, überbreite Fahrrinnen und tief eingepflügte Senken. Heute waren diese Spuren für das unkundige Auge fast unsichtbar. In einigen dieser Nicklöcher, die schnellfahrende Panzer zu hinterlassen pflegen, sammelte sich Wasser an, Pflanzen wuchsen, und Tiere lebten darin. Sie wurden Biotope.

Eines dieser Biotope war, wie es den Anschein hatte, zu einer ungewöhnlichen Falle geworden. Irenäus gab Titus einen mäßigenden Wink und bewegte sich leise näher. Die Frau hatte ihn noch nicht bemerkt, denn sie schaute in die falsche Richtung, hinüber zu seinem Häuschen, dass sich bereits in unmittelbarer Nähe befand und aus dem sie vermutlich Hilfe erwartete.

Von hinten waren schwarze Haare zu erkennen, die etwas zerzaust in alle Richtungen wiesen. Die Frau trug eine braune Lederjacke und eine schwarze Hose. Ein Bein war angewinkelt wie zur Hocke, das andere steckte bis übers Knie im Wasser des Biotops. Irenäus musste grinsen. Irgendwie war diese Person im Schlammloch hängen geblieben und kam nicht mehr heraus. Es war schon ein ziemliches Kunststück, so tolpatschig zu sein.

„Hallo!", schrie die Frau plötzlich in Richtung Gehöft. Über ihr schwebte eine blassblaue Wolke. Recht ungewöhnlich in solch einer Situation. „Kann mir jemand helfen? Hallo!!"

Ihre Stimme war etwas dünn, fast kindlich. Er beschloss, sich nun bemerkbar zu machen. Ruhig sagte er: „Ich komme ja schon! Regen Sie sich nicht auf!"

„Huch!", schrie die Frau erschrocken auf und machte eine hektische Bewegung. Dabei fiel etwas kleines Weißes ins Wasser – die Zigarettenkippe. Dann drehte sie den Oberkörper so weit sie konnte, um Blickkontakt aufzunehmen. Dunkelblaue Augen schauten ihn von unten her strafend an. „Haben Sie mich vielleicht erschreckt!"

„Ich dachte, Sie wollen gerettet werden", erwiderte Irenäus und betrachtete für einige Sekunden das schmale Gesicht der Frau mit der hohen Stirn, den hervorgehobenen Jochbeinen, einem zierlichen Kinn und einer leicht gebogenen Nase. Es war ein schönes, interessantes Gesicht und doch von irgendeinem inneren Zwiespalt gezeichnet. „Wie haben Sie denn das gemacht?"

„Ich bin ausgerutscht und hängengeblieben", antwortete die Frau ungeduldig. „Würden Sie mir bitte helfen, aus diesem Drecktümpel herauszukommen?"

„Sind Sie verletzt?"; fragte er und beugte sich hinab.

„Ich glaube nicht!“ Sie streckte ihm einen Arm entgegen.

Irenäus konnte sein Grinsen einfach nicht wegstecken. Diese Frau in einer solchen Lage, das fand er außerordentlich komisch. Irgendwie passte es nicht zueinander. Wahrscheinlich konnte sie seine Gedanken lesen, denn sie blitzte ihn ganz kurz wütend an und schaute dann weg, so als müsse sie einen emporsteigenden cholerischen Anfall niederringen.

Irenäus wollte das Spiel nicht auf die Spitze treiben. Also fasste er ihre Hand und zog sie mit leichter Gewalt nach oben. Als er unter ihre Achsel griff, fühlte er den angenehm festen Widerstand ihres Körpers. Es kam ihm daher recht merkwürdig vor, dass eine Frau dieser Statur überhaupt in eine derartige Lage geraten konnte. Irgendwie wirkte die Situation gestellt …

Er konnte diesen Gedanken jedoch nicht weiter kultivieren, denn nun machte sich die Frau bemerkbar. Schweigend hatte sie sich aus dem Tümpel befreien lassen und stand jetzt mit zorni-

gem Gesicht neben ihm. Sie schaute an sich hinab und sagte: „So eine Schweinerei! Wie konnte ich nur in diese stinkende Brühe fallen? Danke für die Rettung!“

Bei der letzten Bemerkung war ihr Zorn blitzschnell in eine freudige Stimmung umgeschlagen. Ihre, wie er jetzt sah, mit braunen Flecken durchsetzten dunkelblauen Augen sahen ihn erwartungsvoll an.

„Ziehen Sie mal den Stiefel aus!“, sagte Irenäus. Sie trug modische braune Lederstiefel mit Schnallen. Er stellte sich vor, dass einer davon gerade bis oben hin mit kaltem Wasser gefüllt war. Die Frau überlegte. Na, dann eben nicht, dachte er und sagte: „Da vorn steht eine Bank, direkt im Sonnenschein. Lassen Sie uns dorthin gehen und den Schaden reparieren.“

Diskret ergriff er den Arm der Unbekannten, die etliche Jahre jünger als er war, und setzte sich in die angegebene Richtung in Bewegung. Gehorsam stakste sie neben ihm her. Er sah, dass sie ein ganz wenig hinkte. Allerdings mochte das auch eine Täuschung sein bei einem Stiefel voller Schlammbrühe.

Das Grundstück, auf dem Irenäus lebte, gehörte zu einem langen, breiten Waldstreifen, der zwischen dem Eselstall-Forst und einer kleinen Landstraße, die die Stadt Quedlinburg mit dem Dorf Warnstedt verband, gelegen war. Von dort aus führte eine grasbewachsene Fahrspur bis zur Waldkante. An letzterer Stelle stand eine grob gezimmerte Bank, die momentan im Licht der Mittagssonne grau erglänzte. Auf deren Sitzfläche ließ er das geheimnisvolle Frauenzimmer sinken. Er selber blieb daneben stehen, um sie besser anblicken zu können.

„So, nun ziehen Sie aber Ihren Stiefel aus!", befahl er dann. „Das muss ja ein ekliges Gefühl sein."

Schweigend streckte ihm die Frau das nasse Bein entgegen. Sie hatte den Kopf ein wenig gesenkt und warf ihm einen auffordernden Blick zu. Irenäus zog mit sanfter Gewalt. Gleich darauf hielt er den Stiefel in den Händen. Tatsächlich ergoss sich daraus eine trübe Brühe. Sie lachten beide. Ihre schwarze Hose war nass und schmutzig. Er streifte sie nach oben. Die Frau zuckte zurück, hielt dann jedoch inne, als er mit der Hand behutsam über die lange rötliche Narbe strich, die sich am Unterschenkel hinauf zum Knie erstreckte. Er gab das Bein frei und legte es so, dass es von der Sonne beschienen wurde.

„Ein Unfall", sagte sie mit rauer Stimme. „Nochmals vielen Dank für die Hilfe. Ich heiße übrigens Wanda."

Ein seltener Name, dachte er und erwiderte: „Ich heiße Irenäus. Irenäus Moll."

Sie lachte wie ein Teenager: „Seltsamer Name. Wie bist du denn dazu gekommen?"

„Wie alle anderen", amüsierte sich Irenäus und duzte sie ebenfalls. „Meine Eltern haben ihn mir verpasst. Ich hatte kein Mitspracherecht. Mein Vater war Förster im Müritz-Nationalpark. Weißt du? Wacholderheide und weiße Rinder. Er las pausenlos wissenschaftliche Beiträge zur vergleichenden Verhaltensforschung. Seine Lieblings-Ethologen waren Konrad Lorenz, Niclaas Tinbergen und Irenäus Eibl-Eibesfeldt. Daher habe ich ihn – den Namen."

„Oh!", kicherte sie. „Du bist ja ein ganz Schlauer."

„Geht so", sagte Irenäus. „Wieso läufst du eigentlich hier im Wald herum. Nach einem solchen Sturm ist das wirklich gefährlich. Kommst du aus Quedlinburg? Ich habe dich noch nie gesehen."

„Ich dich auch nicht", meinte sie und zog die Lederjacke aus. Sie hatte ein schwarzes T-Shirt an, und er sah, dass sich darunter schöne Brüste befanden. „Ich wollte herumlaufen, weil ich über etwas nachdenken musste – ein Problem. So war das. Und warum spazierst du in diesem gefährlichen Wald umher? Kann dir kein Baum auf den Kopf fallen?"

Ihre schlanke Figur gefiel ihm. Die Gesichtszüge wechselten zwischen anmutig und angestrengt herb. Er antwortete: „Ich wohne hier. Da vorn ist meine Einfahrt."

„Was??", rief sie und ihr Gesicht nahm einen erstaunt übermütigen Ausdruck an. „Hier wohnst du? Das gibt's doch gar nicht!" Sie fingerte aus der Tasche der Lederjacke eine Schachtel F6 und ein Feuerzeug. Gleich darauf wehten wieder blassblaue Wölkchen durch den Wald.

„Doch, doch!", lachte er. „Wenn du dich umschaust, siehst du hinter den Büschen ein winziges Eckchen vom Haus."

Wanda drehte den Kopf und starrte gespannt über die rechte Schulter zum Gehöft. Dann murrte sie in gespieltem Unmut: „Ich sehe überhaupt nichts. Du willst mich auf den Arm nehmen. Hier kann man doch gar nicht wohnen. Oder bist du ein Eremit? Kein Strom, kein Wasser, kein Fernsehen, keine Frauen?"

„Frauen schon!", prahlte Irenäus und lächelte sie an.

„Ach, so einer bist du?", ging sie auf das Spiel ein. „Du lockst Frauen in den Wald, indem du ihnen den einsamen Heiligen vormimst. Das ist ja eine ganz raffinierte Masche!"

Irenäus fing an, die Unterhaltung zu genießen. Mit dieser Frau verstand er sich auf Anhieb. Er wollte gerade mit der nächsten Pointe aufwarten, als er nicht allzu weit ein Motorengeräusch registrierte.

„Unter Umständen würde ich mich breitschlagen lassen, diese Klause auch einmal zu betreten", stellte die Frau mit schief gelegtem Kopf einen eindeutigen Antrag. Dabei fuhr ihre rote Zunge kurz über die Lippen, und Rauchkringel schwebten vor ihrem Gesicht.

„Leider zu spät", antwortete er lapidar. Er wies mit einer Kopfbewegung auf das Fahrzeug, das sich ihnen aus Richtung Landstraße näherte. Es war ein kobaltblauer Golf. Irenäus wusste genau, wem der gehörte. „Da kommt dir gerade jemand zuvor. Ich würde dir die Klause lieber in Ruhe zeigen."

„Deine Frau“, stellte sie fest. Enttäuschung machte ihr Gesicht fade. „Okay! Dann gehe ich. Gibst du mir den Stiefel? – Obwohl es zu dritt auch Spaß macht …“

Irenäus war verlegen. Er gab ihr den Stiefel und sagte: „Nein, ich habe keine Frau. Sie will nur den Nachmittag mit mir verbringen. Und vielleicht die Nacht. Sehen wir uns wieder, Wanda?“

„Wer weiß“, erwiderte die Frau. Sie erhob sich von der Bank und drückte die Zigarette energisch aus. „Aber eher nicht. Wir begegnen uns schließlich nie in Quedlinburg.“

Der kobaltblaue Golf älterer Bauart hielt jetzt vor dem Eingangstor des Gehöfts. Die Distanz betrug etwa fünfzig Meter. Eine Frau mit dunkelroten Haaren stieg langsam aus.

„Danke nochmals für die Rettung“, flüsterte Wanda. Plötzlich stellte sie sich auf die Zehenspitzen und hauchte einen Kuss in seine Richtung. Ihn umwehte dabei eine Wolke von Zigarettendunst. Dann sagte sie: „Die Frau wartet! Auf Wiedersehen!“

„Ich bin jeden Dienstag im Irish Pub am Carl-Ritter-Platz!“, rief er und sah ihr nach, wie sie mit einem koketten Schlenker ihres schmalen Hinterns im Schatten der jungen Kiefern am Waldrand verschwand. Irenäus drehte sich schnell um. Die rothaarige Frau stand immer noch neben dem kobaltblauen Golf, es war nur eine sehr kurze Zeitspanne seit ihrer Ankunft vergangen. Inzwischen hatte auch Titus sie entdeckt und raste freudig jaulend auf sie zu. Doch die Euphorie galt mehr Otto. Das war der Sohn von Titus, den er mit der Teckelin des Försters gezeugt hatte, eine durchaus skurrile Mischung. Otto fiel nun ebenfalls, mehr als er sprang, aus dem Auto und stürzte voller Begeisterung seinem Vater entgegen. Der mit schwarzen Haaren bedeckte überproportionale Dackelkörper trug an kräftigen Muskeln den Kopf eines Schäferhundes. Beide Hunde knallten voller Lebenskraft gegeneinander und jagten sich über Stock und Stein, ohne ihre mit Problemen beladenen Herrentiere zu beachten.

„Ich habe schon auf dich gewartet“, sagte Irenäus laut, bevor er die Frau erreicht hatte. „Hallo, Rita!“

„Genauso sah es auch aus“, entgegnete die Frau spöttisch und kam ihm einen Schritt entgegen. „Guten Tag, Irenäus!“

Er erreichte sie jetzt und nahm sie in die Arme. Sie ließ es sich gefallen, jedoch mit einem Hauch von Abweisung. Er streichelte ihren Rücken bis hinunter zum Hintern und gab ihr einen Kuss, den sie mit einem verhaltenen Zungenschlag erwiderte. Dann machte sie sich los, trat einen Schritt zurück und fragte: „Und wer war das nun wieder?“

„Eine Frau ...“, erklärte Irenäus.

„Ach was!“, fiel ihm Rita ins Wort. „Welch ein Zufall! Du bist wirklich ein scharfer Beobachter.“

„... die in ein Panzerloch gerutscht war“, setzte er seine Rede fort und ergriff ihre Hand.

„Und du warst der edle Ritter, der sie herausgezogen hat“, schloss Rita messerscharf. „Dafür hat sie dir zum Dank einen Kuss gegeben. Wann trefft ihr euch wieder?“

Manchmal ging sie ihm ganz schön auf die Nerven mit ihrer ausgeprägten Kombinationsgabe, die Frau Hauptkommissarin. Irenäus fühlte, dass er errötete, und sagte schnell: „Sicher werden wir uns nicht wiedersehen. Sie gehört einem ganz anderen Dunstkreis an.“

„Dunstkreis! Das ist gut!“, frotzelte Rita weiter. „Soll ich mein Auto noch ein Stück weiter in deinen Dunstkreis bewegen oder willst du lieber ein bisschen allein sein?“

„Hör auf mit dem Scheiß!“ Irenäus spielte den Pikierten. „Ich wusste gar nicht, dass du so eifersüchtig sein kannst. Jedenfalls warte ich seit dem Frühstück auf dich.“

„Ich bin nicht eifersüchtig“, sagte sie und stieg aus dem Golf. Damit war die Angelegenheit erledigt!

Irenäus und die beiden Hunde, die sich langsam wieder beruhigten, liefen ihr mehr oder weniger schnell hinterher. Eine Fahrspur führte zwischen Büschen mit prallen Knospen zu einem kleinen freien Platz. Hier standen bereits ein Tisch und zwei Stühle in der wärmenden Sonne.

„Hast du das Frühstück schon abgeräumt?“, fragte Rita. „Ich habe Hunger wie ein Luchs.“

Richtig! Nicht wie ein Wolf, denn diese Frau war eine Katze. Das war auf den ersten Blick an ihren grünen Augen zu erkennen, die in diesem Moment Irenäus erwartungsvoll anfunkelten. Ihr Gesicht war länglich und besaß markante Strukturen. Irenäus bezeichnete diese Physiognomie als „schönes Pferdegesicht“, so wie man es zum Beispiel bei den Rocklegenden Patti Smith oder Mick Jagger antraf. Umrahmt wurde dieses attraktive Pferdegesicht von langen, glatten, dunkelroten Haaren. Rita trug immer grüne Kleidung, entweder weil sie Polizistin war oder als Kontrast zu ihren feurigen Haaren oder aus einem noch unbekanntem Beweggrund. Heute waren es ein blattgrünes Sweatshirt, in dem ihre Brüste aufreizend betont wurden, und eine dunkelgrüne Hose, die den schmalen Körper eng umspannte. Abgeschlossen wurde das Ensemble von weißen Tennisschuhen.

„Ich befürchtete bereits, dass du gar nicht mehr kommen würdest", sagte Irenäus und genoss weiterhin ihren Anblick. „Aber ich decke den Tisch gleich noch einmal."

„Ich wurde heute Morgen nach Ballenstedt gerufen", erklärte sie und schob einen Stuhl in die Sonne. „Die Mafia hat dort einen Schaufellader geklaut."

Irenäus stellte ihr ein Gedeck zurecht. „Und? Hast du die Räuber schon gefasst?"

Die Frau stieß einen kurzen, dunklen Lacher aus: „Schön wär's! Der Diebstahl wurde natürlich viel zu spät bemerkt. Es muss in der Sturmnacht gewesen sein. Die Täter haben die Spuren weggefegt, und der Starkregen hat sein Übriges getan. Zeugen gibt es keine ..."

„Na, so ein Pech", heuchelte Irenäus, dem der Bau von Umgehungsstraßen rund um jedes Kleckerdorf schon immer gegen den Strich ging.

Rita schob sich lachend eine Scheibe Wurst in den Mund. Dann meinte sie: „Es ist ein Segen für mich, dass dich dieser Fall nicht interessiert. Da pfuschst du mir wenigstens nicht ins Handwerk. Ich kann ganz entspannt meinen Dienst ausüben. Was hast du für den Nachmittag geplant, mein Lieber? Heute gebe ich dir die Verfügungsgewalt über mich."

Sie trank den Kaffee mit einem Zug aus und stand auf. Fragend hoben sich die dichten dunkelroten Augenbrauen. Blitzschnell legte Irenäus die Hände um ihre festen Pobacken und zog sie mit einem Ruck rittlings auf seinen Schoß.

„Wenn Sie mich so fragen, Frau Hauptkommissarin", flüsterte er, „stelle ich zur Wahl: Gartenarbeit oder ausgedehnten Mittagsschlaf."

Rita küsste ihn temperamentvoll: „Na, dann entscheide ich mich doch glattweg für den ausgedehnten Mittagsschlaf."

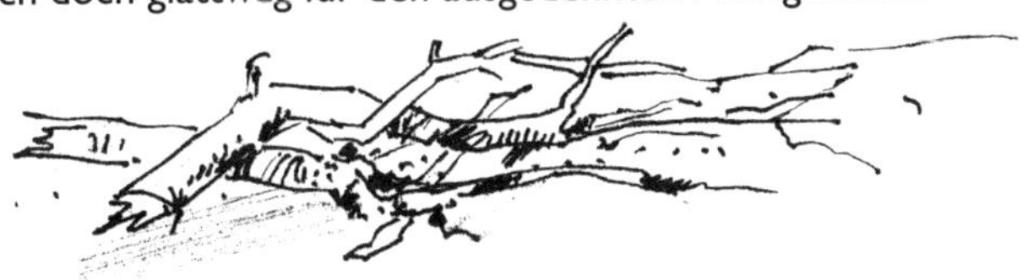

VI

Hauptkommissarin Rita Schropel schlenderte durch die Quedlinburger Innenstadt. Es war Dienstag, kurz vor Ladenschluss. Den Marktplatz der mittelalterlichen Stadt hatte sie bereits hinter sich gelassen. Vor dem Rathaus stand ein ziemlich kleiner, mit Zement geflickter Roland. Er war einer der Hauptblickfänger für Touristen. Rings um die mit Betonplatten aus DDR-Zeiten gepflasterte Fläche erhoben sich mehrstöckige Bauwerke aus unterschiedlichen Stilepochen. Meist waren sie im Untergeschoss mit Caféhäusern besiedelt.

Sie durchschritt die Steinbrücke. Das war eine Ladenstraße. Sie war auf einer sehr alten steinernen Brücke errichtet, die ein früheres Sumpfgebiet überquerte, gelegen im Urstromtal der Bode, einem Flüsschen aus den nahen Bergen des Harzes. Viele Wasserströme durchzogen seit tausend Jahren die Unterstadt und trieben ihre Mühlen an, von denen heutzutage kaum eine mehr existierte.

Rita wälzte seit einiger Zeit einen Gedanken in ihrem Kopf. Sie wollte nicht mehr Schropel heißen. Ihr Ehemann hatte ihr diesen Namen verpasst, den sie gar nicht leiden konnte. Was tut man nicht alles aus Liebe! Doch inzwischen waren Jahre seit seinem Tod vergangen. Er war auch Polizist gewesen und hatte einer Sondereinheit angehört. Eines Tages war er mit einem Segelflugzeug abgestürzt, zusammen mit seiner Schwester. Jedenfalls war Ritas Mädchenname Tausendschön. Den fand sie zwar auch ziemlich exaltiert, aber immer noch besser ...

Danach war Irenäus ihr erster Liebhaber gewesen. Er hatte sie in ein zwar schönes, aber sehr zwiespältiges Verhältnis gezerrt. Sollte sie diesen Egozentriker ehelichen? Dann hieße sie Rita Moll. Sie lächelte vor sich hin und verwarf den Gedanken.

Als sie aufblickte, lächelte jemand zurück. Rita erwachte aus ihren Gedanken. Der Flirt währte nur wenige Sekunden, aber sie war auf Anhieb von dem Mann fasziniert. Er war kaum größer als sie, schlank und muskulös. Kohlschwarze Augen schauten überaus wachsam aus einem energischen Gesicht, das von dunkel gelockten Haaren umschmückt wurde. Der Mund war zu einem sympathischen Lächeln verzogen, das genau ihr galt.

Rita fühlte sich erröten. Erst einige Meter weiter kam sie vor einem Kosmetikgeschäft zum Stillstand. Sie schaute sich nicht die Hautcremes an, sondern beobachte den dunklen Mann, der hinter ihr vorüber ging. Einmal drehte er sich noch nach ihr um, dann überquerte er die Straße. Sie setzte sich wieder in Bewegung und ließ ihn nicht aus den Augen. Der Mann betrat ein Geschäft für Tabak und Spirituosen. Rita ging ebenfalls über die Straße und schlenderte an dem Lädchen vorbei. Ihr Herz schlug merkwürdig schnell. Vor den Schaufenstern gab es eine Auslage, auf der Obst ausgebreitet lag. Ganz plötzlich verspürte sie Appetit auf Banane. Kurz entschlossen betrat sie den unbekannten Laden. Warme, ein wenig süßlich riechende Luft umgab sie, nachdem sie durch einen Filzvorhang getreten war.

Zwei ältere Menschen unterhielten sich angeregt mit der drallen Verkäuferin, die offensichtlich die blanke Lebensfreude ausstrahlte. Rita blieb vor dem Regal mit Sektflaschen aus der Saale-Unstrut-Region stehen. Sie griff nach einer Flasche Rotkäppchen Brut für 5,49 Euro. Der Mann stand im Hintergrund des kleinen, verwinkelten Raumes und drehte ihr den Rücken zu. Er trug eine modische schwarze Hose, die seinen schmalen, knackigen Hintern hervorhob. Eine Jacke aus weichem, schwarz gefärbtem Leder betonte die athletische Schulterpartie. Rita war hingerissen, ihre Hormone schwappten über. Der Mann schaute kurz über die Schulter in Richtung Kasse.

Und dann traute sie ihren Augen nicht. Mit einer schnellen, fließenden Bewegung griff er nach einer Whisky-Flasche der teuersten Sorte und ließ sie mit routinierter Schnelligkeit in seiner Jacke verschwinden. Er hatte sie einfach geklaut!

Rita war baff. Das hätte sie diesem schönen Menschen nicht zugetraut. Obwohl – eine gewisse düstere Ausstrahlung besaß er. Gerade das faszinierte sie ja an ihm. Schnell drehte sie sich zum Regal und stellte die Rotkäppchen-Flasche zurück. Eigentlich müsste sie nun auf der Stelle ihren Dienstausweis zücken und sich den dreisten Dieb greifen. Aber sie tat nichts dergleichen.

Leger schlenderte er zum Ausgang, grüßte die Verkäuferin und warf im letzten Augenblick ihr, Rita, einen dunklen, wissenden und leicht spöttischen Blick zu. Zwei Sekunden später verließ er den Laden nach links. Rita erwachte aus ihrer Erstarrung, griff sich an der Kasse eine Banane, legte der perplexen Verkäuferin 50 Cent auf den Tisch und eilte ihm hinterher.

Der Unbekannte ging seinen Weg zurück über die Steinbrücke, bog aber vor dem Marktplatz nach rechts in die Pölle ein. Die Namen der Quedlinburger Straßen waren reichlich seltsam. Rita, die in den Neunziger Jahren aus dem Westen hierher in die wilden Gefilde der ehemaligen DDR gekommen war, brauchte einige Zeit, um sich in dem Gewirr der bizarren Fachwerk-Gässchen mit den skurrilen Namen zurechtzufinden. In einem ehemaligen Sumpf hießen die Wegungen Stieg, Steinweg, Damm, Steinbrücke, Itschensteg, Mummental, Word, Pölle oder gar Hölle. All diese altdeutschen Bezeichnungen wiesen auf Feuchtgebiete und deren schleimige Bewohner hin.

Die Pölle war nur wenige Meter breit. Zwischen aufkragenden Häusern bewegte sich der Mann, ohne sich umzudrehen. Trotzdem behielt Rita einen gebührenden Sicherheitsabstand. Er ging über einen kleinen Platz mit einem Denkmal, auf dem einige Quedlinburger Stadtikonen thronten, machte dann einen Bogen und erreichte endlich ein großes, trutziges Holztor in gedunkelter Eiche. Früher hatte sich hier einmal eine Wäscherei befunden. In einen der Torflügel war eine Tür eingefügt mit einer altertümlichen Eisenklinke. Zielstrebig drückte der Mann diese nieder und verschwand alsbald in dem Gebäudekomplex aus grauen Sandsteinquadern.

Was nun?, dachte Rita und hielt vor dieser Pforte an. In ihr stritt die routinierte Hauptkommissarin, die vor nichts zurückschreckte, mit der eher schüchternen jungen Frau, die zum ersten Mal in ihrem Leben direkt und ohne Umschweife einem Mann nachstellte. Sie drückte ebenfalls die alte Eisenklinke nieder. Leise öffnete sich die Tür. Rita spähte ins Innere. Sie sah eine überbaute Durchfahrt, die sich zu einem gepflasterten Hof hin öffnete. Von dem Mann war keine Spur mehr zu sehen. Also schlüpfte sie durch die Pforte und schloss sie hinter sich. Behutsam querte sie die Durchfahrt. Zur Rechten führte eine Stiege ins mehrgeschossige Wohnhaus. Links sah sie eine Front staubiger Stahlsprossenfenster. Rita entschied sich für diese Seite, der Beweggrund blieb unbewusst. Sie schlich durch eine weitere Tür ins

Innere eines Werkstatt-Traktes. In den achtziger Jahren arbeitete hier eine Töpferei. Jetzt standen die Räume weitgehend leer. Im Hintergrund gab es eine Tür, die in weitere Gelasse führte. Daneben wies eine Treppe ins nächste Stockwerk.

Rita entschied sich für die Treppe. Die Stufen waren aus Holz und ziemlich ausgetreten. Im Aufgang war es fast dunkel. Draußen setzte die Dämmerung ein. Trotzdem meinte sie, auf den Stufen die frischen Abdrücke von Schuhprofilen zu erkennen. Vorsichtig begann sie den Aufstieg. Hin und wieder knarrte es leise.

Die Stiege mündete in einen winkligen Flur. Was tat sie hier eigentlich, ging es ihr wiederholt durch das Hirn. Hatte ihr dieser Mann mit einem Blick den Kopf verdreht? Was sollte sie überhaupt sagen, wenn sie ihn tatsächlich traf?

Eine Hand legte sich auf ihre Schulter. Rita war erfahrene Polizistin genug, um etwas in dieser Art erwartet zu haben. Deshalb zuckte sie auch nur lautlos zusammen. Den Impuls, den Mann hinter ihr mit einer schnellen Attacke außer Gefecht zu setzen, unterdrückte sie mit einiger Mühe. Dies hätte sie nicht zum Ziel gebracht.

Langsam drehte sie sich um. Ein leichter Duft von Rasierwasser wehte ihr entgegen. In dem engen Gang war es inzwischen fast stockdunkel. Von irgendwo ließ ein Fensterchen den letzten Rest Tageslicht herein. Das Gesicht des Mannes wirkte konturlos finster. Aber er war es. Seine Hand ruhte immer noch auf ihrer Schulter, als er fragte: „Was hast du hier zu suchen?" Seine Stimme war tief und ein wenig grollend.

„Ich will dich kennenlernen", erwiderte Rita und ließ seine Hand weiterhin zu.

„Eine etwas freche Methode für eine Frau", meinte er. „Aber vielleicht führst du auch etwas ganz anderes im Schilde."

„Was weiß ich, was du für Frauen kennst", sagte Rita provokant. „Du hast mich vorhin so angeschaut auf der Straße. Da wollte ich dich eben mal von nahem sehen und bin dir nachgelaufen. Okay? Ich kann auch wieder gehen."

„So einfach geht das nicht", erwiderte der Mann, und ein drohender Unterton lag in seiner Stimme. „Lass dich mal anschauen!"

Plötzlich flammte das Licht einer trüben Lampe auf. Offenbar hatte er direkt neben dem Schalter gestanden. Prüfend glitt der Blick seiner schwarzen Augen über sie. Er lächelte charmant: „Bist 'ne hübsche Frau, das muss man dir lassen. Und was willst du nun von mir?"

„Mal sehen!" Rita drehte sich jetzt ganz um und streifte dabei seine Hand von ihrer Schulter. Sie überlegte kurz, in welchem Sprachmodus sie mit ihm verkehren sollte. Die Entscheidung fiel auf die laxe Quedlinburger Umgangssprache. „Ich wollte wissen, was du für ein Mensch bist. Es überkam mich halt so. Ist das erste Mal, dass ich so was mache."

Der Mann lachte: „Fantastisch! Dann komm mal rein! Ich wollte gerade einen Kaffee trinken. Bist eingeladen. Wie heißt du eigentlich?"

„Rita", antwortete sie. „Ich nehme die Einladung zum Kaffee an."

Der Mann ging elastisch federnd den Gang entlang. Er besaß etwas Katzenhaftes an sich. Vielleicht zog sie das an. Irenäus glich eher einem großen Hund. Er öffnete eine Tür am Ende des Flurs und ließ sie vor sich eintreten. Er war tatsächlich ebenso groß wie sie, also etwa einsfünfundsiebzig.

„Kannst mich übrigens Darko nennen", sagte er. „Ich bin der Düstere, der Dunkelmann. Aber mach dir keine Sorgen."

„Mach ich mir nicht!", erklärte Rita und blickte sich im Zimmer um. „Darf ich mich setzen?"

„Wohin du willst", erwiderte er und schaute sie fachmännisch an. Dabei nahm er von einem flachen Glastisch mit Edelstahlgestell einige Papiere und stellte dafür einen sauberen Aschenbecher hin. „Rauchst du?"

„Wenn ich darf?" Rita kramte eine Schachtel Camel aus ihrer braunen Umhängetasche. Verstohlen und geübt schaute sie sich im Zimmer um. An dem Glastisch standen zwei Ledersessel und ein gleichartiges Sofa. Ein Pseudo-Gründerzeitschrank zeigte hinter seinen Scheiben Bücher und Aktenordner. Auf und neben zwei Schreibtischen waren mehrere Computer und Bildschirmeinheiten angeordnet. Der Fußboden besaß noch die ursprüngliche breite Dielung. Darauf stand in einer Ecke ein Plasmafernseher der modernsten Generation. Zwei Sprossenfenster wiesen hinaus zur Straße und boten in einigen Metern Entfernung die gegenüberliegende Fachwerkfassade. An einer Wand hing ein ziemlich gewaltiger Ölschinken mit einer Großstadtansicht, höchstwahrscheinlich von New York. Zuletzt erfasste ihr Blick einige Fotos im DIN A4 Format, die eine rassige, sehr gebräunte Blondine in unterschiedlichen Posen zeigten.

„Meine Ex!", sagte Darko, der ihre optische Inspektion heimlich verfolgt hatte.

„Wohnst du schon lange in Quedlinburg?", wollte Rita wissen und zündete sich eine Camel an, ohne ihm ebenfalls eine anzubieten. „Ich habe dich hier noch nie gesehen."

„Seit letztem Sommer", antwortete der Mann. Dabei öffnete er eine zweite Tür, hinter der eine kleine Küche lag. Er setzte Wasser auf und rief: „Ich habe mich hier geschäftlich niedergelassen."

„Darf man fragen, was du machst?" Rita ließ sich auf dem Sofa nieder, weil sie von hier aus den Raum am besten überblicken konnte.

„Alles rund um den Computer", rief er durch die Tür. „Insbesondere individuelle Einweisung. Viele Leute kapieren schwer allein. Frauen und Männer. Kennst du dich aus?"

„Ich glaube schon!", rief Rita zurück. „Ich sitze schon seit zwanzig Jahren am Computer."

„Nicht übel!" Er klapperte mit Geschirr. „Milch, Zucker, Whisky?"

„Schwarz und Whisky!", rief sie und musste grinsen.

Er stellte zwei Rosenthaler Tassen auf die Glasplatte und zwei wuchtige Whisky-Gläser. Dann öffnete er die Flasche, die er vor knapp einer Stunde geklaut hatte. Er goss ein, reichte ihr ein Glas und sprach: „Auf unsere neue Bekanntschaft!"

„Auf unsere neue Bekanntschaft!" Rita trank einen Schluck. Er kippte den gesamten Inhalt hinter. Einen wahren Gentleman hatte sie sich da nicht gerade angelacht. Sie blies eine blaue Wolke ins Zimmer. Trotzdem gefiel er ihr.

Darko holte den Kaffee und stellte die Tasse brav vor ihr ab. Anschließend goss er sich den nächsten Whisky ein. Er setzte sich in den Ledersessel über Eck. „Du bist doch bestimmt auch nicht aus diesem Kaff, oder?"

„Ich bin aus dem Westen, wohne aber schon etliche Jahre hier. Mir gefällt es", erklärte Rita. „Die Stadt ist ziemlich verrückt."

„Wenn du meinst", sagte er skeptisch. „Hast du eine Arbeit?"

Typische Frage der neudeutschen Moderne. Rita war innerlich darauf vorbereitet: „Ich bin Pharma-Vertreterin."

„Pharma?", überlegte er. „Was vertrittst du?"

„Psychopharmaka", log sie, ohne zu zögern. „Antidepressiva, Antiepileptika, Tranquilizer und die ganze Palette."

„Interessant", meinte er fachmännisch, schwenkte dann aber vom Thema ab. „Hast du auch Hunger?"

„Klar!", erwiderte Rita, deren Magen in der Tat knurrte. „Habe seit dem Frühstück nichts gegessen. Was hast du denn zu bieten?"

„Eine Gourmet-Pizza", lachte er und blickte sie schelmisch an. Erstmals fiel diese gewisse Strenge von ihm ab. „Hilfst du mir?"

Gleich darauf stand sie mit ihrem frisch gefüllten Whisky-Glas in der Küche. Der Mann holte eine Pizza aus dem Kühlfach und schob sie in die Mikrowelle. Sie stand etwas linkisch an der Anrichte und guckte zu.

„Hey!", sagte er und schaute sie offen an. „Du bist wirklich 'ne Hübsche. Warum hast du keinen Kerl?"

„Wer sagt so was?", gab sie lächelnd zurück und blickte in seine schwarzen Augen. Gelassen legte er eine Hand um ihre Taille. Sein Griff wirkte fest, aber nicht aggressiv. Er knetete kurz ihre Haut unter dem grünen T-Shirt. Rita empfand das als ziemlich erotisch. Dann beugte er sich näher und setzte zu einem Kuss an. Sie zog sich einen Schritt zurück: „Nicht so schnell!"

Der Mann zwinkerte mit den Augen und nahm zwei Teller aus einem Schränkchen. „Kannst den Tisch decken, Rita!"

Sie gehorchte und fühlte sich dabei sogar richtig wohl. Sie aßen zusammen, erzählten einander Banalitäten und lachten. Darko wurde fast zum Komiker, und von Rita schwand die Verkrampfung. Sie war nicht verliebt, dazu war ihr der Typ wahrscheinlich doch zu trivial. Es fühlte sich an wie ein Kurzurlaub vom Sein. So etwas tat sie zum allerersten Mal. Sie hatte noch nie einen CallBoy genommen – selbstverständlich nicht – aber sie wusste plötzlich, wie es war. Prickelnd und unpersönlich. Die Frau Hauptkommissarin verabschiedete sich nach dem dritten Whisky endgültig und entschwebte in irgendeine ferne Kaserne. Irenäus Moll wurde zunehmend in immer hinterste Hirnareale verdrängt. Sie dachte nicht einmal an Revanche, sie vergaß ihn einfach.

Nach der dritten Tasse Kaffee und dem vierten Whisky erhob sich Rita lachend von dem kleinen Ledersofa und intonierte: „Darko! Ich muss mal pissen!"

„Auf dem Flur, zweite Tür!", sagte er und brachte sie an der Hand aus dem Zimmer. Puh, dachte sie kurzzeitig, ich bin schon ganz schön angetörnt. Als sie nach fünf Minuten wieder in dem schmalen, düsteren Gang stand, überlegte sie, hups, welche Tür führte eigentlich zurück ins Zimmer? Allerlei mattweiß gestrichene Türen umringten sie, fast wie in einem surrealen Film. Eine war so gut wie die andere.

Wahllos drückte sie eine Klinke nieder und öffnete. Das falbe Licht der Flurbeleuchtung fiel in einen dunklen Raum. Überall standen Kartons, zum Teil bis zur Zimmerdecke gestapelt. Sie sah Aufschriften und Firmenlogos. Frau Hauptkommissarin meldete sich zurück. Was war das?

„Rita!", rief es hinter ihr. „Kommst du zurecht oder muss ich dich retten?"

Blitzschnell schloss sie die Tür, keine Sekunde zu früh, denn eine andere Pforte öffnete sich. Darko kam katzengleich auf sie zu. Seine schwarzen Augen blickten fragend: „Hast du mein Schlafzimmer gesucht?"

„Na ja, wer weiß, wo ich heute noch landen werde", sagte Rita und strich mit beiden Händen einladend über ihre Hüften. Eine innere Stimme soufflierte: Hör endlich auf mit dem Schwachsinn! Doch der Mann kam sehr schnell zu ihr. Mit beiden Händen griff er ihren Körper. Das war hart und sehr fordernd. Es erregte sie, und sie wich nicht aus.

Rita hörte sich selbst lachen: „Wo ist denn nun dein verdammtes Schlafzimmer?"

Darko öffnete mit dem Fuß eine Tür. Im Zimmer flammte rötliches Licht auf. Das Bett war groß. Die Seide der Bettwäsche glänzte rosarot im Widerschein der Lämpchen. Der Mann trug sie zum Lager. Rita wehrte sich nicht. Sie wollte wissen, was nun passieren würde. Sie wollte es einfach einmal wissen!

Der Mann küsste sie, viel zärtlicher, als sie erwartet hatte, und zog ihr das T-Shirt über den Kopf. Sie half ihm dabei und warf alle anderen Kleidungsstücke von sich. Der Mann stand nackt vor ihr, sein Körper sah genauso perfekt aus, wie sie es sich vorgestellt hatte. Muskulös, sehnig, fettlos.

Rita konnte an nichts mehr denken, sie wollte an nichts mehr denken, sie wollte nur noch ficken.

Ganz einfach!

Der Mann hielt plötzlich eine bunte Schachtel in der Hand. Rita nahm es nur peripher wahr.

Er zog sich das Kondom über. Er hatte an alles gedacht ...

VII

Etwa zu der Zeit, als Rita den ersten Bissen Pizza zu sich nahm, hielt der armygrüne Mercedes Combi auf dem Carl-Ritter-Platz. Dort gab es einen funkelnagelneuen, mit Fördergeldern und Ablösebeiträgen der Bürger finanzierten Parkplatz. Er lag an einer touristisch sehr günstig gelegenen Stelle zwischen der alten Quedlinburger Stadtmauer und der Burganlage, um die herum sich malerisch kleine Fachwerkhäuschen duckten. Nur eine neuartige Altenwohnanlage, die sich mitten in die Sichtachse gebrezelt hatte, verfremdete das romantische Bild nachhaltig.

Zielstrebig steuerte Irenäus Moll auf sein Stammlokal „Pub Nase“ zu. Immer am Dienstag besuchte er diesen Irish Pub. Hier traf sich neben anderen Leuten auch die Quedlinburger Intelligenz, zumindest diejenigen davon, die die Angewohnheit besaßen, über die Woche eine Kneipe zu besuchen. Für diese Menschen war die Atmosphäre angetan, die man angenehm locker, fast familiär nennen konnte.

Immer wenn Irenäus dort eintraf, begrüßte er zuerst Doreen, die Wirtin. Er musste sich ziemlich weit herab bücken, um der zierlichen Person einen Kuss auf die Wange zu drücken. Sie war hübsch anzusehen, wie sie so flink mit ihrem kleinen runden Hintern durch die Räume hüpfte. Auch ihr Partner Steffen wurde mit einem Freundesgruß bedacht. Er zapfte das Bier, beschützte Doreen und sorgte für eine ausgesprochen angenehme musikalische Kulisse. Unter den Klängen von Jimmy Hendrix` „Elektric Ladyland“ stieg Irenäus einige Stufen ins nächstfolgende Höhenniveau empor, wo bereits einige Bekannte beim Bier saßen.

Der ein wenig japanisch aussehende Bauausschussvorsitzende blitzte ihn durch seine dunkel gerahmte Brille an. Auch Karl Wabenmond, mit dem Irenäus schon sehr riskante Situationen durchlebt hatte, war anwesend. Vor einigen Monaten retteten sie im Auge eines Unwetters die Statuette einer Minoischen Dame und waren anschließend, völlig mit getrocknetem Schlamm überzogen, in der Notaufnahme des ansässigen Klinikums aufgelaufen, um die im Kampf verwundete Rita zu besuchen. Damals wurden die beiden von Schwester Marlies aufgefangen, die nun gerade Irenäus mit ihren großen blauen Augen entgegenlachte. Ebenso war der Mathematiker Stefan Kekulé, der ihm im Desaster um die Superfrucht mit seinem umfangreichen Computerwissen zur Seite gestanden hatte, anwesend. Der Windzwerg Sudri hantierte im richtigen Leben mit Sicherheitstechnik. Selbst Irenäus blieb verschleiert, dass der Odinist seinerzeit in den Raub eines Bergkristall-Flakons mit einem Tropfen Milch der Jungfrau Maria verstrickt gewesen war. Dieser Fall wurde niemals aufgeklärt, auch nicht von Irenäus Moll! Freundlich grinste ihn der Windzwerg an. Der Ornithologe Uwe Kramer war ein ganz spezieller Mensch. Er konnte nicht nur aus dem Stehgreif die Stimmen aller deutschen Vögel täuschend ähnlich nachahmen, sondern er kannte sich ebenfalls in jeglichen historischen Verhältnissen der Weltgeschichte exakt aus. In den ersten zehn Jahren seines Lebens hatte der Sohn eines Lehrers nicht nur sämtliche erdenklichen Nachschlagewerke und Lexika, die ihm in die Finger gerieten, studiert, er lernte auch die ersten 187 Hefte der lehrreichen Comic-Reihe „Mosaik“ auswendig!

Solcherart waren die Gäste des Irish „Pub Nase“. Man unterhielt sich über die Geschicke der Welt im Allgemeinen und die der Stadt Quedlinburg im Besonderen. An sich schlossen diese beiden Themenkreise all das ein, was auf diesem Erdenrund diskutabel war. Gerade war man dabei, die ausufernde Weltbevölkerung zur Quelle aller irdischen Übel zu deklarieren, als das Gespräch ins Stocken geriet und sich die Augen aller Beteiligten auf einen Punkt im Raum richteten, der sich offenbar hinter Irenäus befand. Man schaute ein wenig verwundert und auch ziemlich neugierig. Der Ahnungslose überlegte noch, ob er sich umdrehen sollte, da legte sich eine leichte Hand auf seine Schulter.

„Hallo, Irenäus!“, sagte eine etwas kindlich wirkende Frauenstimme. „Ich habe kurz hereingeschaut, ob du tatsächlich hier bist.“

Er wusste sofort, wer hinter ihm stand und freute sich: „Wanda! Bist du wirklich gekommen. Setz dich zu mir!“ Schnell drehte er sich um und schaute die Frau an. Sie lächelte hypnotisierend. Heute waren die schwarzen Haare mit einer Spange aufgesteckt. Im Ausschnitt des dunklen Damenjacketts schimmerte ein schwerer silberner Oroburus, den sie um den Hals trug. Eng sitzende schwarze Hosen mündeten in geschnürte Lederstiefel.

„Eigentlich habe ich nicht viel Zeit und will nur einen Milch-Shake trinken", sagte sie und warf einen gespielt entschuldigenden Blick in die Runde. „Vielleicht kannst du dich einen Moment von deinen Freunden losreißen?"

„Kein Problem", erwiderte Irenäus und erhob sich unter den missbilligenden Blicken der Dienstags-Runde. Doch die war ihm in diesem Moment ziemlich schnuppe. Die Frau drehte sich, ohne zu warten, um und steuerte einen der hinteren Plätze an der Bar an. Irenäus sah, dass sie heute leichtfüßig ging und nicht hinkte. Doreen brachte ihr den Milch-Shake und sandte ihm mit ihren braunen Kulleraugen einen neugierigen Blick. Er zwinkerte zurück und setzte sich dann neben Wanda.

„Schön, dass du da bist", begann er die Unterhaltung. „Ich freue mich."

Sie sah ihn an und fuhr sich mit ihrer roten Zunge über die Lippen: „Ganz meinerseits! Ich wollte doch mal sehen, was ein Waldbewohner außerhalb seines Biotops so treibt."

Er lachte: „Hast du wirklich so wenig Zeit?"

„Genau genommen, habe ich nie Zeit", antwortete sie und saugte an ihrem Plastik-Halm. „Jede freie Stunde kostet mich mindestens fünfzig Euro."

„Aha, so siehst du das Leben ..." Irenäus war ein bisschen enttäuscht. „Für mich wäre das ein ziemlich unfreier Standpunkt."

„Geld macht frei", sagte sie, und die Härte der Aussage kontrastierte zu ihrer Kinderstimme. „Ich habe einen Namen in meiner Branche, und den muss ich behaupten. Verstehst du das?"

„Bedingt!", antwortete Irenäus und bestellte sich einen Karlsbader Becherbitter. „Was tust du so Spannendes?"

„Ich und meine Partner", sie setzte einen professionellen Gesichtsausdruck auf, „konstruieren Werkzeuge für die formgebende Industrie. Fast alles, was du hier siehst, wurde maschinell geformt." Sie wies auf die spiegelnden Regale, die unterschiedlichen Gläser- und Flaschenformen, die Schankanlage aus Edelstahl, die vielen Accessoires vom Matchbox-Lastzug bis zur Kunstblume, von den Fernsehern an der Decke bis zur Kaffeemaschine, alles, was es in einem stilechten Pub eben so gibt. „Die visuellen Formen von all diesen Teilen werden vom Designer entworfen, aber die Umsetzung für die industrielle Herstellung, das machen wir, mein Team und ich."

Irenäus war erstaunt. Kaum jemand dachte über diese Problematik nach. „Beeindruckend! Kein Wunder, dass wir uns nie in Quedlinburg sehen. Eigentlich schade!"

„Ach was!", warf sie lax hin. „Was sein soll, wird sein. Das bringt das Schicksal mit sich. Aber was machst du, außer mit dem Hund im Wald herum zu laufen?"

„Ich schreibe gerade an einem Buch", erzählte er und süffelte ganz langsam an seinem Becherbitter. In den Spiegeln sah er, dass die Wirtsleute ihnen verstohlene Blicke zuwarfen. Er lächelte Doreens Spiegelbild zu, sie seinem zurück. Wanda registrierte es, sagte jedoch nichts. „Ja, und jetzt versuche ich, einen Verlag dafür zu gewinnen."

„Sicherlich ein Kriminalroman", fiel Wanda ein und öffnete den obersten Knopf ihres Jacketts. Unter dem Kopf der silbernen Schlange erschien der Ansatz ihrer Brüste.

„Wie kommst du darauf?", wunderte er sich. „Weißt du etwa, dass ich mich hin und wieder als Detektiv betätige?"

„Ich hörte davon", gab sie etwas verlegen zu und schnalzte
mit der Zunge. „Also, um was geht es dann?"

„Um den Mann im Steinkistengrab", erzählte Irenäus weiter, ohne sich anmerken zu lassen, wie merkwürdig er es fand, dass sie derartige Informationen über ihn besaß. „Hast du davon gehört?"

„Nein." Sie bestellte noch einen Milch-Shake.

„Vor dem Bau der neuen vierspurigen Schnellstraße wurden auf der Trasse umfangreiche archäologische Grabungen durchgeführt. Zwischen den Ortschaften Börnecke und Westerhausen fand man einen bronzezeitlichen Grabhügel. Darin befand sich ein Grab aus Quarzplatten, das außerordentlich fein zusammengesetzt war. Darum herum waren sieben Rinder bestattet, was darauf hinwies, dass der Tote ein extrem wichtiger Mann gewesen sein musste."

„Das stimmt wirklich?", staunte Wanda und kam ihm ein Stück näher. „Wer war dieser Mann?"

„Das Skelett ist 5.100 Jahre alt", grinste Irenäus. „In meinem Buch handelt es sich um den ägyptischen Recken Krrrsan, der zusammen mit seinem Freund, dem Gelehrten Ptah, im Auftrag des Pharao Nemes den wilden Kontinent Europa erforscht. Hier, in diesen Gefilden, herrschte damals eine fruchtbare Warmzeit. Krrrsan lernt die Häuptlingstochter Dunja kennen und nimmt sie mit auf seine Reise ..."

„Aber das ist ja reine Fantasy!", rief Wanda aus und lachte ihn bewundernd an. „Du hast das alles erfunden."

„Wer weiß", sinnierte Irenäus und ließ sich von Doreen ein kleines Bier zapfen. „Das Alter des Toten wurde mit der C 14-Methode ermittelt. Zu seinen Lebzeiten entstanden die Hochkulturen am Nil, Euphrat und Indus. Einige Forscher denken laut über eine primäre Urkultur nach, eine unbekannte Superzivilisation, die untergegangen ist und ihr Wissen zurück ließ."

„Atlantis", flüsterte Wanda. Irenäus ahnte nicht, dass sich die Frau in den letzten Tagen im Internet fleißig kundig gemacht hatte. „Der versunkene Kontinent. Sein Untergang verursachte die Sintflut, und nur ein kleiner Anteil des Wissens wurde hinüber gerettet. Dein Recke Krrrsan hat sicherlich noch über primäres Wissen verfügt. Habe ich Recht?"

„Alle Achtung!", wunderte er sich und schaute ihr tief in die Augen. „Du weißt ja richtig Bescheid. Wie kommt das? Es gibt sehr interessante Aussagen über einen Wissenstransfer im frühen Altertum rings um unseren Planeten. Die Alten waren viel mobiler als wir noch bis vor kurzem dachten. So könnte der Tote im Steinkistengrab tatsächlich ein Reisender von einer fernen Hochkultur sein."

„Trotzdem bleibt all das Fantasy", behauptete Wanda mit altkluger Stimme. „Es gibt nicht den geringsten handgreiflichen Beweis für die Existenz einer Superzivilisation oder gar für Atlantis. Oder bist du da anderer Meinung?"

Ihm war so, als träte für einen Moment etwas Lauerndes in ihren Blick. Aber dann senkte sie den Kopf zum Milch-Shake. „Wer weiß!", sagte Irenäus leise.

Wanda schaute ihn erneut forschend an. Dann lachte sie und forderte ihn auf: „Erzählst du mir etwas von deinen Kriminalfällen? Ich weiß in Wirklichkeit gar nichts darüber."

Er grinste: „Du kennst mich ja auch gar nicht."

„Das könnte sich aber ändern", erwiderte sie und blickte ihn im Spiegel hinter der Theke an. „Du bist ein interessanter Mensch, von dem ich vielleicht einiges lernen kann."

„Lebst du mit einem Mann zusammen oder bist du allein?", stellte Irenäus die direkte Frage, denn er war ein Mensch, der nicht gern mit seinen Gedanken hinter dem Berge hielt.

„Ich habe einen Freund", sagte Wanda, „aber er ist nicht deine Liga. Hochgeistige Gespräche kann ich mit ihm nicht führen. Dafür leistet er bei anderen Gelegenheiten sehr gute Dienste."

Irenäus schaute ihr stumm in die Augen. Einerseits regte ihn diese Frau durchaus an, wenn nicht gar auf, andererseits fand er ihre Art, sich zu geben, nicht immer, aber sehr oft, aufgesetzt, nicht ganz echt gemeint. Es erschien ihm wie ein Spiel, ein Spiel um Anerkennung, möglicherweise um Macht.

Sie lehnte sich mit zusammengekniffenen Lippen zurück, so als hätte sie seine Gedanken erraten. Doch dann streichelte sie seinen Arm und forderte ihn auf: „Nun lass dich nicht so lange bitten! Erzähle schon von deinen Kriminalfällen!"

Irenäus vergaß nicht nur die Dienstagsrunde, sondern auch seine Zweifel an ihr und begann eine umfangreiche Schilderung seiner bisherigen Einmischungen in die Polizeiarbeit, denn so bezeichnete Rita sein detektivisches Tun.

Er berichtete vom Projekt „Quitilinga History Land", dem Wunschtraum einer reichen alten Dame, dem ein unglaubliches Ende beschert war. Ein Jahr später geriet er selbst ins Fadenkreuz der Ermittler, als eine obskure Gruppe von Odin-Anbetern in die Quedlinburger Stiftskirche einbrach und aus dem Domschatz einen uralten fatimidischen Bergkristall-Flakon mit einem Tropfen Milch der Jungfrau Maria raubte. Wanda musste immer wieder hell auflachen, wobei sie überaus natürlich, ja, fast kindlich wirkte. Von Aufgesetztheit keine Spur mehr. Sie bestellte sich Rotwein und schien die dahinflatternden Fünfzig-Euro-Scheine je verbrauchte Stunde total zu vergessen.

Irenäus begann mit der Geschichte des genialen Professors Jan Tackert, dem es gelang, eine Superfrucht zu züchten, die die Welt vom Joch des Hungers befreit hätte. Doch diese Großtat wussten böse Hintertanen zu verhindern. Sein Freund Karl Wabenmond, der mit Annette Tackert, der Frau des Professors, …

„Was erzählst du gerade über mich?", tönte es in Irenäus' Rücken. Es war ebendieser Karl Wabenmond, der sich in Jägermanier unbemerkt ihrem Plätzchen an der Bar genähert hatte.

„Oh, Karl!", rief Irenäus und drehte sich dem Freund zu. „Ist die Dienstags-Runde bereits nach Hause gegangen? Wir haben uns leider etwas verplauscht ..." Er zwinkerte Wanda belustigt zu und die nickte heftig bejahend mit dem Kopf. „Ich schilderte gerade unsere gemeinsamen Abenteuer. Komm, setz dich zu uns!"

„Wenn ich euch nicht störe", erwiderte der Hüter der Wälder vorsichtig und kletterte auf einen Barhocker. Karl war für den Forst und die anderen naturnahen Flächen der Stadt Quedlinburg zuständig. Außerdem war er oberster Jäger und der nächste Nachbar von Irenäus Moll. Der blond gelockte, blauäugige Mecklenburger war um einiges jünger als der Privatdetektiv. Auch am Abend war seine rustikale tarngrüne Bekleidung der Jagd und dem Aufenthalt im Wald angepasst.

„Hast du ihr schon von unserer Jagd nach der Minoischen Dame erzählt?", fragte der Förster.

Wanda musste wieder laut lachen. Irenäus befiel jedoch für einen Augenblick ein warnendes Gefühl. Die Frau jedoch wischte diese Ahnung beiseite: „Das dachte ich mir, dass ihr beide hauptsächlich hinter den Frauen her seid. Mit welcher Dame habt ihr es getrieben?"

„Die Minoische Dame ist keine Frau, obwohl sie wunderhübsch anzuschauen ist", lächelte Irenäus und sah Wanda dabei tief in die Augen.

„Was ist es dann?", fragte diese temperamentvoll.

„Eine kleine Statuette", erklärte ihr Begleiter bereitwillig. „Sie ist uralt und stammt von Kreta, deshalb Minoisch. Wahrscheinlich gehörte sie zu einer Sammlung, die im Ersten Weltkrieg ausgeraubt wurde. Der Fall war höchst merkwürdig. Das Rätsel blieb weitgehend ungelöst."

„Wirklich sehr merkwürdig", pflichtete ihm Karl bei. „Ein Hauptmann und sein Bursche häuften während des Ersten Weltkriegs so viele Kunstschätze an, dass Generationen davon leben können. Dummerweise hat im vorigen Jahr jemand das Depot gefunden."

„Erzähl nicht alles!", fiel ihm Irenäus ins Wort, der die Details dieses delikaten Falls für sich behalten wollte.

Aber die Frau ergriff plötzlich seine Hand und fragte mit einem kleinen Augenaufschlag: „Und was ist aus dieser Minoischen Dame geworden?"

„Ich habe sie in Verwahrung", sagte Irenäus ausweichend. „Der Fall nahm ein ziemlich drastisches Ende."

Wanda kniff wieder die Lippen zusammen und blickte auf ihr leeres Weinglas. Karl hatte seinen Kaffee ausgetrunken und glitt vom Barhocker. „Wir sind die letzten. Ich glaube, Doreen will Feierabend machen. Kommt ihr mit?“

Irenäus schaute etwas unschlüssig in Wandas Richtung. Mitternacht war vorbei, die verlorenen Fünfzig-Euro-Scheine bildeten bereits ein kleines fiktives Häufchen. Sollte sich die Frau tatsächlich brüskiert gefühlt haben, so kriegte sie sich erstaunlich schnell wieder ein. Fröhlich sah sie ihn an: „Brechen wir auf! Es war ein schöner Abend.“

Das fand Irenäus auch. Beschwingt gab er Doreen einen Abschiedskuss und hatte den Eindruck, dass sie ihn ziemlich verwundert anschaute. Karl, Wanda und Irenäus gingen zum Parkplatz. Der armygrüne Daimler und Karls Toyota-Jeep standen fast nebeneinander. Nur ein dunkelgrünes BMW-Cabrio stand zwischen den beiden befreundeten Autos. Dessen Blinklichter blitzten plötzlich hektisch auf.

Wanda hielt spielerisch ihren Autoschlüssel in der Hand und sagte: „Da steht mein Auto. Und was passiert nun?“

Irenäus sah, wie sie sich mit der Zunge über die Lippen fuhr. Dabei blickte sie fragend zu ihm auf. Wieder meldete sich in ihm eine warnende Stimme. Konnte das wirklich ein Zufall sein, dass sie ihr Fahrzeug genau zwischen Karls und seinem abgestellt hatte? Doch woher kannte sie seinen Daimler? Angeblich wussten sie bis vor zwei Tagen nichts voneinander.

„So, ich fahre dann mal!“, sagte Karl in leichtem Mecklenburger Akzent. „Macht's gut, ihr beiden! Viel Spaß noch!“

Als sie allein waren, meinte Irenäus zu Wanda. „Wie hat er denn das gemeint?“

Die Frau lachte glockenhell auf: „Wir könnten ja unsere unterbrochene Unterhaltung fortsetzen. Ich wollte mir sowieso mal dein Haus ansehen. Auf eine Tasse Kaffee. Fährst du vorneweg?“ Sie schaute ihn mit einem provokant dunklen Blick an.

„Okay!“, antwortete er lachend. „Wenn es dich nicht zu viele Fünfzig-Euro-Scheine kostet ... Mein Wagen steht übrigens neben deinem.“

„Oh, welch ein Zufall!“, rief sie mit hoher Stimme und rannte zu ihrer Einstiegstür.

Irenäus fuhr durch die engen Gassen des Quedlinburger Schlossbergs. Die schummrige Notbeleuchtung der verarmten Stadt tauchte die anachronistisch wirkenden Häuschen in gespenstische Schatten. Warum wollte ihn diese Frau nach Hause begleiten? War sie geil auf ihn? Tat sie so etwas öfter? Sie fuhren am Brühl entlang, einem düsteren barocken Park, aus dem der betäubende Duft von Bärlauch ins Auto gesaugt wurde. Hinter ihm blitzten die Lichter des BMW. Nach den Felsen der Altenburg gelangten sie auf die Chaussee zum Dorf Warnstedt. Die Frau begann, ihn zu faszinieren. Aber sie besaß eine dunkle Seite, die sie noch kein Stück offenbart hatte. Sie wollte etwas von ihm, und er wusste nur noch nicht, was das war. Sie erreichten den grasigen Schotterweg hinauf zu seinem Grundstück. Er fuhr durch das offene Tor bis vor's Haus, und sie folgte.

„Manno, das ist aber einsam", presste sie mit Kinderstimme hervor, als sie dicht neben ihm stand. Er schloss die Tür auf. Titus winselte vor Freude und sprang an ihm empor. Die Frau behandelte er merkwürdigerweise wie Luft. Derartiges Benehmen sah Irenäus zum ersten Mal bei diesem Hund.

Es wurde hell in der Küche. Die Uhr zeigte eins. Wanda blieb in der Tür stehen und zündete sich eine F6 an. Danach fragte sie: „Darf ich?" Irenäus nickte. Rita qualmte ebenfalls.

„Das ist also die geheimnisvolle Eremitenklause", sagte die Frau gewichtig und ging zu der großen, eisernen Kochmaschine. Sie warf kritische Blicke auf den rustikalen Holztisch und die abgebeizten Küchenschränke. Dann ließ sie sich auf einen Stuhl sinken, streckte die Beine aus und legte den Kopf nach hinten: „Machst du uns einen Kaffee?"

Irenäus legte trockenes Kiefernholz auf die Glut im Herd. Fast augenblicklich begann das Feuer zu knistern und verströmte einen dezenten Brandgeruch. Er stellte einen Kupferkessel auf die geschmiedeten Herdringe. „Es wird einen Moment dauern."

Er löffelte Nescafé in zwei Porzellantassen. „Wenigstens mal eine Frau, die nicht um 18 Uhr schreit: Dann kann ich nicht schlafen!"

Wanda grinste und tat einen kräftigen Lungenzug. Anschließend drückte sie die Zigarette aus. Als sie den Rauch ausgestoßen hatte und ihn mit umflorten Augen musterte, fragte er, weil ihm gerade so war: „Darf ich dich küssen?"

Sie schloss die Augen. Irenäus beugte sich zu ihr hinab und näherte seine Lippen ihrem Gesicht. Sie roch nach Zigarette, als sie den Mund ein wenig öffnete. Sachte bewegte er seine Zunge darin. Sie ließ es sich willig gefallen und kraulte mit einer Hand seine langen Haare. Erst das Pfeifen des Wasserkessels brachte sie wieder auseinander.

Er braute zwei Tassen Nescafé. Wanda hatte sich wieder gerade gesetzt und eine F6 entzündet. Sie richtete die dunkelblaubraunen Augen auf ihn und fragte: „Sag mal, Irenäus, warum hast du mich vorhin mit der kleinen Statuette derart auf die Folter gespannt? Birgt sie irgendein Geheimnis oder ist sie so überaus wertvoll?"

„Warum willst du das wissen?", stellte er die Gegenfrage und holte eine Flasche Cognac aus einem dunklen Zimmer nebenan.

Die Frau nahm einen tiefen Zug aus der Zigarette und blies den Rauch unter den Tisch. „Es war einfach die interessanteste Passage deines Berichts, sozusagen der Höhepunkt. Du hast ihn an der spannendsten Stelle abgebrochen. Weiter nichts!"

Irenäus goss ihr etwas Cognac in den Kaffee und sich ebenfalls. Er überlegte einige Sekunden, strich ihr mit dem Finger über die schmalen Lippen und hatte sich dann durchgerungen: „Diese Figur soll angeblich aus Atlantis stammen ..."

„Ha, ha, ha!", sie lachte wieder so kindlich auf. „Vom Recken Krrrsan, stimmt's? Oh, Irenäus, du bist ein großes Kind!"

„Wer weiß", lächelte er. „Gibst du mir auch eine F6? Danke! Es gibt einen Experten, der das behauptet. Er meint, dass die Signatur der Figur darauf hinweist, dass sie aus Bergerz gefertigt wurde. Und der Werkstoff Bergerz wird nur im Zusammenhang mit dem Platon-Bericht erwähnt.Und diese über zweieinhalb Jahrtausende alte Beschreibung handelt von Atlantis. So ist die Beweiskette."

Die Frau setzte einen Dackelblick auf und nahm seine Hand: „Zeigst du mir die Figur? Ich möchte auch etwas von Atlantis sehen ...!"

Irenäus war ziemlich hin und her gerissen. Einerseits hatte er sich fest vorgenommen, die Minoische Dame, wenn überhaupt, ausschließlich nur sehr vertrauten Menschen zu zeigen. Andererseits schlich sich diese Frau dermaßen gekonnt in sein Herz, dass er nicht mehr nein sagen konnte.

Von der Küche aus führte ein türloser Durchgang in seinen Studiersalon. Ohne das Licht anzuknipsen, ging er hinüber. Neugierig reckte Wanda den Kopf. Doch sie würde nichts sehen! Er bewegte sich in eine dunkle Ecke außerhalb ihres Blickwinkels. Alle Flächen in diesem Raum waren dicht belegt mit Büchern, Papieren und unzähligen Dingen mit allen möglichen und unmöglichen Funktionen. Es herrschte Chaos, eine Unordnung, die nur der Meister halbwegs im Griff hatte. Ziemlich versteckt hockte eine Kaffeemütze im Schatten der Nacht. Irenäus lüftete sie für einen Moment und nahm die Figur darunter hervor.

Gleich darauf stellte er sie auf den Küchentisch. Die Statuette war klein, knapp über fünfzehn Zentimeter hoch. Im Licht der Sechziger-Glühbirne sandte sie ein goldenes Strahlen aus, belebt von silbergrünen Reflexen. Der Kenner sah sofort, das die Figur nicht aus Gold war.

„Oh, Gott!", schrie Wanda in hoher Tonlage und warf den Oberkörper zurück und wieder nach vorn. Sie war außer sich, von einer Sekunde auf die andere. Keiner der Menschen, die in Irenäus' Anwesenheit die Miniatur betrachtet hatten, war dermaßen beeindruckt gewesen.

„Sie ist wirklich von Atlantis!", stieß Wanda mit bebender Stimme hervor. „Darf ich sie anfassen?"

„Bitte!", sagte Irenäus.

Vorsichtig näherten sich die kleinen Hände der Frau dem Artefakt. Die Minoische Dame war außerordentlich fein und detailreich ziseliert. Eine Frau mit langen, teils hoch gebundenen Haaren stand in einem leichten Ausfallschritt vor dem Betrachter. Das schmale Gesicht war ein wenig angehoben, als blicke sie an ihm vorbei in ferne Welten. Ihr Oberkörper war nackt und sportlich ideal gebaut, gerade, feminin athletisch, mit hoch sitzenden, straffen Brüsten. Von der Taille ab fiel ein Gewand bis zum Boden, das so präzise gearbeitet war, das man ihre schlanken muskulösen Schenkel darunter sehen konnte. Der Stoff trug ein Muster, das die Fähigkeit besaß, das Licht irisierend zu brechen.

Die Dame stemmte den linken Arm anmutig in die Hüfte, während der rechte wie zu einer unbestimmten Willkommensgeste nach vorn wies. Jedes Detail an dieser Figur, selbst die Muskelstränge oder ihre Gesichtszüge waren mikroskopisch fein ausgeführt.

Behutsam, fast ängstlich streckte Wanda die Hand danach aus. In ihren Augen schienen Tränen zu stehen. Andächtig strich sie der Frau mit einem Finger über die kunstvolle Haartracht. Dann nahm sie die Minoische Dame in die Hand und hob sie langsam bis zu ihrem Gesicht empor. Lange versenkte sie den Blick in das Bild der Statuette.

„Sie spricht zu mir", flüsterte sie plötzlich.

„Was sagt sie?", erkundigte sich Irenäus und goss neuen Kaffee und Cognac in die Tassen.

„Es ist eine fremde Sprache", hauchte seine Besucherin. „Ich verstehe sie nicht, aber sie hat bestimmt Sehnsucht nach ihrer Heimat."

„Die Schrift weist auf Kreta als Herstellungsland hin", erklärte Irenäus. „Vor Jahrtausenden soll dort der mythische König Minos über eine hochentwickelte Kultur geherrscht haben. Doch das Schicksal wendete sich gegen ihn. Er erzürnte den Gott Poseidon. Der schickte einen weißen Stier, der die Frau des Königs verführte."

„Oh, wie schön!", stieß Wanda entzückt hervor.

Irenäus warf ihr einen merkwürdigen Blick zu und fuhr fort: „Aus dieser Verbindung entstand ein monströses Mischwesen, der Minotaurus. König Minos sperrte das Ungeheuer in ein eigens dafür gebautes Labyrinth. Erst der griechische Held Theseus tötete das Monster und fand mit Hilfe eines Wollknäuels wieder ins Freie. Das war der berühmte Faden der Ariadne, der Tochter des Königs. Nach ihr habe ich die Statuette benannt – Ariadne."

„Was du alles weißt", bewunderte ihn die Frau. Wiegend bewegte sie die Figur hin und her. „Sie ist ganz leicht."

„Und härter als Stahl", sagte Irenäus. „Sie ist Jahrtausende alt und nichts an ihr ist abgegriffen, oxydiert oder verbogen. Vielleicht ist es tatsächlich Bergerz."

„Jedenfalls handelt es sich um kein mir bekanntes Material", erwiderte Wanda und stellte die Figur auf die Tischplatte zurück. „Und was fast noch interessanter ist: Mit was für Werkzeugen hat man sie bearbeitet?"

„Du bist die Spezialistin", grinste er.

Wanda strich immer wieder über die filigrane Oberfläche. „Und ich sage dir, dass diese Statuette geschnitten wurde, mit einem Plasmabrenner oder einem Laser."

„Eine extrem gewagte Hypothese", überlegte Irenäus. „Wir sprechen von der Frühzeit der menschlichen Geschichte."

„Na, wenn schon!", rief sie impulsiv. „Was wissen wir schon darüber?"

„Vielleicht ist es eine Fälschung", gab er weiter zu bedenken.

„Gib mir eine Lupe!", befahl Wanda und langte wiederum nach der Dame. Gehorsam brachte Irenäus ein schwarz eingefasstes Vergrößerungsglas mit Stielgriff. Er stellte sich hinter sie und strich mit den Händen über ihren Rücken. Die Frau besah sich dabei die Figur durch die Lupe. Lange betrachtete sie die Glyphen der Prägung. Dann fällte sie ihr Urteil: „Diese Statuette ist echt! Machart und Material sind völlig unbekannt."

Sie ergriff die Kaffeetasse und trank sie fast vollständig leer. „Ich kann nicht mehr nach Hause fahren. Darf ich bei dir schlafen?“

Diesen Spruch hatte Irenäus schon seit einer ganzen Weile erwartet. Wollte sie gleich am ersten Abend …? Außerdem gab es ja noch Rita, und mit der vertrug er sich gerade sehr gut. Andererseits … „Ich habe nichts dagegen. Es ist schon zwei durch. Soll ich dir mal mein Bett zeigen?“

In diesen Fragen war Irenäus rigoros und ausreichend routiniert. Er streichelte den Hals der Frau. Sie schob die Figur ein Stück von sich und bog den Kopf zurück. Er küsste sie – von hinten.

Irgendwann kamen sie endlich in seinem Schlafraum an, der eine Treppe hoch im Giebel des Häuschens lag.

„Wir müssen uns gemeinsam in ein Bett legen“, sagte er und räumte schnell seine herumliegenden Klamotten zusammen. „Aber es ist breit genug.“

„Ich muss sowieso etwas kuscheln nach diesem aufregenden Abend“, antwortete sie gelassen. „Nur eins ist klar, Irenäus, gevögelt wird nicht!“ Er sagte dazu nichts und legte sich in züchtiger, wenn auch knapper Nachtbekleidung unter die Bettdecke.

„Du bist aber schnell!“, kicherte sie und zog ihr Jackett aus. Darunter war sie die ganze Zeit über nackt gewesen. Sie hatte sehr schöne Brüste, fand Irenäus. Gleich darauf lag sie neben ihm. Er spürte die samtige Wärme ihres Körpers und nahm sie in die

Arme. Genussvoll ließ sie sich streicheln.

„Was sagt dein Freund dazu?“, fragte Irenäus.

„Weiß ich nicht“, flüsterte sie. „Ich glaube, du könntest mir viel Neues geben, Erkenntnisse, die er mir nie bieten wird. Und umgekehrt. Er ist sehr einfach gestrickt, aber er macht mit mir Dinge, von denen du noch gar nicht gehört hast. Kraule meinen Rücken!“

Sie drehte sich um und Irenäus massierte schweigend von den Schultern zu den Schenkeln. Dabei dachte er über die Unvollkommenheit menschlicher Beziehungen nach, bis sie beide in einem Dämmerzustand versanken.

Irgendetwas hatte sich verändert. Irenäus erwachte aus einem leichten und unbequemen Schlummer. Mühsam hob er die bleischweren Lider. Durch das Atelierfenster im Dach fiel fahles Dämmerlicht. Er tastete neben sich unter der Decke. Der Platz war warm, aber leer. „Verdammtes Miststück!“, sagte er leise und richtete sich auf. Niemand außer ihm war im Zimmer. Wo war sie? Nach Hause gefahren? Diese Frau schien anstrengend zu sein. Er entschloss sich, aus dem Bett zu steigen. Zigarettendunst schwebte im Raum. Barfuß bewegte er sich zum Treppenaufgang. Dabei sah er ihre Hose und Stiefel auf dem Fußboden liegen. Merkwürdig! Was trieb sie?

Er schlich die Treppe hinab. Seine Augen gewöhnten sich an das Dämmerlicht. Die Küche war leer und verqualmt. Ein leises Rascheln war zu vernehmen. Lautlos näherte er sich dem Durchgang zum Studierzimmer und spähte um die Kante des Holzbalkens. Eine dunkle Gestalt huschte in seinem Chaos umher. Natürlich war das Wanda. Was suchte sie hier?

Wahrscheinlich verfügte sie tatsächlich über paranormale Fähigkeiten. Sie drehte sich blitzschnell um und nörgelte: „Irenäus! Wo ist dein Klo? Ich muss so nötig pinkeln!"

Er glaubte ihr nicht, nahm sie aber trotzdem an die Hand: „Komm! Ich zeige es dir."

Sie hatte das Jackett an und einen Slip. Ihre Beine waren lang und schlank.

Draußen wurde es heller. Er wollte wieder ins Bett gehen. Doch sie fragte nach dem Pinkeln: „Machst du mir noch einen Kaffee?"

„Jetzt?", erkundigte er ungläubig. „Es ist mitten in der Nacht."

„Ach, was!", erwiderte sie gähnend. „In zwei Stunden fängt meine erste Besprechung an. Bis dahin muss mein Blutdruck hoch. Du weißt doch – jede Stunde 50 Euro!"

Er heizte gehorsam die Kochmaschine. Sie wartete mit baumelnden Beinen auf einem Küchenstuhl und rauchte eine F6.

„Du machst dir vielleicht Stress", brummte er.

„Überhaupt nicht!", konterte sie leicht zickig. „Das macht mir großen Spaß."

Irenäus konnte das nicht verstehen.

Bald darauf verabschiedete sie sich mit einem rauchigen Kuss. „Sehen wir uns am Donnerstag wieder? Im Pub!"

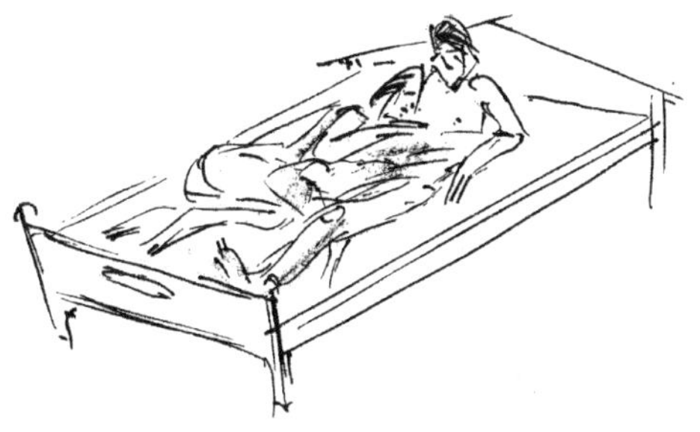

VIII

Als Kind war sie einmal auf einer Reittour über Berg und Tal viele Stunden lang auf einem Pferd geritten. So wie damals fühlte sie sich heute ebenfalls. Dieser dunkle Darko hatte es doch total übertrieben. Sie wusste gar nicht, ob sie Freude oder Ärger über die durchlebte Eskapade und ihr eigenes Verhalten in sich aufkommen lassen sollte. Am besten war wohl, erst einmal nicht daran zu denken.

Sie kam viel zu spät zur Arbeit. Das Auto hatte sie gestern Nachmittag an der Marktkirche stehenlassen. Es war jetzt kurz vor zehn. Unter dem Scheibenwischer des kobaltblauen Golfs leuchtete ein Knöllchen der Stadtverwaltung Quedlinburg. Nur eine Stunde Parkzeit. Shit!

„Morgen!“, grüßte sie, als sie endlich in ihrem Büro angelangt war.

„Guten Morgen, Rita!“, nuschelte ihr Exschwager Hauptkommissar Schropel. Seine blassblauen Augen schauten sie missbilligend an. „Du kommst heute recht spät. Hast du dir wieder die ganze Nacht mit diesem selbsternannten Detektiv ...?“

„Ja, ja!“, knurrte Rita, was in psychologisierender Übersetzung hieß: Leck mich am Arsch! Sie musterte den Mann, der die perfekte graue Maus gewesen war, bis ihn eine Frau umgeformt hatte. Ehemals grauer Polyacryl-Anzug, trug er heute Bluejeans und buntes Hemd. „Geht's noch gut mit deiner Freundin? Werde bloß nicht wieder pedantisch!“

Schropel strich die dünnen, graublonden Haare nach hinten, sodass sie noch enger am Schädel klebten. „Nur zu deiner Information, liebe Rita, die Ermittlungen sind inzwischen auch ohne dich weiter gelaufen. Ach, schweig lieber! Wir haben mit hoher Wahrscheinlichkeit das Fahrzeug gefunden, das den gestohlenen Schaufellader abtransportiert hat. Natürlich nach Polen.“

„Mit Hilfe der Maut-Detektoren?“, riet Rita richtig.

„Genau“, grinste der Hauptkommissar. „In der fraglichen Sturmnacht gab es nur wenig Bewegung auf der Strecke Magdeburg, Halle, Dresden, Görlitz. Ein Quedlinburger Sattelschlepper ist von Plötzkau bis an die polnische Grenze gefahren. Er wurde überall registriert. Gegen Mittag kam er zurück. Der Truck gehört einer Transportfirma Hampe, die ein paar Lastzüge laufen hat.“

„Seit wann weißt du das?“, fragte Rita und befahl ihrem Computer, seine Arbeit aufzunehmen.

„Seit vorhin", antwortete Schropel und lächelte sie besänftigend an. „Es hat etwas gedauert, bis die Maut-Daten freigegeben wurden. Zum Glück ist es den Menschen bis jetzt noch nicht klar, welch neues Überwachungssystem damit geschaffen wurde. Und wenn erstmal die PKW-Maut kommt, dann ist bald jede Fahrbewegung nachvollziehbar. Na ja, das Volk will es eben so!"

Rita ging darauf nicht ein. Ihre Gedanken kreisten noch halb um Darko. Die andere Hälfte hatte gerade herausgefunden: „Auf Firma Hampe ist ein Tieflader zugelassen. Also, was machen wir nun?"

„Ich frage den Staatsanwalt und den Chef", erwiderte Schropel gelassen. „Der Fall sieht eigentlich ziemlich dilettantisch aus."

„Ja, mach das, Heinz!" Rita lehnte sich in ihrem Drehsessel zurück und überlegte, ob sie noch einmal in diese verruchte Wohnung steigen sollte. Und wann?

„Was ist denn mit dir heute los?", unterbrach der Mann ihre Träumereien nach einiger Zeit. „Hast du einen Neuen?"

„Dir entgeht auch gar nichts", murrte sie.

„Gott sei Dank!", grinste Schropel, dem Irenäus Moll schon immer ein Dorn im Auge gewesen war, auch wenn er sich in letzter Zeit ein wenig an Ritas Freund gewöhnt hatte. „Also, die hohen Herren meinen Folgendes: Sie halten die Täter nicht für so dumm, die Registratur durch die Maut nicht zu berücksichtigen. Höchstwahrscheinlich hatten sie eine reguläre Fracht nach Polen
und das Diebesgut – wenn es denn so war – als Beifracht. Sollten wir sie uns jetzt vornehmen, wissen sie Bescheid. Deshalb schlägt der Staatsanwalt vor, den Tieflader zu markieren und etwas abzuwarten. Dann kriegen wir vielleicht die ganze Bande, denn ein Schaufellader lässt sich nicht alleine klauen.

Wir sollen uns inzwischen beim Zoll erkundigen, ob die Firma Hampe öfter Fracht für Polen fährt und um welche es sich dabei handelt. Außerdem sollen wir feststellen, wie die Fahrer heißen."

„Okay!", sagte Rita und verbannte ihre sexuellen Gedanken ins Unterbewusstsein. „Dann lass uns mal ans Werk gehen!"

Bereits am Nachmittag hatten sie sich ein ziemlich genaues Bild zusammengesetzt. Die Recherche ergab, dass die Lastzüge der Firma Hampe relativ oft nach Polen fuhren. Es gab unterschiedliche Frachten, immer wiederkehrend waren Transporte für die Walzengießerei Quedlinburg. Dieser Betrieb hatte sich aus der DDR hinübergerettet und besaß heute eine gesunde Geschäftsstruktur. Rita rief dort zuerst an und wurde sofort fündig. Das Fuhrunternehmen transportierte mehrmals im Jahr steinbrechende Walzen für den polnischen Steinkohlebergbau. Hinter der deutsch-polnischen Grenze wurden sie auf die Eisenbahn verladen, weil das in Polen billiger war. Und wie es der Zufall wollte, verlud man die letzte Sendung am Freitagabend vor Ausbruch des Sturmes. Die Walzen waren in sehr großen Holzkisten verpackt, die sich am besten auf Tieflader stellen ließen. Die Fracht war Sonnabend früh pünktlich in Görlitz angekommen.

Da man sich in einer Stadt mit 22.000 Einwohnern oftmals persönlich kannte, war auch bekannt, wie der Fahrer hieß: Stanko.

„Stanko ist doch kein Name", regte sich Hauptkommissar Schropel auf.

„Die wussten nicht, wie er wirklich heißt", sagte Rita gelassen. „Aber das werden wir auch bald wissen. Hast du die Markierung des Tiefladers eingeleitet?"

„Sie schicken den Spezialisten aus Halberstadt", antwortete Schropel. „Er führt den Auftrag in der Nacht aus. Wir können uns darauf verlassen."

Ritas Augen waren schon sehr klein, als sie zum besten gab: „Es ist gleich fünf, Heinz. Ich muss jetzt nach Hause. Schlafen!"

IX

Die Stadt Quedlinburg, deren historischer Stadtkern zum Welterbe der UNESCO gehört, umschließt nicht nur das umfangreichste und imposanteste Ensemble von Fachwerkhäusern auf dieser Welt, sondern besitzt auch eine ausgesprochen vielfältige und liebliche Umgebung. Parallel zur geklüfteten Kante der Harzberge erstrecken sich langgezogene Höhenzüge aus Sandstein, Muschelkalk und Glimmer, auf deren sonnigen Abhängen sich eine sehr reiche Artenvielfalt von Tieren und Pflanzen angesiedelt hat.

Ziemlich versteckt, an eine dieser Schichtrippen gelehnt, (so lautet der Name der Höhenzüge im geologischen Fachjargon), lag das Haus von Wanda Uhland. Genau wie sie selbst, besaß auch das Haus seinen eigenwilligen Charakter. Die Ziegelwände waren dick mit Lehm verputzt, der mit einem blendend weißem Kalkanstrich überzogen war. Große Fenster ließen das Sonnenlicht in den Innenraum fluten. Nach Süden hatte sie vor einigen Jahren eine große Veranda aus Fichtenholz anbauen lassen, zu der eine Treppe aus Robinie hinaufführte. Diese Plattform war überdacht.
Um einen ausladenden Holztisch gruppierten sich unterschiedliche Stühle und Sessel.

Wanda hatte einen anstrengenden Arbeitstag hinter sich. Pausenlos wollten sich ihre Geschäftspartner mit ihr abstimmen. Der opulente Auftrag aus Bayern sollte so bald wie möglich realisiert werden. Laufende Projekte befanden sich in unterschiedlichen Phasen der Bearbeitung, Auftraggeber erkundigten sich nach dem aktuellen Stand. Termine drückten. Sie war müde, sehr müde, aber endlich für einen Moment allein. Die x-te Tasse Kaffee stand neben ihr, und in der Hand qualmte eine F6. Sie hüstelte verhalten.

Die Sonne neigte sich dem westlichen Horizont zu. Die Luft war mild und duftete würzig nach Frühling. In Wandas Kopf tauchten Gedanken auf, die sie tagsüber beiseite geschoben hatte. Natürlich drehten sie sich um die Minoische Dame. Diese kleine Statuette hatte sie stärker fasziniert als sie es sich in ihren kühnsten Träumen vorgestellt hätte. Sie war so schön und so mystisch gewesen, dass sie ihrem Zauber sofort und endgültig erlegen war. Denn Wanda war nicht ausschließlich eine sehr merkantil denkende Geschäftsfrau, sondern auch, wenn sie meinte, es sich leisten zu können, eine Romantikerin. Die Figur hatte tatsächlich zu ihr gesprochen, und es bestand für sie kein Zweifel daran: Das Püppchen wollte bei ihr sein!

Besonders die stoffliche Komponente des Problems versetzte Wanda in helle Aufregung. Nachdem sie die Figur einmal in Händen gehalten hatte, stand für sie fest, dass dieses Teil aus einer völlig unbekannten Legierung geformt war. Es sah so aus, als wären hier Härte und Leichtigkeit auf die Spitze getrieben worden – und das bereits vor undenklichen Zeiten.

Als sie sich im Internet mit dem Sagenkreis um den vorsintflutlichen Archipel Atlantis beschäftigte, wurde ihr immer klarer, dass es auf der Welt ausgesprochen viele Menschen gab, die die Existenz dieser geheimnisvollen Zivilisation für möglich hielten – viel mehr, als sie gedacht hätte. Aber ob nun Atlantis oder irgendeine andere Kultur war eigentlich fast egal, wirklich entscheidend war der Wert des Materials.

Sie zündete die nächste F6 an. Dieses Artefakt musste sie haben, und zwar so bald wie möglich. Der Plan für die Übernahme reifte bereits seit geraumer Zeit in ihrem zierlichen Köpfchen.

Ja, zugegeben, um diesen Irenäus Moll tat es ihr auch etwas Leid. Sie fand ihn außergewöhnlich, interessant und durchaus lie-

benswert. Aber verliebt hatte sie sich nicht. Vielleicht war er sogar ein guter Liebhaber, aber sicherlich nicht in ihrem Sinne. Und er war ihr zu direkt. Er sagte den Menschen genau das, was er dachte. Das war ihr zu anstrengend. Sie spielte lieber, hielt sich bedeckt, blieb unberechenbar und launisch. Außerdem machte er sich nicht viel aus Geld. Sie schon! Sie wollte reich sein oder sich zumindest etwas leisten können, deshalb buffte sie Tag und Nacht vor ihrem Computer. Also, lieber Irenäus, das wird nichts! Nach meinen Regeln wirst du niemals ernsthaft spielen, dachte sie ein wenig bekümmert, und damit hast du schon verloren.

Wanda lehnte sich im Sessel zurück und seufzte. Ihr Bein schmerzte ein wenig. Das Wetter würde wieder schlechter werden. Sie trank den letzten Schluck Kaffee und zündete eine F6 an. Die Sonne verschwand hinter dem äußersten Pfeiler der Veranda.

Im Morgengrauen hatte sie versucht, den genauen Standort der Statuette inmitten der chaotischen Wohnung ausfindig zu machen. Geschlafen hatte sie sowieso kaum. Der große Körper des Mannes war zwar nicht unangenehm gewesen, aber zu fremdartig, sein Haus zu einsam, die Aura zu geheimnisvoll. Mindestens zehn Minuten lang suchte sie in dem dämmrigen Zimmer. Hätte sie die Figur aufgespürt, wäre sie vielleicht einfach auf und davon mit ihr. Wer weiß ... Aber dieser Irenäus Moll entdeckte sie zu früh. Sie musste abbrechen. Hoffentlich war er nicht misstrauisch geworden.

Ein weißblauer Reflex störte plötzlich ihre Kreise. Sie nahm einen tiefen Zug Qualm und blies ihn mit gespitztem Mund wieder aus. Wieso kam der heute so frühzeitig? Stanko nahte zwischen den Kiefern auf der gepflegten Rasenfläche zwischen Veranda und Zufahrt. Sein Gesicht wirkte gestresst, das sah sie schon von weitem. Der sollte ihr bloß keinen Zoff wegen letzter Nacht machen. Sie quetschte die Zigarette aus und unterdrückte den Reflex, sofort eine neue zu fingern. Der Mann kam die Holztreppe mit schnellen Schritten herauf und blieb vor ihr stehen.

„Hi!“, sagte Wanda und lächelte.

„Hi, Süße!“, erwiderte er routinemäßig und beugte sich hinab zu einem schnellen Kuss. Dann drehte er sich zur Tür ins Haus. „Ich muss mal schnell ein Bier trinken.“

Wanda verzog den Mund eingeschnappt, aber das sah er nicht. Immer wieder quälte sie ein innerer Stachel. Weshalb hat dich dieser Kerl dermaßen im Griff? Ist es Liebe oder Sucht? Eigentlich war mit dem überhaupt nichts los. Er war handwerklich einigermaßen begabt und konnte sie sexuell betören. Viel mehr hatte er nicht zu bieten, außer, dass er pflegeleicht war; wenn sie den Gedanken zuließ: Ein Depp!

Stanko kam mit seinem Bier und ließ sich auf einen Stuhl fallen. Er trank und stellte die Flasche mit einem leichten Knall auf den Holztisch. Dann schaute er mit zusammengekniffenen Augen auf den orangenen Abendhimmel. Die Sonne war inzwischen verschwunden.

Wanda lehnte sich im Liegestuhl nach hinten und setzte das aristokratische Gesicht auf: „Glaubst du, dass Atlantis jemals existiert hat?“

Stanko trank noch einmal, stierte dann weiter in den Sonnenuntergang. Sie entzündete eine F6 und wartete. Endlich sagte er: „Fängst du schon wieder mit deinen Märchen an? Atlantis! Wer hat dir denn das in den Kopf gesetzt?“

Blödmann, dachte sie und schaute auf seine muskulösen Oberarme. Dann setzte sie erneut an: „Der Untergang von Atlantis interessiert mich. Was weißt du darüber?“

„Dass Atlantis untergegangen ist", antwortete er gelangweilt und trank einen Schluck Bier. „Wollen wir grillen?"

„Nee, ich will nicht fett werden", meinte sie und setzte zur nächsten Frage an: „Du meinst also, die Geschichte von Atlantis wäre ein Märchen? Was weißt du über dieses Märchen?"

„Dass es einige Spinner gibt, die meinen, Atlantis hätte es gegeben, und dass es dort wundersam war und dass wir alle daher kommen", antwortete er gepresst. „Es gibt da ein paar Trickfilme und so was. Reicht dir das?"

„Ja, das reicht mir!", meinte sie mit mühsam unterdrückter Wut. „Kannst gerne grillen. Ich muss nochmal an den Computer. Für mich ein Würstchen."

Mit einem Ruck erhob sie sich und ging zur Tür. Dabei konnte sie das leichte Hinken nicht unterdrücken. Doch die Berechnungen wollten ihr nicht gelingen. Ihr Kopf schmerzte, der Rücken war verspannt. Deshalb war sie froh, als der Mann endlich rief: „Deine Bratwurst ist fertig! Kommst du?" Als sie draußen ankam, gab er ihr einen Versöhnungskuss und hatte den Tisch gedeckt. Sie freute sich. Ein bisschen.

Schweigend aßen sie die Grillware. Sie hatte keine Lust zum Reden, und er schwieg sowieso meistens. Wanda überlegte, wie sie es anstellen sollte. Endlich begann sie vorsichtig: „Weißt du, Stanko, das, was ich vorhin von Atlantis erwähnte, hat eine tiefere Ursache. Es gibt da Leute, die meinen, dass sie ein Artefakt von Atlantis besitzen."

„Ein was?", nuschelte Stanko, der das dritte Würstchen aß und gerade mit Bier nachgespült hatte.

„Ein Artefakt", sagte sie beruhigend. „Das ist ein Gegenstand aus einer vergangenen Kultur. In diesem Fall soll es von Atlantis stammen. Aber eigentlich ist das auch egal. So richtig kann ich selber nicht dran glauben. Wichtig ist etwas anderes. Dieses Teil besteht aus einer unbekannten Metalllegierung, dem sogenannten Bergerz. Dieser Stoff hat einmalige Eigenschaften. Wer ihn besitzt, kommt ganz groß raus."

„Und bei diesem Atlantis-Dingsda hast du die Nacht verbracht?", knurrte Stanko und nahm das Brotmesser.

„Ganz Recht!", meinte sie und schaute ihn nicht an, sondern riss eine neue Schachtel F6 auf. „Ich habe dort übernachtet, wo sich das Artefakt befindet. Es ist eine wunderbare kleine Figur. Sie gehört niemandem, sondern sucht sich die Menschen selbst aus, bei denen sie leben möchte ..."

„So hast du dir das zurechtgelegt", höhnte der Mann und schnitt vor der Brust eine Scheibe Brot ab. „Hast du's mit dem anderen getrieben?"

„Quatsch nicht immer solchen Blödsinn!" Für den Moment ihres cholerischen Anfalls verzog sich Wandas Gesicht zu einer ordinären Grimasse. Dann war sie sofort wieder besonnen: „Die Figur will zu mir. Sie hat es mir gesagt. Und dich, mein lieber Stanko, bitte ich, sie zu holen!"

„Wie meinst du das?", fragte er skeptisch. „Noch eine Bratwurst?"

Sie nickte leicht mit dem Kopf. „Morgen Abend treffe ich mich noch einmal mit dem Mann, bei dem sich die Statuette befindet. Ich werde ein paar Stunden mit ihm verbringen. In dieser Zeit sollst du sie dort abholen. Tust du das für mich, Geliebter?"

„Sag mal, spinnst du?", fuhr sie Stanko an, was er normalerweise selten tat. „Ich soll für dich einen Diebstahl begehen? Das kommt überhaupt nicht in Frage! Du kannst es vergessen!"

„Stanko!" Sie schlug einen leisen, beschwörenden Ton an. „Das ist kein Verbrechen! Die Figur lag Jahrtausende in der Erde. Dann hat sie irgendwer ausgegraben und verkauft. Im Ersten Weltkrieg ließen ein deutscher Hauptmann und sein Bursche auf einem Feldzug sie mitgehen. Die beiden stammten übrigens aus Quedlinburg. Vor einem Jahr hat sie eine Frau aus einem geheimen Depot geklaut. Sie zeigte sie dem Antiquitätenhändler Klaus Bernstein, der sie einer Analyse unterziehen lassen wollte. Das war allerdings keine so gute Idee, und als die Lage dann brenzlig wurde, hat sie die Figur bei Irenäus zurückgelassen. Und jetzt will das Püppchen eben zu mir! Was ist daran Diebstahl?"

Sie war am Ende wieder in ihre Kindersprache verfallen und blickte den Mann bettelnd an. Der hatte während dieser Rede die Grillzange immer tiefer sinken lassen. Nun stöhnte er: „Lass mich doch mit diesem Schwachsinn in Frieden! Woher weißt du das überhaupt alles? Von diesem I..., Ir...? Wie heißt der Vogel?"

„Nun reiß dich mal zusammen, Stanko!", antwortete Wanda mit mütterlicher Ermahnstimme. „Der Mann heißt Irenäus. Irenäus Moll. Er trägt den gleichen Vornamen wie Irenäus Eibl-Eibesfeldt. Kennst du den?"

„Oh, Mann!", schrie Stanko. „Willst du mich nerven? Ich möchte in Ruhe grillen!"

Wanda nahm die zweite Wurst entgegen und biss hinein. Dann sprach sie mit vollem Mund: „Also, tust du es?"

„Wo soll die Figur stehen?", begann Stanko einzulenken. Damit hatte er schon verloren.

Wanda erklärte ihm haargenau, was er alles wissen musste. Als sie damit zu Ende gekommen war, fröstelte sie. Das Grillfeuer lag erloschen, und es war inzwischen Nacht. Am Himmel stand leuchtend der Mond. Morgen würde Vollmond sein. Danach kommt schlechtes Wetter. Sie zitterte plötzlich vor Kälte, und das Bein schmerzte sehr. Mühsam erhob sie sich aus ihrem Korbstuhl und hinkte um den Tisch zu Stanko. Sie nahm seinen Kopf und küsste sanft den Hals. Der Mann war immer noch sauer, obwohl oder gerade weil er sich inzwischen in sein Schicksal gefügt hatte.

„Hast du Lust?", flüsterte sie verführerisch.

„Du humpelst heute zu sehr!", knurrte Stanko schroff. „Das törnt mich ab."

Arschloch, dachte sie und wandte sich von ihm weg. Sie ließ alles liegen und stehen und hinkte langsam zur Verandatür.

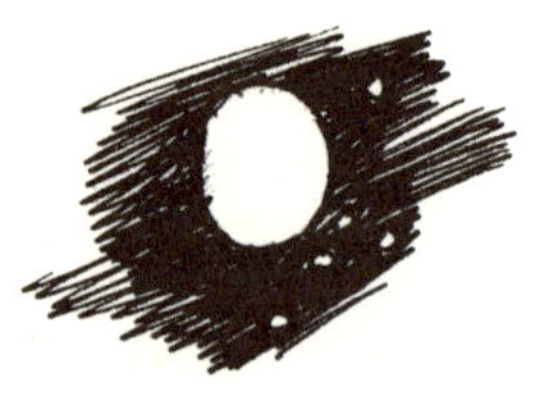

X

Allmende ist ein Begriff aus dem Hochmittelalter. Er bezeichnete das Gebiet, das den Mitgliedern einer Gemeinschaft von Siedlern als Weidefläche gleichberechtigt zur Verfügung stand.

Der letzte Rest der Quedlinburger Allmende heißt Kleers. Das ist ein großer dreieckiger Platz, auf dem Rasen wächst und der von alten Linden umstanden ist. Leider stellte man in DDR-Zeiten auf eine Ecke dieses Platzes eine Schule aus Neubauplatten, die die Authentizität der Gesamtfläche stark beeinträchtigt. In der unmittelbaren Nähe dieser Kleers-Wiese gibt es ein Haus aus dem späten 19. Jahrhundert, in dem ein wenig versteckt „Kessys Massageparadies“ etabliert ist.

Hier legen sich Männer zur Ganzkörper-Massage nieder, in unterschiedlich ausstaffierten Salons bei gedämpftem Licht und verstohlen qualmenden Duftstäbchen, chinesisch, ägyptisch oder afrikanisch. Ein viertes Zimmer ist der Sex-Ikone Marilyn Monroe gewidmet. Auf dem breiten, in warmem Weinrot bezogenem Bett räkelte sich Stanko. Er hatte heute einen freien Tag. In Wandas Haus gaben sich wie fast immer Geschäftsleute und Spezialisten die Klinke in die Hand, sodass er, Stanko, sich überflüssig erschien. Am Wochenende hatte er schönes Geld verdient, und deshalb leistete er sich einen Besuch bei Kessy. Der Mensch braucht schließlich Abwechslung.

Neben ihm kniete Cleo, ein ziemlich kräftiges Mädchen mit großen Brüsten, die sie gerade wieder in ihr enges rotes Minikleidchen zwängte. Ihre halblangen blonden Haare lagen noch etwas wirr, die blauen Augen blickten harsch auf den schönen Körper des Mannes. Cleo war keine anschmiegsame Person. Ihr Wesen war zumeist ziemlich rau, aber das liebte Stanko, denn es erinnerte ihn an seine Mutter.

Ein letztes Mal ließ er die rechte Hand über ihren leicht gebräunten Oberschenkel gleiten. Marilyn Monroe schaute aus unterschiedlichen Perspektiven von allen vier Wänden auf sie herab. Teelichter brannten, bunte LEDs blinkten lustig, und Grünpflanzen sehnten sich nach Tageslicht. Auf einem Tischchen lagen als Gag einige Kondom-Schachteln mit den Aufdrucken verschiedener im Stadtrat vertretener Parteien, die von Kunden hier zurückgelassen worden waren.

„So, nun steh auf!", befahl Cleo und schenkte ihm ein professionelles Lächeln. „Willst du duschen?"

Stanko wälzte sich vom Bett und folgte ihr hinaus auf den Flur. Die Türen der anderen Zimmer standen offen, und die Bilder von Zebraköpfen, Pharaonenmasken und Buddha-Statuen blitzten ihn geheimnisvoll an. Aus dem Raum der Chefin drang leise Musik. Kessy blickte zur Tür heraus und nickte ihm lächelnd zu. In ihre langen hellblonden Haare waren bunte Bändchen eingeflochten. Eine Leopardenbluse verhüllte nur unvollkommen die üppigen Brüste. Aus den Jeans schauten Stiefeletten, deren Hacken die Frau fast so groß wie Stanko erscheinen ließen.

„Hallo, Kleiner!", erklang ihre tiefe Whisky-Stimme. „Auch mal wieder hier?"

„Hallo, Kessy!", erwiderte er brav und verschwand schnell im Bad.

Das Badezimmer war ziemlich geräumig und bot einen Ausblick auf Hof und einen gepflegten Garten. Stanko stellte sich in die Duschkabine und ließ angenehm warmes Wasser über seinen Körper rauschen. Da war ihm, als ginge die Tür, aber er fühlte sich nach der Massage zu träge, den Kopf zu drehen. Dicht hinter ihm sagte unvermutet eine bekannte Stimme: „Guten Tag, Stanko! Schön, dass ich dich hier treffe. Ich sah draußen dein Auto stehen."

Erschrocken drehte sich der Angesprochene um: „Darko! Mit dir hatte ich jetzt nicht gerechnet. Was gibt's denn? Stimmt irgendwas nicht?"

„Mann, Alter!", lachte Darko in verhaltenem Bass. „Was soll nicht stimmen? Bist wohl immer auf der Flucht?"

Stanko verging die Lust am Duschen, trotzdem ließ er das warme Wasser über sich strömen und drehte dem anderen den breiten Rücken zu.

„Also, pass auf, Stanko!", sagte der Hehler hinter ihm in ruhigem Ton. Er stand sehr dicht an der Duschkabine. „Du musst noch einen Transport fahren, und zwar am Sonntagabend. Du kriegst die gleiche Kohle wie beim letzten Mal."

„Das kannst du vergessen!", antwortete der Trucker und drehte sich um. An sich war die Situation degradierend, er nackt vor dem bekleideten Alpha-Tier. Stanko jedoch kannte da keine Hemmung, mit seiner Männlichkeit konnte Darko sicherlich nicht konkurrieren. „Ich bin dieses Risiko einmal eingegangen und habe immer noch Schiss, dass sie mich erwischen. Ich will nicht in den Knast."

„Gut, dass ich weiß, wie du das siehst", meinte Darko grollend und blickte ihm hart in die Augen. „Trotzdem, es muss sein! Danach lasse ich dich in Ruhe. Versprochen!"

„Scheiße! Und wo soll es diesmal sein?", lenkte Stanko ein und entstieg der Duschkabine. „Ich habe am Wochenende keine Fracht nach Polen, da haben sie mich sofort über ihre Stasi-Maut."

„Jetzt kommt die gute Nachricht", grinste Darko diabolisch. „Du brauchst die Ware nur bis Halle fahren. Landstraße! Und dafür gibt's wieder fünf Riesen. Na, schlägst du ein?"

Stanko hatte sich abgetrocknet und zog seine Boxershorts an. „Und von wo soll ich das Teil nun holen? Um was handelt es sich?"

Der andere wurde nun ganz sachlich: „Ein CAT 320C Bagger. Nicht mehr ganz neu, aber egal. Er steht auf der Altenburg an den Wasserbehältern. Dort bauen sie gerade eine neue Wasserleitung in den Harz. Quedlinburg will sein Trinkwasser an die Harzgemeinden verkaufen. Aber das nur nebenbei."

Stankos Gesicht verzog sich bedenklich: „Sag mal, weißt du eigentlich, was das für ein Risiko ist, mit einem Sattelzug auf die Altenburg zu fahren? Und wie soll ich da oben wenden?"

„Hab dich nicht so!", spottete Darko. „Wir haben schließlich einen Bagger, um dich rauszuziehen. Aber du wirst nicht stecken bleiben. Schau es dir vorher an!"

„Scheiße!", stöhnte Stanko und war nun wieder voll bekleidet. „Und wann am Sonntag? Telefonieren wir nochmal?"

„Stanko!", schrie der Hehler erbost. „Wir telefonieren nie! Nie! Nie! Hast du das noch nicht kapiert? Dann haben uns die Bullen sofort! Ihr mit eurer ewigen Telefoniererei geht mir auf den Sack. Sonntag, Punkt Mitternacht, fährst du auf der Altenburg vor. Der Bagger wird mit laufendem Motor auf dich warten. Ich verlasse mich auf dich!"

In diesem Moment öffnete sich sachte die Tür. Kessys Kopf erschien. „Hey, Jungens, schiebt ihr noch schnell eine Privatnummer?" Ihre Reibeisenkehle stieß ein trockenes Lachen hervor. „Los, raus hier! Cleo will auch noch duschen. Ich spendiere euch einen Schampus!"

Verstohlen warf Darko dem Trucker einen fragend aufmunternden Blick zu. Der nickte leicht mit dem Kopf. Er verließ als letzter das Bad. Leise murmelte er vor sich hin: „Du könntest Schampus heißen ...!"

XI

Donnerstag. Die Sonne neigte sich dem Horizont zu. Kleine Wolken, die Vorboten des Wetterwechsels, waberten über dem Kamm der Berge. In ihnen brach sich der rote Anteil des Lichts besonders stark. Als letzter Mitarbeiter verließ ein dicklicher junger Mann mit Hornbrille das Büro. Wanda blickte einige Sekunden wartend zum Himmel, dann zog sie eine Schublade auf und nahm eine Schachtel Ibuprofen heraus. Nachdenklich schaute sie darauf. Es war schon die zweite Tablette an diesem Tag. Aber sie wollte heute Abend nicht hinken. Trocken würgte sie die Schmerztablette hinter und spülte mit einer Neige kalten Kaffees nach. Dann zündete sie eine F6 an und stakste hinaus auf die Veranda.

Verdrossen beugte sie sich über das Holzgeländer. Die Auffahrt war leer. Wo blieb dieser Stanko? Drückte er sich etwa vor seinem Auftrag? Sie war unruhig. Langsam ging sie auf und ab, blaue Wölkchen um sich blasend. Sie holte sich einen Joghurt-Becher und einen Löffel. Ungeduldig aß sie das halbsynthetische Gemenge.

Die Zeit verging. Sie hatte keine Lust mehr zum Arbeiten. Eine gewisse Aufregung ergriff sie. Die Sonne sank beständig und

färbte sich blutrot. Wanda probierte die Garderobe für den Abend aus. Sie entschied sich für eine schwarze Bluse mit durchgehendem Reißverschluss, den man an einem silbernen Herzchen öffnen konnte. Die Ärmel waren aus Seide und durchsichtig. Dazu schwarze Jeans und leicht gehackte Schuhe. Die Haare wurden nach oben gesteckt, sodass die silbernen Ohrringe gut zur Geltung kamen. Um die schlanken Handgelenke legte sie gravierte Silberreife. Am Hals trug sie ein Kettchen mit einem schlichten silbernen Ankh, einer ägyptischen Hieroglyphe, dem Zeichen pharaonischer Macht und Magie.

Und dann kam endlich Stanko. Die Sonne verschwand gerade am letzten Pfeiler der Veranda. Langsam kam er die Treppe hinauf gestiegen. Wanda sah ihm mit zusammengekniffenen Augen entgegen, in der Hand glühte eine Zigarette.

„Hi, Süße!", begrüßte er sie und gab ihr einen Kuss auf die hingereichte Wange.

„Hi!", erwiderte Wanda. „Wo warst du denn so lange? Ich warte schon eine ganze Weile."

„Ich war zu Hause. Bei mir", sagte Stanko und schaute an ihr vorbei in die Landschaft. „Und du hast dich bereits in Schale geworfen, um wieder fremd zu gehen?"

„Ich werde Irenäus Moll ablenken, solange du die Statuette abholst", antwortete sie mit spitzem Mund. „Dazu habe ich dir noch einiges zu sagen, aber ich muss mich ein bisschen beeilen. Hast du den Dietrich bei dir?"

Er nickte mürrisch. „Du willst also tatsächlich, dass ich dort einbreche? Eigentlich habe ich darauf keinen Bock."

„Du willst doch jetzt nicht etwa einen Rückzieher machen?", rief Wanda empört. „Auch du wirst durch diese Legierung reich werden – falls du es dir nicht mit mir verscherzt. Du brauchst nicht einbrechen, sondern nur hineingehen. Es ist ein einfaches Kastenschloss, das jeder Mann aufkriegt!"

„Ja, ja!", knurrte er. „Gibt's noch was?"

„Allerdings!", meinte sie gewichtig. „Du musst mit meinem Mountainbike fahren. Anders geht es nicht."

„Spinnst du?", brauste der Mann auf. „Wieso denn das nun wieder?"

„Ich habe mir das genau überlegt", sagte sie beruhigend. „Dein Auto ist zu auffällig. Überall, wo du es stehen lässt, könnte es von Jägern oder sonst wem gesehen und wiedererkannt werden. Das Risiko ist zu hoch. Aber ehe du ein paar Kilometer zu Fuß gehst, kannst du lieber das Fahrrad nehmen."

„Na gut", stieß er missmutig hervor. „Ich glaube, ich begehe da eine große Eselei."

„Das hängt von dir ab", erklärte sie mit kaum unterdrückter Härte in der Stimme. „Ich schicke dir eine SMS, wenn ich mit Irenäus zusammen sitze. Vergiss dein Handy nicht!"

„Ja, ja", knurrte er

„Sei nicht so mürrisch", sagte Wanda begütigend und gab ihm einen Kuss. „Das wird schon! Und um mich brauchst du dir heute Nacht keine Sorgen machen."

Sie holte das schwarze Jackett aus dem Schrank und wartete darauf, dass Stanko abhauen würde. Zwischen den Bäumen flogen Fledermäuse. Ihr Opfer würde bereits warten.

XII

Etwa zur gleichen Zeit hielt Professor Westermanns Pajero in der Nähe von Molls Grundstück. Er wollte mit dem bulligen Jeep nicht bis vor die Haustür des Privatdetektivs fahren. Deshalb stellte er ihn etwas getarnt neben einer Gruppe alter Fichten ab. Den restlichen Weg ging er zu Fuß. Es dämmerte bereits, und Fledermäuse machten Jagd auf Insekten. Dank der präzisen Vermessung der Welt kannte der Professor die Lage und Anordnung des Anwesens genau.

Erst heute hatte er Zeit gefunden, hierher zu fahren. In den letzten Tagen beschäftigte er sich eingehend mit dem Thema Bergerz. Es existierten durchaus einige wissenschaftliche Autoren, die sich mit Platons Angaben unter metallurgischen Gesichtspunkten auseinandergesetzt hatten. Nachdem er sämtliche Aussagen miteinander korreliert hatte, verdichtete sich in ihm eine Lehrmeinung. Danach war Bergerz meteorisches Titancarbid, das in einer eutektischen Schmelze mit Kupfer und Silizium angereichert wurde. Hierbei entsteht ein den Bronzen ähnliches Kristallgitter, das für außergewöhnliche Härte, Korrosionsbeständigkeit und geringes spezifisches Gewicht sorgt. Mit anderen Worten, Bergerz war der neue Superwerkstoff. Deshalb musste er diese Figur besitzen. Er war sogar bereit, eine große Summe Geld dafür auf den Tisch zu legen.

Hoffentlich war ihm diese gierige Wanda Uhland dabei noch nicht zuvorgekommen, dachte er gerade, als er die Einfahrt des Grundstücks erreichte. Zwischen Büschen führte eine schmale, geschotterte Fahrspur zum Haus. Bedächtig schritt Westermann in diese Richtung. Dabei ging ihm nochmal der geplante Auftritt durch den Kopf – wie in einem Film. Er wollte sich bekannt machen und sehr schnell an sein Ziel gelangen. Er durfte sich auf keinen Fall abwimmeln lassen und musste immer suggestiv und interessant auftreten. Er würde das schon schaffen! Lange genug hatte er dieses Verhalten an Menschen erprobt, nicht als Vertreter für irgendeine unnütze Ware, sondern als faszinierende fachliche Koryphäe.

Das Haus hockte dunkel und geheimnisvoll in der Vegetation. Philip Westermann verlangsamte seinen Schritt und sondierte die Lage. Es war rundum sehr still, zu still. Sollte dieser Irenäus Moll ausgerechnet heute nicht zu Hause sein? Verdammt! Er ging bis zur Tür und klopfte nach einigen zögerlichen Sekunden kraftvoll an. Nichts geschah. Er wartete. Er rief. Er klopfte noch mehrmals. Nichts. Totenstille.

Was nun? Aufgeben wollte er auf gar keinen Fall. Also musste er warten. Vielleicht kam der Detektiv in kurzer Zeit nach Hause. Der Professor setzte sich an den Gartentisch und schwieg. Es wurde zusehends dunkel. Er hatte eine Taschenlampe dabei, die er jedoch nicht benötigte, denn der Vollmond spendete helles, weißes Licht.

Er saß. Er dachte nach. Ihm war nicht langweilig. Die Tiere der Nacht gaben Geräusche von sich. Es wurde kühler. In der Ferne fuhren Fahrzeuge. Die Zeit verging.

Schließlich wusste der Professor, dass der Mann, den er besuchen wollte, so bald nicht auftauchen würde. Sollte er versuchen, in das Haus einzudringen? Langsam erhob er sich. Vielleicht war ein Fenster unverschlossen, oder es gab eine Hintertür. Er näherte sich dem schweigenden Gebäude. Behutsam drückte er gegen die Fensterscheiben im Erdgeschoss. Alles war fest verriegelt. Er erreichte die Haustür und ließ die Taschenlampe aufblitzen. Einfaches Schloss, wie es kaum noch jemand besaß. In Gedanken über sein weiteres Vorgehen versunken, drückte Westermann auf die abgegriffene eiserne Klinke.

Die Tür schwang mit leisem Quietschen nach Innen. Der Professor erstarrte. Eine unverschlossene Pforte – auf diese Idee wäre er nicht gekommen. Man war doch immer wieder in seinem eigenen Weltbild gefangen, dachte er. Der Geruch nach verbranntem Holz, nach Hund, nach Gekochtem und nach abgestandener Luft umwehte ihn. Der Spot seiner Taschenlampe begann, den Raum abzutasten. Es war eine Küche, eine große Küche. Westermann schloss die Haustür hinter sich. Nun war er im Inneren der Behausung des Irenäus Moll.

Sicherlich war er der Figur ganz nahe, dachte er. Was würde er tun, wenn er sie entdeckte, sie in Händen hielt? Er wusste es nicht. Er war aufgeregt. Sein Blick wanderte zum Fenster. Was würde er sagen, wenn der Bewohner ihn hier überraschte? Er verdrängte diesen Gedanken. Die Situation war zu spannend, um nun wieder auszusteigen.

In der Küche würde die Figur höchstwahrscheinlich nicht stehen. Er sah eine Holztreppe, die nach oben führte, und eine Öffnung ohne Tür zum Nebenraum. Dorthin zog es ihn. Er durchquerte den Durchgang. Dieses Zimmer war größer als die Küche, gemeinsam bildeten sie das gesamte Erdgeschoss.

Ihm wurde schnell klar, dass er sich in diesem Raum sehr vorsichtig bewegen musste, wenn er kein Unheil anrichten wollte. Irenäus Moll schien nicht gerade ein Ordnungsfanatiker zu sein. Auf fast jeder verfügbaren waagerechten Oberfläche lagen stapelweise Bücher, Papiere und mannigfaltige kleine bis größere Dinge und Utensilien, deren Sinn und Zweck Philip Westermann so schnell nicht herausfinden konnte. Er wollte vermeiden, die hier vorherrschende Unordnung merklich zu stören. Also tappte er Schritt für Schritt im Zimmer umher und tastete mit seinem Lichtstrahl systematisch den Raum ab.

Das war gar nicht so einfach, denn er wusste nicht, wie die Statuette eigentlich aussah. Wanda Uhland hatte sie zur Zeit ihres Telefonats selber noch nicht gesehen und sie dementsprechend vage beschrieben. Außerdem stand immer noch offen, ob sich das Relikt überhaupt im Haus des Privatdetektivs befand.

Es war bereits geraume Zeit vergangen, während der Professor immer wieder zum Fenster gestarrt hatte, um rechtzeitig die Rückkehr des Hausbesitzers mitzubekommen. Die oberflächliche Durchmusterung war nun erfolglos abgeschlossen. Jetzt musste er in die Tiefe gehen – oder aufgeben. Wo aber beginnen? Sein Lampenspot fiel auf eine ältliche Kaffeemütze, die auf einem quadratischen Rollschrank hockte. Sie stand so allein. Sollte er sie lüften?

Jetzt, als er das in Gedanken abwog, erregte ein Lichtfunke sein Auge. Ein heftiger Schreck durchfuhr ihn, und er schaltete sofort die Taschenlampe aus. Durchs Fenster sah er die Außenwelt im hellen Mondlicht liegen.

Eine Person näherte sich, sie hatte die Haustür fast erreicht. Der von ihm wahrgenommene Lichtblitz musste das kurzzeitige Aufleuchten einer Lampe gewesen sein. Die fremde Person näherte sich in geduckter Geschmeidigkeit. Kurze blonde Haare reflektierten das Mondlicht. Er wußte, dass der Detektiv eine langhaarige Hippie-Frisur trug. Also war das nicht Irenäus Moll. Aber wer dann?

Es kratzte kurz an der Küchentür, dann bemerkte der Unbekannte, dass sie unverschlossen war. Leicht quietschend öffnete sich die Pforte zum zweiten Mal. Philip Westermann fühlte sich in der Falle sitzen. Auf eine derartige Entwicklung war er nicht eingestellt. Der Andere war nur noch wenige Meter von ihm entfernt. Gleich darauf traf ihn der Lichtkegel von dessen Lampe voll im Gesicht.

XIII

Ein paar Stunden früher streiften Irenäus und Titus über die Heidberge, einen im Norden der Stadt liegenden, ausgedehnten Höhenzug, eben eine jener Schichtrippen, die dem Harz parallel vorgelagert sind. Immer wieder zog es den Privatdetektiv in dieses Gebiet, und das hatte einen besonderen Grund. Vor fast einem Jahr begann hier die Geschichte der Minoischen Dame. Als Hünengrab getarnt, befand sich hier das Depot mit eingelagerter Beutekunst aus dem Ersten Weltkrieg. Hätte nicht durch einen dummen Zufall ein ungleiches Raubgräber-Pärchen den Hügel für eine bronzezeitliche Grabanlage gehalten, läge das Versteck heute noch unerkannt in der Erde. So aber waren seine Katakomben geleert; den verschütteten Eingang kannten nur noch wenige Eingeweihte.

Titus sah seinen Herren abwartend und auffordernd an, so als wüsste er bereits eine heiße Information, die dessen verkümmerte Sinne noch nicht erreicht hatte. Plötzlich preschte er davon durch niedrige Kiefern und Heckenrosenbüsche, die die Sicht versperrten. Gleich darauf ertönte Gebell und Gelächter, dessen Klangfarbe Irenäus bekannt vorkam.

Eine Minute später löste sich dieses Rätsel. Oben auf dem Hügel des geheimen Depots saßen ein Mann und eine Frau, die damals in jener spektakulären Nacht zu Akteuren geworden waren. Es handelte sich um Karl Wabenmond, den Förster, und seine Geliebte Marie, die aus dem Nebendorf Ditfurt kam und deren häusliche und sonstige Herkunft für beide Männer ein Geheimnis blieb. Nur hier, in diesen Hügeln trafen sich die beiden, um sich einander hinzugeben.

Das Paar saß auf dem scheinbaren Hünengrab im Heidekraut, das noch nicht blühte, und jeder hielt ein Sektglas in der Hand. Freudig begrüßten sie Irenäus und forderten ihn natürlich unverzüglich zum Mittrinken auf.

Marie war eine pastorale Schönheit. Lange, glatte, schwarze Haare umrahmten ein Gesicht mit lustigen, braunen Augen und einem sinnlichen Mund. Die Haut war immer leicht gebräunt, ihr

Körper rustikal mit stattlichen Brüsten und einem muskulösen Hinterteil. Während Karl mit dem Jeep zum Stelldichein fuhr, kam sie regelmäßig auf einem ziemlich betagten Fahrrad. Sie bevorzugte rote T-Shirts, die mit ihren schwarzen Haaren perfekt kontrastierten, und Bluejeans. Anders hatte Irenäus sie noch nie gesehen.

So saßen alle drei im weichen Kraut und schwelgten in den Köstlichkeiten aus einem Picknick-Korb, den Marie immer mit sich zu führen schien, zumindest wenn sie zum Stelldichein radelte. Die Abendsonne verschwand bereits hinter den Sandsteinfelsen, und anderswo ballten sich dunkle Schicksalswolken über Irenäus zusammen, von denen der jedoch keine Ahnung hatte.

Karl besaß in diesem Fall die stärkere Intuition. Nach einem Schluck Sekt erkundigte er sich: „Siehst du die Frau vom Dienstagabend eigentlich wieder?"

„Ja", grinste Irenäus, „sicherlich heute noch. Sie hat sich mit mir verabredet."

„Was will sie eigentlich von dir?", fragte der Freund ohne Umschweife. „Meinst du, sie ist in dich verliebt? Oder führt sie etwas anderes im Schilde?"

„Ich weiß es nicht", grummelte Irenäus und kaute eine Scheibe Schinken. „Verliebt? Sie hat einen Freund. Vielleicht will sie sich nur mit mir unterhalten. Was sollte sie schon im Schilde führen?"

„Sie hat sich sehr intensiv nach der Minoischen Dame erkundigt", fuhr der Förster fort. „Mir war fast, als wäre das ihr einziges Interesse."

„Das habe ich gar nicht bemerkt", wunderte sich Irenäus.

„Dann bist du verliebt!", rief Marie und schenkte ihm ein betörendes Lächeln. „In diesem Fall kann sie dich ausquetschen, und du kriegst es nicht einmal mit."

„Ach, ihr spinnt doch!", setzte sich Irenäus zur Wehr. „Obwohl, wenn ihr es so sagt, muss ich an etwas denken. Bei mir zu Hause wollte sie unbedingt die Figur sehen. Und als sie sie dann in Händen hielt ..."

„Sie hielt sie in Händen?", unterbrach ihn Karl empört. „Ich denke, die darf niemand sehen, außer uns und Rita?"

„Na, ja!", lenkte Irenäus ein. „Jedenfalls war sie mächtig außer sich, als sie die Figur in natura erblickte. Das ging schon über die normale Verwunderung oder Begeisterung beim Betrachten eines solchen Artefakts hinaus."

„Das ist auffällig", sinnierte der Förster. „Wenn ich mir diese Frau anschaue, habe ich den Eindruck eines Mischwesens. Einerseits scheint sie ja wirklich ein kluges und temperamentvolles Mädchen zu sein, andererseits hat sie aber etwas Machtgieriges, Hinterhältiges, Diabolisches an sich. Findest du nicht?"

„Wenn du es so sagst, bringst du eine ähnliche Saite in mir zum Klingen", überlegte der Freund. „Aber woher sollte sie von der Minoischen Dame wissen?"

„Zum Beispiel von den Leuten, denen sie eigentlich gehört", mischte sich Marie wieder ein. „Meint ihr, die lassen dieses wertvolle Teil einfach sausen? Vielleicht wollen sie das Stück zurückbekommen?"

„Hm!", machte Irenäus. „Ich kann mir gar nicht vorstellen, dass die Familie wieder in den Krieg gegen uns zieht. Beim letzten Mal hat sie das zwei Todesopfer gekostet."

„Vielleicht steckt dieser Kunstsammler aus Nürnberg dahinter", überlegte Karl. „Immerhin ist er bereits bei dir aufgekreuzt. Wie hieß er eigentlich?"

„Jürgen Graf", erwiderte Irenäus und trank Sekt. „Der weiß nicht einmal, ob ich die Minoische Dame überhaupt besitze. Und was – das wäre die große Frage – hat Wanda damit zu tun?"

„Du weißt doch", lachte Marie mit bezaubernden Grübchen in den Wangen, „dass bei euch in Quedlinburg alles mit allem zusammenhängt. Was macht Wanda eigentlich?"

„Soviel ich weiß, handelt es sich um metallurgische Formgebung", sagte Irenäus nachdenklich.

„Und aus welchem Metall ist die Statuette gearbeitet?", wollte Marie wissen und kniff prüfend die Augen zusammen.

In diesem Moment wehte ein leichter östlicher Wind die Schläge der Ditfurter Kirchturmuhr herüber. Irenäus zählte still mit. Dann rief er aufgeregt: „Oh je, es ist bereits um sieben. Ich muss noch durch den ganzen Heidberg laufen und bis zum Pub fahren. Vielleicht wartet sie nicht auf mich, wenn ich mich verspäte. Wir reden ein andermal weiter. So schnell wird sie mir die Figur schon nicht aus dem Kreuz leiern. Vielen Dank für die Köstlichkeiten! Bis bald!"

Er sprang wie von einer Tarantel gestochen in die Höhe und rief Titus.

„Dich hat's aber erwischt!", sagten Karl und Marie im Chor.

Doch Irenäus eilte bereits im Sturmschritt zwischen Bäumen und Büschen bergauf und bergab. Weit vor acht erreichte er den Parkplatz und stellte den Daimler auf immer der gleichen Fläche ab. Die Sonne war untergegangen, und das letzte Abendrot leuchtete am westlichen Himmel. Titus ließ er im Auto sitzen. Der Schwarze war müde und rollte sich auf dem Fahrersitz zusammen. Hunde sitzen meistens auf dem Sitzplatz ihres Herren, wenn sie allein im Fahrzeug sind. Im Pub angelangt, begrüßte Irenäus wie immer die Wirtsleute. Mit mühsam unterdrückter Spannung blickte er im Raum umher.

„Sie ist nicht hier", grinste Doreen. „Du bist der erste Gast."

Irenäus ließ sich am Tresen nieder. Sie schwatzten, andere Gäste trafen ein, die Zeit verging. Es wurde neun Uhr. Blöde Kuh, dachte er traurig, sie lässt mich einfach hängen.

Um halb zehn stand er zusammen mit dem Bauausschussvorsitzenden an einem Stehtisch im Freien und rauchte eine Beruhigungszigarette. Der Mond war in voller Schönheit aufgegangen und tauchte die innerstädtische Szenerie in sein milchiges Licht. Fledermäuse flatterten über den Resten der Stadtmauer und einem trutzigen Turm, der zum Fleischhof, einem sehr alten Adelssitz gehörte. Die Luft war lau und windstill.

Und dann fuhr plötzlich das grüne BMW-Cabrio an ihnen vorbei. Wanda winkte ihm daraus verhalten zu und hielt nicht an. Er sah jedoch, wie sie auf den Parkplatz einbog. Einige Minuten später schlenderte sie dem Pub entgegen. Sie telefonierte mit einem Handy und steckte es dann in die Tasche ihres Jacketts. Zigarettenqualm umwehte sie wie ein pseudomystischer Nebel.

Als die Frau den Stehtisch erreicht hatte, bot sie Irenäus den Mund zu einem Begrüßungskuss. Dann sagte sie mit relativ unkindlicher Stimme: „Na, Kleiner! Bist du schon sauer auf mich? Entschuldige! Ich musste noch arbeiten und du weißt doch …"

„Ja, ja!", grinste Irenäus. „Jede Stunde fünfzig Euro …"

XIV

Stanislaus Kowalski trat keuchend in die Pedale des Mountainbikes. Beim Ausatmen fluchte er ständig leise vor sich hin. Irgendwie gefiel ihm das Leben mit Wanda nicht mehr. Früher, da war sie so eine anschmiegsame, geile Katze gewesen, mit der er machen konnte, was er wollte. Wenn er keine Lust auf eine SM-Orgie hatte, saß sie stundenlang hinter ihm und schaute sein TV-Programm. Aber seit einiger Zeit war sie total verändert. Mit dem Aufblühen ihres Unternehmens wurde sie nicht nur zu einer selbstbewussten Dame, sondern auch zu einer Frau, die beständig an ihrer Arbeit klebte. Danach kurvten ihre Gedanken durch virtuelle Räume, aber zumeist nicht durch den Raum, in dem er sich gerade aufhielt. Das merkte sie gar nicht. Damit konnte er nicht umgehen ...

Die Waldarbeiter Karl Wabenmonds hatten die vom Sturm geknickten Bäume zur Seite gerückt und in Stücke gesägt. Stanko kam dem Gehöft seines unbekannten Widersachers – so sah er das – ziemlich schnell näher. Endlich düddelte sein Handy. Er bremste scharf ab.

„Hallo, Stanko!", hörte er Wanda sagen. „Alles läuft glatt. Irenäus wartet schon auf mich. Lass dir Zeit. Mach alles wie abgesprochen. Dann ist der Sieg unser! Tschüüüüüß!"

„Was wirst du mit diesem Kerl ...?", rief Stanko verärgert ins Handy. Doch seine Braut hatte bereits abgeschaltet. Sie nahm sich einfach zu viel heraus. Am liebsten wäre er wieder umgekehrt. Es war inzwischen stockdunkel unter den Bäumen. Der trübe Spot der Fahrradlampe tanzte über Wurzeln und Tannenzapfen. Fehlt bloß noch, dass ich auf die Schnauze falle, dachte er.

Doch dann öffnete sich das Dickicht. Er hatte den Waldrand erreicht. Vor ihm lag der Zaun des Grundstücks. Außer den Geräuschen der Nacht und dem fernen Surren fahrender Autos war es im Wald ruhig und still. Kein Lichtschein drang nach außen. Nur die große Scheibe des Mondes lag über der Landschaft und ihr Licht warf gespenstische Schatten. Stanko schob das Fahrrad und schaltete den Dynamo ab. Nach kurzer Abwägung parkte er das Mountainbike an einem Busch neben dem Eingangstor. Eine schmale Fahrspur führte zum Haus, umgeben von Bäumen und Gestrüpp. So könnte er nicht leben! Ein Waldkauz schrie sehr laut. Ganz in der Nähe. Stanko war ein starker Mann, trotzdem empfand er ein Frösteln.

Dann sah er das Haus im Mondschein liegen. Er tastete nach der Taschenlampe in seiner Sportjacke, zog sie hervor und ließ sie kurz aufblitzen. Hinter einem der Fenster war ein Licht. Er erstarrte und schaltete die Taschenlampe sofort wieder ab. Das Licht im Fenster war verschwunden. Es musste eine Spiegelung gewesen sein, beruhigte er sich. Vorsichtig bewegte er sich auf die Haustür zu. Er zog den Dietrich hervor. Mit den Fingern ertastete er das Schlüsselloch. Reflexartig drückte er auf die Klinke. Leise quietschend schwang die Tür nach Innen.

Scheiße! Was war das? Hatte dieser Irenäus vergessen abzuschließen oder war jemand anderes im Haus? Leise schlich Stanko in den Raum. Dann ließ er seine Lampe aufblitzen – und erschrak heftig. Der Lichtkegel fiel genau auf das bleiche Gesicht eines Menschen.

Es war ein Mann, der dort im Rahmen einer Türöffnung stand. Aber das konnte nicht dieser Irenäus sein, denn erstens hatte der lange Haare, und zweitens war er zusammen mit Wanda in der Stadt. Also war das ein vollkommen fremder Typ, der hier wie angewurzelt vor ihm stand. Diese Überlegung durchfloss in den ersten drei Sekunden Stankos Gehirn. In den folgenden Augenblicken überlegte er, ob er einfach fliehen oder den anderen ausschalten sollte. Was hatte der hier im Dunkeln zu suchen? Es konnte nur ein Konkurrent sein ...

Stanko hatte einen Moment zu lange nachgedacht. Er bekam einen Schlag auf den Brustkorb, der ihn ein wenig nach hinten taumeln ließ. Dann wollte sich der Fremde an ihm vorbei drängen zur Tür. Er will abhauen, dachte Stanko. Ohne bewusstes Zutun zuckte seine Linke mit der Taschenlampe empor und traf den anderen voll am Kopf. Das war eine schlichte Reaktion gewesen. Und Stanko war so stark wie jemand eben ist, der jeden Tag einen Truck durch die Gegend steuert. Der Mann wurde zur Seite geschleudert und knallte gegen irgendein Inventar. Ein dumpfes Knacken ertönte, als bräche eine Kokosnuss. Der andere sank mit einem wimmernden Laut zu Boden.

„Scheiße!“, stöhnte Stanko.

Das hatte er nicht gewollt. Aufgeregt leuchtete er zur Tür, wo er einen Lichtschalter vermutete. Wenig später wurde es in der

Küche hell. Am Boden lag ein älterer Herr. Er rührte sich nicht. Das Gesicht war zur Seite gedreht. Stanko erschauderte. Er hatte diesen Menschen mit der Taschenlampe am Auge getroffen. Das war nur noch eine blutige Masse, die schnell anschwoll. Viel schlimmer war jedoch, dass der Unbekannte offenbar mit dem Kopf auf die Kante des großen eisernen Herdes geschlagen war. Eine tiefe Delle zeichnete sich an der Schläfe ab. Blut sickerte langsam aus einem Ohr und bildete auf dem Terrazzo-Boden eine kleine dunkle Pfütze.

Stanko wusste, was das bedeutete. Er hatte den Mann erschlagen – mit einem Hieb. Oh Gott, welch eine Scheiße! Was tun? Den Notarzt holen? Dann war er dran! Im besten Fall war es schwere Körperverletzung oder aber Totschlag. Einen Unfall glaubte ihm doch keiner. Und wenn ihn die Bullen erst einmal in der Mangel hatten ... Nicht auszudenken. Scheiße, Scheiße!

Andererseits: Stanko trug Handschuhe. Wer sollte wissen, dass er hier gewesen war – außer Wanda. Die konnte ihre bescheuerte Figur vergessen! Wenn er jetzt sofort abhaute, würde ihn keiner damit in Verbindung bringen.

Sachte verließ Stanko die Küche. Bedacht darauf, keine weiteren Spuren zu hinterlassen, erreichte er das Fahrrad und verschwand wenig später im Dunkel der Wälder.

XV

Philip Westermanns Kopf schmerzte so rasend, dass man es eigentlich nicht aushalten konnte. Was war geschehen? Er konnte keinen klaren Gedanken fassen. Merkwürdige Nebelschwaden umwallten ihn, dröhnende Hämmer schlugen auf sein Gehirn ein. Unter Aufbringung letzter Kraftreserven gelang es ihm, sich in kniende Haltung zu stemmen. In seinem Mund gurgelte zäher Schleim, das Gesicht schien nass von einer klebrigen Flüssigkeit. Das linke Auge tat unsäglich weh. Überhaupt sah er nur einen leichten milchigen Schimmer. Er versuchte, das rechte Auge aufzureißen. Vor ihm zeichnete sich ein Fensterkreuz ab, und dahinter schwebte eine große weißgelbe Scheibe.

Wo befand er sich? Dem Professor war übel. Ach ja! Die kleine Figur aus Bergerz. Er hatte sie nicht gesehen. Welch Ironie! Er würde sterben. Wer hatte ihn dermaßen zugerichtet? Er konnte sich nicht erinnern.

Ein Arzt! Ein Arzt musste ihm helfen, sonst war er verloren.
Das wusste er plötzlich. Taumelnd kam er in die Höhe. Seine rechte Hand umklammerte immer noch eine Taschenlampe. Wie automatisch flammte deren Licht auf. Schemenhaft, wie durch einen Tunnel nahm er die Küchentür wahr. Das Telefon sah er nicht. Er sah fast nichts, die freie Hand tastete zum Auge. Ein reißender Schmerz durchzuckte den ganzen Körper. Als er die Hand zurückzog, war sie mit blutigem Schleim besudelt. Oh Gott! Er musste hier weg!

Dann stand er plötzlich vor dem Haus. Schritt für Schritt! Die Luft war kühl. Der Mond erhellte einen schmalen Weg. Der Professor erinnerte sich an sein Auto. Wenn er den Pajero fand ... Tatsächlich erreichte er den Jeep. In seinem Gehirn oder in den noch arbeitenden Arealen lief ein Nothilfe-Programm ab, das ihn den Autoschlüssel in der Hosentasche finden ließ, jedoch leider nicht das Handy.

Wenig später gelang es ihm sogar, die richtige Richtung einzuschlagen. Im zweiten Gang bewegte sich der Pajero langsam in

Richtung Quedlinburg. Kein anderes Fahrzeug begegnete ihm an diesem frühen Freitag.

Doch Philips Gesichtsfeld wurde immer schmaler, das Band der Straße immer glänzender, der Mondschein immer heller.

Eine lange, gleißend helle Röhre bildete sich aus, sie begann bei ihm, Professor Philip Westermann, und führte zur Scheibe des Erdtrabanten. Schattenhafte Figuren tauchten auf und winkten ihm zu. Sie mochten ihn! Glücksgefühle kamen in ihm auf. Freude, große Freude. Der Schmerz war verflogen. Das Fahrgeräusch wurde zum Singen fremdartiger Musikinstrumente.

Als der Pajero mit zehn Kilometern pro Stunde gegen das Stahlgeländer einer kleinen Brücke fuhr, fast wie in Zeitlupe, war sein Fahrer bereits tot. Einen Moment noch drehten die Räder im taunassen Gras des Straßenrandes durch, dann würgte der Motor ab.

Es war nicht einmal ein Totalschaden.

XVI

„Wollen wir noch woanders hingehen?", fragte Wanda mit verführerischer Stimme und hakte sich bei Irenäus unter. Mitternacht war bereits vorüber, und sie hatten das Pub gerade als letzte Gäste verlassen.

Irenäus' Laune war beschwingt, als er fragte: „Wohin sollten wir noch gehen? In dieser Stadt werden doch die Bürgersteige frühzeitig hochgeklappt, vor allem am Donnerstag."

Bisher hatten sie sich ausnehmend gut unterhalten. Wanda schien ziemlich aufgekratzt: „Na los, steig in mein Auto! Wir fahren noch ins 'Stadtgespräch'!"

„Wohin?", fragte Irenäus und wartete vor ihrem BMW auf weitere Anweisungen.

„Du wirst schon sehen!", kicherte die Frau und schnalzte mit der Zunge. „Da kannst du deine skurrilen Quedlinburger beobachten."

Er stieg in ihr Auto. Langsam fuhren sie durch die einsamen Straßen der Stadt zum Mathildenbrunnen, dem Marktplatz der Neustadt, die ebenfalls bereits fast 1.000 Jahre alt war. Nun sah er, was Wanda gemeint hatte. Früher hieß dieses Lokal „Café Mathildenbrunnen", sein Spitzname sprach allerdings eine deutlichere Sprache, hier wurde es als „Café Röckchen hoch" betitelt. Nach 1990 wechselte es mehrmals den Besitzer.

Irenäus war hier noch niemals zu Gast gewesen. Tatsächlich brannte hinter den Gardinen Licht, und Musikfetzen flatterten ihnen entgegen. Begierig tänzelte die Frau vor ihm die Treppenstufen am Eingang hinauf. Er folgte mit leicht zwiespältigen Gefühlen. Ein Gang mündete im Hintergrund in einen abgedunkelten, leeren Tanzsaal, rechts führte eine Doppeltür in das eigentliche Café. Wanda schien sich hier auszukennen und steuerte zielgenau den Ort an, an dem die Action lief.

Das war ein hoher, großer Raum, in dem sich noch allerlei Nachtschwärmer aufhielten, die in der überwiegenden Mehrzahl einer Sorte Mensch angehörten, mit der Irenäus eher selten, um nicht zu sagen, nie zusammentraf. Seine Begleiterin erklärte entschuldigend: „Ich treibe hier manchmal Studien."

Er fand das zwar ziemlich befremdlich, gab aber keinen Kommentar ab. Vorn links gab es eine Theke mit angedeuteter Bar, an der sich einige südländische Gestalten mit einer kleinen Kellnerin unterhielten. Geradeaus war ein Pavillon aufgepflanzt, in dem eine annehmbar aussehende, blond gelockte Russin die Musik von Hand auflegte.

Wanda stürmte an einen Tisch in der hinteren Ecke und umhalste einen älteren, leicht korpulenten Herren, der wie ein braver Familienvater aussah. Gleich darauf wurde er Irenäus als André vorgestellt, Inhaber dieses Etablissements.

Mehrere weitere Tische waren von Männern und einigen Frauen besetzt, die sich alle bestens zu kennen schienen, allerdings kaum noch miteinander kommunizieren konnten. Das lag daran, wie Irenäus einschätzte, dass sich praktisch alle von ihnen in einem gehobenen Stadium der Verklärung befanden, das er einordnete zwischen PGL (partieller Gesichtslähmung) und TGL (totaler Gesichtslähmung). All diese Besonderheiten wurden als Bild weich gezeichnet von einer allgegenwärtigen blauen Wolke aus konzentriertem Zigarettenqualm.

Wanda gesellte sich zu diesen Leuten, als gehöre sie dazu. Irenäus war abgeschrieben. Sie redete mit aufgedrehter Stimme

auf die anderen ein, irgendwelches belangloses Zeug, das die Empfänger gar nicht mehr aufnehmen konnten. Dafür, dass das auch so blieb, sorgte die kleine Kellnerin, die pausenlos volle Biergläser verteilte, welche jeweils unverzüglich abkassiert wurden.

Von Wandas Auftreten war Irenäus außerordentlich befremdet. Entweder schauspielerte sie diesen Menschen eine nicht besonders originelle Show vor, oder sie hatte ihm die ganze Zeit mit gehobenerer Schauspielqualität ein Bild von sich selbst vorgegaukelt, das in der sogenannten Wirklichkeit nicht existierte. Beide Vorstellungen erzeugten in ihm eine merkliche Abkühlung bezüglich seiner Gefühle für diese Frau.

Allein der offenbar nüchterne Hausherr saß an seinem Ecktisch und beobachtete das Geschehen bei einem bunt schillernden Mixgetränk.

Die Russin legte einen Rocksong nach dem anderen auf. Irenäus, der nicht wirklich tanzen konnte, es aber trotzdem sehr gern tat, bekam Appetit auf eine sinnvolle Beschäftigung. Bei einer Serie von Titeln der Rolling Stones bat er Wanda, in einer kurzen Atempause zwischen zwei F6 mit ihm zu tanzen.

Zögerlich ging die Frau darauf ein. Irenäus musste im Stillen neidlos eingestehen, dass ihr Stil sehr fließend war und eine erhebliche erotische Komponente besaß. Bei „As Tears go by" tanzten sie eng miteinander. Wanda schmiegte sich an ihn, und all seine unguten Gedanken über ihren Charakter schwanden aus seinem Hirn. Seine Hände glitten über ihren Körper, und sie sah ihm mit forderndem Blick in die Augen.

Doch plötzlich veränderte sich die Situation. Ihre Augen richteten sich auf einen fernen Punkt im Zigarettennebel, außerhalb seines Sichtfeldes. Das war die Richtung zur Eingangstür, der er den Rücken zuwandte. Wandas Blick wurde auf einmal dunkel, und ihr Gesicht verzog sich bösartig, ja hasserfüllt. Mit einem Ruck löste sie sich von Irenäus und stieß ihn zurück.

„Wanda! Was ist passiert?", rief er durch den Lärm der Musik und griff nach ihrem Körper. Doch sie riss sich mit einer gekonnten Bewegung los und rief ihm in unpersönlichem Tonfall zu: „Das Berühren der Figüren mit den Pfoten ist verboten!"

Dann drehte sie sich zu einem der Tische, an dem schon drei sehr mitgenommen wirkende Männer saßen und forderte diese zum Armdrücken heraus. Irenäus wurde nicht mehr beachtet.

Zuerst war er irritiert. Mitmachen war natürlich ebenfalls nicht gestattet. Er fühlte sich auf eine trivial kindische Art von dieser Frau verraten. Also ging er innerlich voller Zorn an seinen Tisch zurück, leerte die warme Neige und verließ ohne weitere Umschweife diese fremdartige Umgebung. Auf der Straße atmete er tief durch, der Zorn ebbte ab, und er schlenderte durch gelblich trüb beleuchtete Straßen dorthin, wo sein Daimler stand. Titus hatte stundenlang auf ihn gewartet, aber wie Hunde so sind, begrüßte er seinen Herren nicht in beleidigter Distanz, sondern mit überschwänglicher Freude.

Irenäus spürte in sich ein Gefühl leerer Enttäuschung. Wer ent-täuscht wird, ist frei von Täuschung, ein positiver Zustand. Trotzdem, warum hatte ihn diese Frau eigentlich getäuscht. Was wollte sie von ihm, und warum ließ sie ihn wieder stehen? Das begriff er nicht. Er war ein gerade denkender Mensch. Die Kurven, die Wanda in der Kommunikation mit ihm einschlug, konnte er nicht wirklich nachvollziehen. Er empfand sie als logisch sinnlos. Vielleicht war das ein Fehler, vielleicht war er aber auch mit einem Abwehrmechanismus gesegnet, der ihn davor bewahrte, des öfteren in derartige Fallen zu laufen.

Mit geringer Geschwindigkeit lenkte er seinen Kombi in Richtung Heimat. Die Bäume waren bereits ergrünt, und er musste auf Tiere achten, die arglos die Fahrbahn querten. Titus hatte sich neben ihn gesetzt und blickte aufmerksam in die auf sie zukommende Dunkelheit. Kurz nach dem Passieren des Ortsausgangsschildes änderte sich diese friedliche Situation dramatisch. In einiger Entfernung sah Irenäus Autoscheinwerfer und Blaulichter flimmern. Schemenhaft huschten die Silhouetten von Menschen davor umher. Das gefiel Irenäus nicht. Er hatte zwar peinlichst darauf geachtet, sich nur mit homöopathischen Alkoholdosen zu versorgen, legte aber trotzdem keinen Wert darauf, in eine jener unangenehmen Kontrollen zu geraten. Deshalb bog er nach rechts in den Wald ab. Er ahnte nicht, dass dieses Manöver von mindestens einem Augenpaar kritisch registriert wurde.

Er befuhr nun einen dunklen Weg aus Betonplatten, der steil nach oben führte und später in eine geschotterte Waldstraße mündete, die direkt Kurs auf sein Haus nahm. Als er dort ankam, lagen der Wald und das Gehöft in stiller Dunkelheit. Der Vollmond stand hinter den hohen Kiefern und bereitete sich auf den Untergang vor. Kurz vor dem Haus stoppte der Daimler. Herr und Hund sprangen heraus. Irenäus war todmüde und beachtete kaum, dass Titus mit gesträubten Nackenhaaren auf dem Vorplatz seine Runden drehte. Der Hund stand auffordernd vor der Haustür und stieß ein leises Winseln aus. Sein Herrchen war mit den Gedanken nicht bei der Sache. So frohgemut der vergangene Abend auch begonnen hatte, so wehmütig nahm er nun sein Ende. Er konnte sich nicht dagegen wehren, er fühlte sich von Wanda brüskiert, er empfand ihr Verhalten egoman und lieblos. Er gestand sich ein, dass ihm diese Frau nicht einerlei war.

Titus stürmte durch die geöffnete Tür und lief aufgeregt in der Küche umher. Als das Licht der Tischlampe einen düster gemütlichen Schein verbreitete, war es auch Irenäus möglich, seine gewohnte Umgebung zu begutachten. Welches Problem hatte der Hund? Alles erschien ihm so wie immer.

Aufgeregt schnüffelte der Hund an einem dunklen Fleck neben dem Herd. Irenäus sah desinteressiert in diese Richtung. Er wollte endlich ins Bett. Titus gab einen kurzen, auffordernden Beller von sich. Irenäus beugte sich herab. Der Fleck schien feucht zu sein und sah aus wie Blut. War jemand hier gewesen? Langsam erwachte sein Interesse. Er schaute sich in der Küche um. Alles stand an seinem Platz.

Irenäus ging ins Studierzimmer. Der Hauch eines fremden Duftes strömte ihm für Sekunden entgegen. Doch sein Geruchsorgan adaptierte und kurz darauf roch er nichts mehr. Einige Fragmente seiner Unordnung schienen sich verschoben zu haben, aber sicher war er sich dabei nicht. Er würde das morgen prüfen. Jetzt war er müde und deprimiert. Titus war bereits die Treppe zum Schlafgemach emporgeklettert. Sein Herr warf noch einen Blick auf den scheinbaren Blutfleck. Dann folgte er dem Schwarzen ins Obergeschoss. Falls hier jemand zu Gast gewesen war, hatte er sich offenbar sittsam benommen.

XVII

Kurz vor Mitternacht spürte Rita, dass der Mann seine warme, raue Hand zurückzog. Sie drehte ihm den Rücken zu. Er hatte ihren Körper gestreichelt, bis sie leise schnurrte wie eine große Katze. Langsam wandte sie sich um und sah ihn an.

Darko setzte sich auf. Sein muskulöser, mäßig behaarter Oberkörper war nackt. Überlegend schaute er sie an. Plötzlich sagte er: „Wollen wir tanzen gehen und dabei ein Bier trinken? Ich habe Durst."

„Tanzen gehen?", erkundigte sich Rita ungläubig. „Weißt du, wie spät es ist? Ich muss morgen arbeiten. Außerdem, wo willst du denn jetzt noch tanzen?"

Spielerisch suchte seine Hand unter der Bettdecke ihre Haut. Er grinste: „Im 'Stadtgespräch'! Da warst du bestimmt noch nie. Habe ich Recht?"

„Ich habe davon gehört", erwiderte sie und wurde von seiner Berührung ganz konfus. „Warum willst du denn jetzt tanzen?"

„Ich hab Lust darauf!", erklärte er und gab ihr einen Kuss. „Ich möchte mit dir tanzen, Rita!" Mit einem Schwung verließ er das Bett.

Heimlich schaute Rita seinen unbekleideten Körper an. Dann sagte sie: „Okay, du Unersättlicher! Aber ultimativ nur bis um ein Uhr."

„Versprochen", rief er aufgeräumt und begann, sich zu bekleiden. Auch Rita rollte sich nun aus dem Bett. Einige Minuten später standen beide bereits auf der in hellen Mondschein getauchten Straße. Die hohen Fachwerkhäuser warfen tief schwarze, gezackte Schattenbilder. Sie mussten nur eine Straße weit gehen, dann erreichten sie den Mathildenbrunnen. Im „Stadtgespräch" brannte noch Licht hinter gelblichen Gardinen, und unverkennbar klang die Musik der Rolling Stones an ihre Ohren. Rita fand diese Situation fast surrealistisch, fast wie in einem Film von Fellini oder Tarantino. Sie ließ den Mann vorausgehen.

Darko sprang zielsicher die Stufen empor und öffnete im Inneren eine dunkle Tür, die nach rechts führte. Verhalten folgte Rita dem Liebhaber. Langsam lichtete sich der hormonell bedingte Schleier in ihrem Kopf. Sie begann, sich zu fragen, ob die Idee, hierher zu kommen, wirklich vernünftig war. Zwar war sie noch niemals hier gewesen, aber viele ihrer Delinquenten hatten im Laufe der Zeit von diesem Café-Haus ausführliche Berichte abgeliefert. Da lag es natürlich nahe, dass sie von einem der hier aufgelaufenen Nachtschwärmer enttarnt wurde. Das wäre ihr gar nicht recht gewesen, denn aus einem in ihrem Bewusstsein nicht näher definierten Instinkt heraus hatte sie das Geheimnis ihrer Profession streng gewahrt. Immerhin war der erste Eindruck von ihrem Begleiter der eines geübten Ladendiebes. Sie glaubte, dass die Preisgabe der Wahrheit das unmittelbare Ende ihrer kleinen lüsternen Beziehung zur Folge gehabt hätte.

Deshalb musterten ihre grünen Augen auch als erste Amtshandlung alle anwesenden Personen in dem verqualmten Gastraum. „As Tears go by" wehte morbid-romantisch über die Tische. Zwei Personen tanzten dazu eng umschlungen auf einer freien Fläche zwischen Theke und Disko-Bar. Ein jäher Schreck erweichte Ritas Knie und sträubten die roten Haare am ganzen Körper. Der Tänzer kehrte ihr den Rücken zu, doch ließen Frisur, Körperhaltung und Kleiderordnung nicht den geringsten Zweifel an seiner Identität: Das war Irenäus. Verflucht! Was tat der Mistkerl in diesem verräucherten Schuppen?

Die Frau in seinen Armen hob jetzt den Kopf und schaute an ihm vorbei. Der Blick ihrer schwarzen Augen war genau auf sie, Rita, gerichtet. Das Gesicht dieser Person verzog sich zu einer unangenehmen Grimasse. Die beiden Rivalinnen hatten sich in einer Sekunde erkannt. Das war die Frau vom vergangenen Sonntag, die Irenäus angeblich im Wald gerettet hatte. Pfui Teufel!

Was sollte sie jetzt tun? Die gesamte Szene dauerte in der Realität nur wenige Sekunden. Darko strebte der Bar zu, ohne sich umzudrehen. Die kleine Kellnerin lächelte ihm erwartungsvoll entgegen, als wären sie alte Bekannte. Rita konnte hier nicht bleiben, das stand fest. Zur Erlösung aus dieser misslichen Lage schickten die Götter die Melodie „Heil dir den Siegerkranz!" in die Tasche ihres grünen Parkas. Beglückt zog sie das Handy hervor, drehte sich auf dem Absatz um und verließ das Etablissement. Sie hatte bereits gesehen, wer sie um diese Zeit anrief. Besorgt sprach sie: „Schropel, was gibt's?"

„Wir haben eine Leiche mit Verdacht auf gewaltsame Tötung", sagte eine Stimme auf der anderen Seite. „Sie müssen bitte sofort kommen, Frau Hauptkommissarin, es geht nicht anders."

„Okay!", antwortete Rita und war bereits wieder auf der Straße vor dem „Stadtgespräch": „Wo ist es?"

„Unter der Altenburg. Ziemlich weit hinten", erklärte die Stimme gelassen.

„Ich bin nicht zu Hause", sagte Rita und entfernte sich vom Mathildenbrunnen. Es wäre ihr peinlich, hier angetroffen zu werden. „Das dauert mir auch zu lange. Können Sie einen Streifenwagen zur Post schicken? Ich bin dort in zwei Minuten."

„Geht klar, Frau Hauptkommissarin!", tönte die Stimme.

Rita schaltete ab und legte einen kurzen Dauerlauf ein. Die Straße war menschenleer. Ob Darko schon bemerkt hatte, dass sie nicht mehr anwesend war? Der Stich, den ihr das Bild des mit einer anderen Frau eng umschlungen tanzenden Irenäus gegeben hatte, zeigte ihr plötzlich die Abwegigkeit ihrer momentanen Situation. Sie stellte bereits beim zweiten Mal fest, dass Darko sie zwar wundervoll aufgeilen konnte, aber ansonsten nicht der geeignete Gegenüber für sie war. Er war nicht dumm, aber er wurde von einer fremdartigen Trivialität beherrscht, die sie unangenehm berührte. Das Schlimmste aber war …

Der blausilberne Mercedes-Streifenwagen bremste neben ihr

ab. Die kleine, ihr inzwischen gut bekannte, blond gelockte Polizistin mit der Nickelbrille ließ die Scheibe herunter: „Guten Morgen, Frau Hauptkommissarin! Wollen Sie einsteigen? Ihre Taxe ist da."

Rita lachte: „Guten Morgen! Dann wollen wir mal schauen."

Wenige Minuten später hielten sie an der Unfallstelle. Hier war inzwischen ein ziemlich großer Bahnhof aufgelaufen. Damit hatte Rita in dieser Nacht nicht unbedingt gerechnet. An ungünstiger Stelle in einer S-Kurve standen bereits mehrere Einsatzfahrzeuge der Polizei, der Notarztwagen und die Staatsanwaltschaft, die schneller gewesen waren als sie.

Rita begrüßte alle Leute flüchtig und versuchte, sich einen Eindruck zu verschaffen. Ein Pajero war frontal gegen ein kleines, aber massives Eisengeländer am Straßenrand gefahren. Er schien aus der Kurve gekommen zu sein, obwohl er sich offenbar fast in Zeitlupe bewegt hatte. Die Fahrertür stand offen, sodass sie einen Mann in etwas verrenkter Haltung im Sitz lehnen sah. Ein Polizeibeamter leuchtete mit einer starken Lampe in das Auto hinein. Dabei registrierte Rita, dass der Tote im Gesicht eine abscheuliche Wunde besaß und im Kopf-, Hals- sowie Schulterbereich stark blutverschmiert war. Allerdings erkannte sie auch, dass das Innere des Geländewagens und seine Scheiben völlig unversehrt und sauber erschienen.

Jetzt trat die Notärztin zu ihr. Es war Marianne, eine von Irenäus' „guten Bekanntinnen". Rita war mit ihr schon während der Eskalation des „Pandora"-Falls bekannt geworden. Sie grüßte: „Hallo, Rita! Ich habe den Mann flüchtig untersucht. Beim Unfall war er entweder gerade gestorben oder fast tot. Deshalb ist er auch gegen dieses Hindernis gefahren. Ein Auge ist futsch, außerdem hat er wahrscheinlich ein Schädel-Hirn-Trauma erlitten. Beide Verletzungen stammen eindeutig nicht vom Unfall. Ja, mehr gibt es dazu nicht zu sagen – aus meiner Sicht. Übernehmt ihr ihn jetzt? Okay!"

„Danke, Marianne!", erwiderte die Hauptkommissarin lächelnd, denn sie wusste gar nicht, dass sie beide sich duzten. „Du kannst nach Hause fahren. Noch einen geruhsamen Dienst!"

Die dunkelhaarige Ärztin wandte sich zu ihrem Notarztwagen, drehte sich aber plötzlich wieder um und rief der Kriminalistin zu: „Hey, Rita, schau mal, wer da kommt! Wo der wohl wieder war?"

Rita blickte schnell die finstere Straße entlang. Sie sah den armygrünen Daimler in die Auffahrt zum Altenburg-Forst einbiegen. Leise murmelte sie: „Im 'Stadtgespräch'. Wir beide sind momentan nicht gefragt."

Die Ärztin sah sie nachdenklich an und stieg dann ins Rettungsfahrzeug.

Die Spurensicherung traf endlich ein und machte sich an die Arbeit. Der Verkehr auf der Straße nahm zu. Sie würden sich beeilen müssen oder die Straße sperren. Jedoch verlief nun alles sehr zügig. Der Forensiker war ein alter Profi. Bereits nach gut zehn Minuten streifte er die Gummihandschuhe wieder ab. Er trat zu Rita und dem Beamten der Staatsanwaltschaft.

„Das Fahrzeug war vor dem Unfall mit an Sicherheit grenzender Wahrscheinlichkeit unversehrt", erklärte er und unterdrückte ein Gähnen. „Der Fahrer hat sich die Verletzungen also vor dem Einsteigen zugezogen. Möglicherweise war es ein Unfall, vielleicht aber auch ein Verbrechen. Ich weiß noch nicht, wie weit der Mann in diesem Zustand gefahren sein kann, glaube aber, höchstens ein paar Kilometer. Hier sind seine Papiere. Alles ist unversehrt und vollständig. Merkwürdige Geschichte. Lassen Sie ihn und den Pajero zu mir bringen. Heute Nachmittag wissen wir mehr. Ich gehe jetzt schlafen. Tschüss!"

„Danke!", sagte Rita und nahm die Papiere entgegen. Der Vertreter der Staatsanwaltschaft nickte ihr schweigend zu und ging ebenfalls gähnend zu seinem Auto. Ein Leichenwagen traf ein. Beide Leichenträger hatten eine Fahne, aber Rita ignorierte das. Sie überwachte das traurige Geschäft des Einsargens eines Menschen, der bestimmt noch vor wenigen Stunden nicht die Spur eines Gedankens an diese Wirklichkeit verschwendet hatte. Zum Glück kam nun auch ein Abschleppwagen und lud den Pajero auf.

„Bringen Sie mich nach Hause?", fragte Rita die kleine Polizistin mit der Nickelbrille. „Vielleicht kriege ich noch eine Mütze Schlaf."

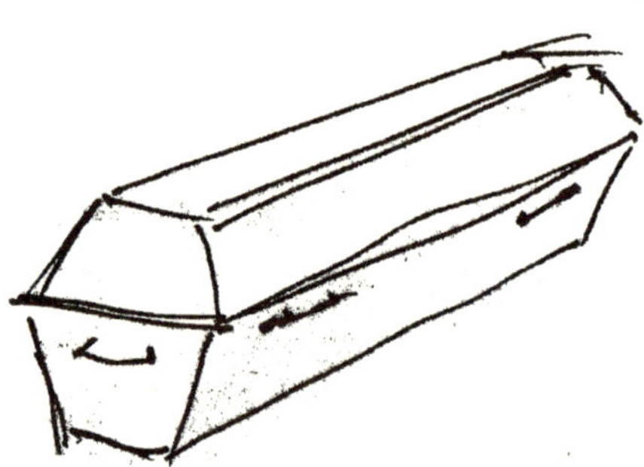

„Wie heißt du?", lallte einer der Männer und ließ seinen Arm schlaff auf den Tisch klatschen.

„Wanda", antwortete sie und nahm ihre Finger von der Hand des Betrunkenen.

„Wann bist du da?", grinste der Mann und versuchte krampfhaft, die Augenlider nach oben zu fahren.

„Ja, ja!", sagte sie unwillig und merkte, dass diese Art Vergnügen nichts mehr brachte. Es war auch nur eine Übersprungsreaktion gewesen. Was hatte diese Bullen-Tussi hier zu suchen? Die ging ihr vielleicht auf den Geist! Und ihr Macker auch! Seit gerade eben ... Sie konnte ihn jetzt fallenlassen. Ja, zugegeben, er hatte sie ein wenig gereizt. Es war schon viel, viel interessanter gewesen als mit ihrem flachen Stanko. Trotzdem liebte sie den. Mit Irenäus hätte sie wahrscheinlich viel erlebt und neue Leute kennengelernt. Aber das war viel zu anstrengend. Das konnte sie sich in ihrem Job gar nicht leisten. Eins ging nur und jede Stunde bedeutete ...

Apropos Stanko – die Figur! Wie elektrisiert dachte sie an die Figur. Stanko würde sie bereits bei sich haben. Sie musste nach Hause. Ab von hier! Sollte Irenäus Moll zusehen.

Wo war er überhaupt?

Irritiert schaute Wanda die Menschen im Zigarettennebel an. Sie entzündete eine F6. Er war nicht mehr da. Und seine Tussi auch nicht. Und der Gangster, mit dem sie gekommen war, auch nicht. Wie war die überhaupt an Darko geraten? Das ging ja überhaupt nicht! Egal! Alle weg! Bestimmt war Irenäus gleich zu ihr gerannt, zu dieser anderen Frau. Obwohl, er hatte sie gar nicht wahr genommen. Sie erinnerte sich. Die Frau verschwand sofort wieder aus dem Raum.

Sie hatte zu viel getrunken, befand Wanda. Mist! Das hatte sie nicht gewollt. Der Kopf musste kühl bleiben. Schnell und ohne Aufsehen zu erregen, verließ sie das „Stadtgespräch" gegen zwei Uhr. Auf der Straße steckte sie eine Zigarette an und atmete tief durch. Dann stieg sie in ihren Wagen.

Als sie den Motor abstellte, fühlte sie sich bereits bedeutend nüchterner. Ihr Bein schmerzte. Die Wirkung der Tablette war verraucht. Mühsam hinkte sie die Holztreppe empor. Heute störte sie das Handicap nicht. In ihr war auf der Heimfahrt die

Erwartung gestiegen. Stanko war bei ihr, sein Auto stand vor dem Grundstück, das Fahrrad lehnte am Haus. Er hatte die Figur. Sie konnte es kaum fassen! Die wundervolle, kleine, süße Statuette war bei ihr! Sie würde ihr Glück bringen, das wusste sie. Glück und Reichtum.

Sie ging in die Wohnung. Es war stockdunkel – und totenstill. Ein ungutes Gefühl beschlich Wanda. Für einen Moment zitterte ihr Körper unkontrolliert. Wo war Stanko? Wo war die Figur? Wo war der Champagner?

„Stanko!", schrie sie und schaltete alle Lichter an. Keine Antwort. Sie vergaß die Schmerzen und rannte zur Tür des gemeinschaftlichen Zimmers. Niemand. Jetzt wurde sie sehr unruhig. Heiße Schauder durchrasten ihren Leib.

„Stanko?", fragte sie laut und ängstlich. Langsam öffnete sie die Tür zum Schlafzimmer. Das Licht flammte rötlich auf. Wanda unterdrückte einen Schrei. Ihre Hände krampften sich schmerzhaft um eine Stuhllehne. Der Geliebte lag in voller Montur mit dreckbespritzten Hosen lang ausgestreckt auf ihrem Bett. Sein Kopf ruhte auf einem Kissen. Das Gesicht war starr. Die blauen Augen waren weit geöffnet und blickten unbeweglich zur Zimmerdecke.

„Stanko!", schrie sie jetzt sehr laut. Mit voller Wucht schlug sie ihm mit der Faust auf die Brust. „Stanko! Was ist passiert?

Wo ist die Statuette?" Ohne jedes Wort war ihr auf Anhieb klar, dass alles schief gelaufen war. Sie wollte schreien, konnte sich aber gerade noch beherrschen.

„Stanko!", zischte sie. „Soll das jetzt ein Scherz sein? Du Arschloch! Sprich endlich!"

Langsam richtete der Mann die Augen auf sie. Wie ein Roboter. Wanda konnte wahrnehmen, wie er mühsam die Sehschärfe einstellte. Es zerschnitt ihr das Herz, denn ureigentlich war sie eine sehr empfindsame Seele.

Quälend langsam formulierte Stanko die Worte: „Ich habe einen Menschen umgebracht." Plötzlich packte er ihr Handgelenk mit der eisernen Muskelkraft, die er besaß. Wanda stöhnte auf.

Sie zwang sich zur Ruhe: „Was ist geschehen? Wo ist die Figur? Stanko, komm zu dir!" Sie fühlte sich zittern wie Espenlaub.

Stanko richtete den Oberkörper auf und schob sie ein Stück von sich. Leise sagte er: „Als ich dort ankam, war schon jemand da. Nicht dein Langhaariger!"

Sie schnitt eine Grimasse.

„Es war völlig dunkel. Er wollte an mir vorbei laufen und stieß mich zur Seite. Ich habe ihm mit der Taschenlampe ins Gesicht geschlagen. Es war ein Reflex! Du musst mir glauben!“

„Und dann war er tot?“, fragte Wanda ungläubig und streichelte seine Wange.

„Nein!“, stöhnte ihr Freund. „Er stürzte unglücklich. Auf diesen alten Herd. Dann lag er am Boden. Blut lief aus seinem Ohr. Ich kenne das! Hab's schon bei vielen Unfällen gesehen ... Sein Schädel ... Scheiße! Ich bin abgehauen! Ich war in Panik!“

„Hast du dich davon überzeugt, dass er wirklich tot ist?“, fragte Wanda mit eisiger Stimme. „Oder bist du einfach weggelaufen?“

„Ich war in Panik!“, schluchzte Stanko und warf sich auf das Bett.

„Und die Figur?“ Wanda erhob sich. Ihr Bein schmerzte sehr.

„Diese Figur bringt Unglück!“, röchelte Stanko.

Oh, verdammt! Sie presste die Hände vor das Gesicht. Zwischen den Fingern quollen die Tränen unaufhaltsam. Langsam ließ sie ihren Körper neben dem Mann aufs Bett sinken.

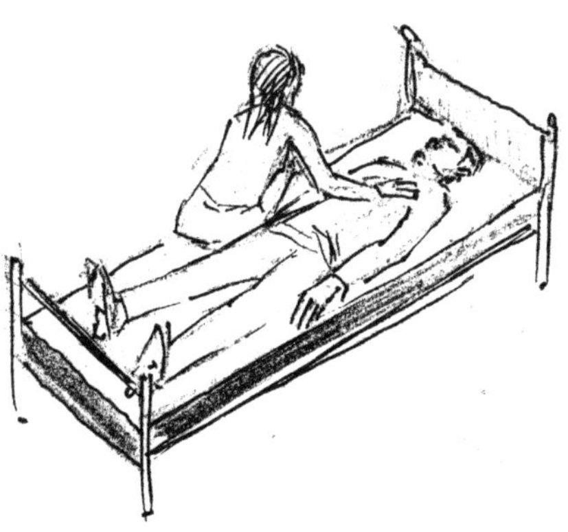

IX

Es regnete zwar noch nicht, aber der Himmel war bleigrau, und trübes Licht beleuchtete schwächlich das Dachzimmer. Irenäus lag schon einige Zeit wach im Bett. Er dachte über die Unbilden des Lebens nach. Der vergangene Abend erzeugte in ihm Katzenjammer. Irgendwann sagte er sich jedoch endlich, dass man dort nichts erwarten kann, wo keine Liebe ist.

Titus lag neben ihm auf dem Bett, was er eigentlich nicht durfte. Er warf seinem Herrn einen auffordernden Blick zu. „Ja, ja!", knurrte der und schlug die Decke zurück. Wenig später suchten sie die freie Natur auf und pinkelten eine Dublette.

Wieder in der Küche, erinnerte er sich an den Blutfleck der Nacht. Er senkte sich auf die Knie nieder und schaute auf den Terrazzo-Boden. Ja! Das war eindeutig Blut. Es war inzwischen bräunlich und eingetrocknet. Und es stammte weder von ihm noch von Titus. Besorgnis stieg in ihm auf. Was war das wieder? Hier war jemand gewesen, in seinem Haus. Die Tür war nicht abgeschlossen, erinnerte er sich. Aber warum das Blut?

Auf der Herdplatte klebten zwei angetrocknete Blutspritzer. War derjenige hier aufgeschlagen? Mann, das war fatal, was ihm hier am frühen Morgen nach solch einer Depri-Nacht geboten wurde. Er überlegte, was in dieser Situation der nächstliegende Schritt wäre. Nachdenklich ging er zurück ins Freie. Es war nicht weniger grau als vor wenigen Minuten.

Er schaute sich genauer um. Fußspuren waren ziemlich einfach auszumachen. Im vorliegenden Fall konnte es normalerweise nur seine eigenen Schuhabdrücke geben, und wie die aussahen, wusste er. Also fand er auf der Fahrspur zum Eingangstor ziemlich bald das, was er suchte. Zwei verschiedene Schuhprofile waren als frische Trittsiegel zu erkennen. Ein Sportschuh mit starkem Sohlenraster und ein weiterer, fast konturloser Schuhabdruck. Beide Spuren stammten sehr eindeutig nicht von ihm.

Im Gegensatz zu seinem Freund, dem Ornithologen Uwe Kramer, hatte Irenäus in seiner Kindheit weniger Nachschlagewerke gelesen, dafür aber die Romane von Karl May studiert. Liebe Westverwandte hatten diese Bücher in Konfektschachteln oder anderswie getarnt, dem kleinen Jungen zukommen lassen. Das in diesen Erzählungen enthaltene Wissen prägte fürs Leben – wenn man dieses Leben als naturnaher Privatdetektiv verbrachte. Irgendwer – er glaubte, es war Gregor Gysi – hatte vor kurzem die Bemerkung fallen lassen: Wäre Karl May kein Angehöriger des Lumpenproletariats gewesen, sondern ein kaiserlicher Beamter oder ein Bourgeois, wären seine Bücher heute geachteter als die von Goethe ... Nun ja!

Auf jeden Fall setzte nun in Irenäus' Hirn der detektivische Mechanismus ein. Er kam auf eine nahe liegende Idee. „Titus!", der Hund beroch den Blutfleck neben der Kochmaschine. „Such, such!" Schweißspur. Ziemlich triviale Aufgabe. Wozu fütterte man einen Altdeutschen Schäferhund sonst durch.

Wenige Minuten später erreichten sie die kleine Ansammlung von Fichten, Kirschbäumen und Weißdornbüschen in der Nähe der Chaussee. Titus blieb stehen und schaute seinen Herrn mit aufgestellten Spitzohren an. „Na?" Hier stand also das Fahrzeug des blutenden Eindringlings. Warum war er nicht bis nahe ans Grundstück gefahren? Unauffällige Annäherung. Breite Reifen, weiter Spurstand, zwischen Büschen und Bäumen, abseits des Weges. Sicherlich ein Geländewagen. Mehr war nicht auszumachen. „Komm!", befahl Irenäus. Er hatte Hunger.

Was passierte mit dem zweiten Mann? Seiner Ansicht nach handelte es sich um Männer, denn kaum eine Frau besaß derartige Schuhabdrücke. Die erneute Suche verlief ohne viel Aufwand. Der Sportschuh tauchte neben der Einfahrt noch einmal auf. Er traf sich dort mit einer Fahrradspur. Breite Reifen, starke Stollen, höchstwahrscheinlich ein Mountainbike. Die Fährte kam, fast so breit wie die eines Treckers, aus dem Wald und führte dahin zurück. Wahrscheinlich gehörten die beiden Besucher nicht zusammen, dachte Irenäus.

Wenig später heizte er die Kochmaschine an, setzte Wasser für Kaffee und Frühstückseier auf, schnitt Brot, deckte den Tisch und holte einige frische kleine Radieschen aus dem Garten. Ja, ein wenig heftig war dieses Problem schon. Langsam kaute er das Westerhäuser Brot von Bäcker Koch und löffelte das Ei der glücklichen Hühner von Bauer Lindemann. Während er zusammen mit Wanda Uhland in Quedlinburg eine längere Halligalli-Nacht gefeiert hatte, trafen sich in seinem Haus zwei Männer. Der eine kam mit dem Fahrrad aus dem Wald, der andere mit einem Geländewagen von der Landstraße. Letzterer wurde so heftig verletzt, dass er stark blutete. Stark, denn einen derartigen Blutfleck hinterlässt kein Nasenstüber. Er schaffte es aber zurück bis zu seinem Auto. Der andere half ihm offenbar nicht, sondern radelte wieder in den Wald.

Herrlich! Irenäus öffnete sein Morgenbier. In seinem Gehirn verwirrten sich die Gedanken und Erinnerungen an den gestrigen Abend und an seine allerneuesten Erkenntnisse. Kurzzeitig schlich sich eine Idee ein: Hingen beide Kreise zusammen? Schnell verdrängte er diese Idee, verwarf sie aber nicht.

Der nächste Schritt galt der Durchsuchung seiner Wohnung, an das Einschalten der Polizei dachte er noch nicht. Offenbar blieb die Küche unversehrt. Hier gab es auch nichts zu holen. In seinem Arbeitszimmer bot sich ihm das vertraute Bild. Wollten diese Leute hier irgendetwas klauen? Die goldene Uhr des Großvaters? Das Porzellan? Oder das Geld, das nicht vorhanden war?

Alles befand sich an seinem Platz. Merkwürdig! Gedankenschwer ging er im Raum auf und ab. Die Minoische Dame! Mit einem Sprung erreichte er die Kaffeemütze und riss sie in die Höhe. Weltfremd schaute Ariadne in ferne Gefilde und reckte ihm die Brüste entgegen. So ein Glück!

Irenäus war ein wenig ratlos. Zögerlich rief er Titus, nahm die Hundeleine vom Haken und verließ das Haus. Ohne abzuschließen.

Sie folgten der Spur des Mountainbikes. Dick und fett lag sie in der Erde. Sie führte zur Stadt. Als er die Türme der Stiftskirche sah, brach er die Verfolgung ab und kehrte um. Mindestens einer der Männer war also mit hoher Wahrscheinlichkeit ein Quedlinburger. Der Himmel war bleiern. Feuchtigkeit lag in der Atmosphäre. Ein Tiefdruckgebiet nahte. Irenäus wanderte zurück. Nach Hause.

Er sollte Rita anrufen, sich mit ihr beraten. Oder lieber nicht? Kein Raub, kein Toter, kein Verletzter, nur ein wenig Blut. Trotzdem! Irenäus wählte die Nummer für den Fall der Fälle, die Nummer, die er ansonsten niemals wählte.

„Hauptkommissar Schropel", sagte eine leicht näselnde Stimme am anderen Ende. „Was kann ich für sie tun?"

„Guten Tag, hier ist Irenäus Moll", antwortete er und ärgerte sich darüber, dass dieser Mensch abgenommen hatte. „Ich möchte bitte mit Rita sprechen."

„Die Hauptkommissarin ist momentan verhindert", erwiderte sein Gegenüber. „Wir haben gerade viel zu tun, Herr Moll."

„Ich rufe in einer wichtigen Angelegenheit an“, versuchte Irenäus, sachlich zu bleiben. „Können Sie sie bitte ans Telefon holen, falls sie in Ihrer Nähe ist.“

„Eine wichtige Angelegenheit“, zog der Kriminalist in die Länge. „Tut mir Leid. Sie kann gerade nicht telefonieren. Vielleicht versuchen Sie es irgendwann nochmal.“

„Herr Schropel“, begehrte Irenäus auf. Er wusste genau, dass der Hauptkommissar log. „Ich habe eine sehr wichtige Nachricht für sie. Vielleicht wäre es gut, wenn sie mich anhören würde.“

„Wenn es so wichtig ist, dann sagen Sie es doch bitte mir“, näselte Schropel. „Ich gebe die Nachricht dann weiter.“

„Ich möchte sie aber ihr ...!“, rief Irenäus in den Hörer. „Okay, machen Sie nur Ihr Ding. Sie kriegen ja Ihr Geld aus der Steckdose!“

„Was?“, fragte der Hauptkommissar. Doch Irenäus legte auf. Verfluchter Wichser! Warum war Rita nicht ans Telefon gegangen? Er war sicher, dass sie im gleichen Raum gewesen war. Dann eben nicht!

Er griff nach einem Wischlappen, um diese unseligen Blutflecken von seinem Inventar zu tilgen. Im letzten Moment überlegte er es sich anders. Leise fluchend, kratzte er mit seinem Frühstücksmesser einen Teil der schwärzlichen Lache vom Terrazzo. Vorsichtig expedierte er die Partikel in ein Calvados-Glas mit Deckelchen. Die DNS war gerettet. Er stellte das Gefäß in den Küchenschrank. Anschließend brachte er endgültig den Wischlappen zum Einsatz.

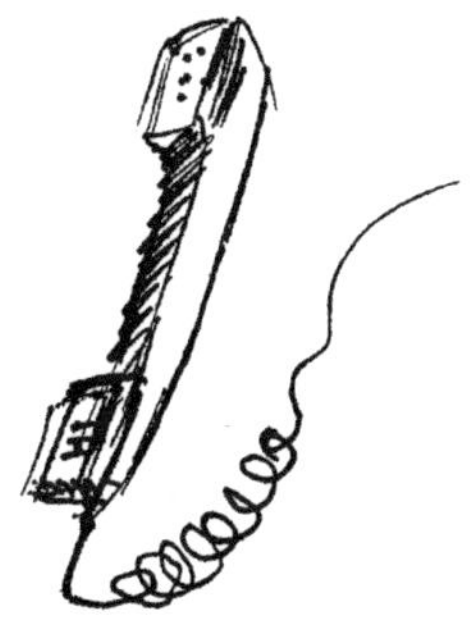

XX

Sie fühlte sich wie ausgekotzt, als sie um acht in den Spiegel guckte. Vergeblich versuchte sie mit den Fingern, die Fältchen unter den Augen zu glätten. Mein Gott, sie war doch noch nicht mal vierzig! Make up nahm sie ungern, aber heute war wohl eine winzige Portion von diesem Zeug angebracht. Hoffentlich fuhr kein Sprengwagen an ihr vorbei. Aber so was gab es zum Glück nicht mehr.

Eine von Irenäus' Geschichten: Wie eine Frau wirklich aussieht, kann man feststellen, wenn sie im Sommer vom Wasserstrahl eines Sprengwagens getroffen wird. Sprengwagen waren große Tanklaster, die in der heißen Jahreszeit die staubigen Straßen mit frischem Wasser benetzten. Sie wurden leider schon vor langer Zeit wegrationalisiert. Selbst Rita hatte niemals einen zu Gesicht bekommen.

Ach ja, dieser Irenäus mit seinen bunt schillernden Ideen, ihr

einziger Trost in dieser vorgebirglichen Provinz. Wieso hatte sie ihn eigentlich betrogen? Die Antwort war komplex. Nur – für komplexe Problemfälle war ihr Gehirn an diesem Morgen nicht aufgeladen.

„Morgen, Heinz!", begrüßte sie den Hauptkommissar wenig später.

Heinz Schropel schaute sie aus müden Augen an: „Hast du schon wieder eine Nacht durchgemacht? Na ja, in dem Alter hält man das ja noch aus ... Morgen, Rita!"

„Wer im Glashaus sitzt, sollte nicht mit Steinen werfen", erwiderte sie gelassen. „Warst du in Magdeburg bei Helena? Na, siehst du! Bist auch nicht taufrisch und außerdem im Wissensnotstand. Wie lange wartest du schon auf mich?"

„Zwei Minuten", erwiderte der Mann. „Ist irgendwas passiert?"

Rita genoss die Sekunden und griff zum Telefonhörer. „Ein Toter. Erschlagen oder ermordet, vielleicht auch ein Unfall. Letzte Nacht. Deshalb sehe ich so verschissen aus."

„Oh, Entschuldigung!", murmelte Heinz. „Das konnte ich ja nicht wissen. Und weiter ...?"

„Ich rufe gerade die Spurensicherung an und die Pathologie", sagte Rita und griff nach Stift und Papier. „Vielleicht gibt es schon etwas Neues. – Ja, hallo! Guten Morgen! Gibt es schon was über den Toten in der Nacht? Oooh, ihr seid ja eine ganz fixe Truppe! Aha, aha, aha! Vielen Dank! Bis bald! Schönes Wochenende!"

Rita hatte eifrig mitgeschrieben. Dann drehte sie sich wieder zu ihrem Kollegen um. Zuerst erzählte sie ihm die Geschichte der Nacht. Dann fügte sie die neuesten Erkenntnisse der Spurensicherung hinzu: „Der Mann ist Professor Philip Westermann. Er lehrte an der TU Magdeburg Metallurgie. Um die sechzig. Ziemliche Koryphäe auf seinem Gebiet. Die Verletzung am Auge wurde ihm mit einem stumpfen Gegenstand zugefügt, geriffeltes Profil, wahrscheinlich aus Plastik. Der Augapfel war stark geschädigt, das Jochbein gebrochen. Es könnte auch ein Sturz gewesen sein. Mit hoher Wahrscheinlichkeit war es nur ein einziger Schlag. Diese Verletzung führte aber nicht zum Tode. Es war der Schädelbruch mit massiver innerer Blutung. Der Mann ist mit der Schläfe auf irgendetwas gefallen. Und das sehr hart! An der Kopfhaut wurden Rußpartikel gefunden. Das erscheint der Spurensicherung merkwürdig. Ansonsten gibt es keinen Hinweis auf Fremdbeteiligung, keine fremde DNA, keine Haare, Fingerabdrücke am Auto oder irgendsowas. Trotzdem wird ein Verbrechen auf gar keinen Fall ausgeschlossen."

„Also sind wir gefragt", konstatierte der Hauptkommissar und brachte zwei Tassen Kaffee. „Was hatte der Professor um diese Zeit auf der relativ einsamen Straße zu suchen? Vielleicht sollten wir uns seine Wohnung anschauen. Oder übernimmt Magdeburg den Fall?"

„Wir arbeiten zusammen. Vorerst", sagte Rita. „Wir finden heraus, wo dieser Mann herkam. Möglicherweise helfen uns die Telefonate der letzten Tage weiter. Ich setze mich mit der Telekom in Verbindung. Moment!"

Einige Zeit später. Die erste Kanne Kaffee war geleert. Über Professor Westermann gab es im Internet allerlei zu erfahren. Theorie und Praxis der modernen Metallverarbeitung. Rita glaubte nicht daran, dass dieser Themenkreis mit der Todesursache zu tun hatte. Endlich kamen die Telefonate des Toten. Es waren relativ wenige. TU Magdeburg, Magdeburger Namen, weitgehend belanglose Adressen. Der Mann war alleinstehend gewesen. Wahrscheinlich ein wunderlicher, alter Wissenschaftler. Allerdings sprach sein Bild dagegen. Intelligenter, drahtiger Typ. Vielleicht war er auch ein bekennender Macho, der gern unabhängig sein wollte. Dachte Rita.

„Hier!", sagte Heinz Schropel. „Ein Telefonat kam aus Quedlinburg. Na, bitte!"

„Von wem?", fragte Rita erstaunt.

„Von einer gewissen Wanda Uhland", kam die Antwort. „Warte mal, die hat bestimmt eine Internet-Adresse. Ah, hier! Eine Spezialfirma für die Entwicklung von Werkzeugen in der formgebenden Industrie. Das korrespondiert mit Westermanns Fachrichtung. Vielleicht sollten wir diese Frau mal befragen."

Das Telefon klingelte.

Schropel hob den Hörer ab. Rita sah, dass er die Augen verdrehte. Er stellte auf Lautsprecher. Sie zeigte sofort den Daumen nach unten. Was wollte der denn jetzt von ihr? Sie hörte das Gespräch der beiden Männer, die sich nicht grün waren. Irenäus hatte irgendetwas auf dem Herzen. Damit hatte sie nicht gerechnet. Sie war mit ihrem Daumen zu voreilig gewesen. Aber jetzt war es zu spät. Sie begann zu grübeln, kam aber zu dem Ergebnis, dass es denn so wichtig nicht gewesen sein konnte. Wahrscheinlich hatte er den Anlass sogar nur vors Loch geschoben.

„Gehst du zu dieser Wanda Uhland?", fragte in diesem Moment der Hauptkommissar.

„Ja, ja!", erwiderte sie. „Zeig mir nochmal die Telefonliste. Wann war das mit dem Anruf?"

Schropel schob ihr die ausgedruckte Liste über den Schreibtisch. Rita las. Aha, am letzten Samstag, nach dem Mittag. Automatisch las sie weiter. Nächster Anruf war unmittelbar danach. Alexander Markoviz. Ein Rädchen begann, sich in ihrem Gehirn zu drehen. Doch Sand war im Getriebe. Irgendwie kam ihr der Name bekannt vor, aber sie kam nicht drauf. Gab es einen Zusammenhang? Sie verwarf die Vermutung – vorerst.

Der kobaltblaue Golf hielt vor dem Grundstück am Südhang der Schichtrippe. Ein ziemlich idyllischer Ort, fand Rita. Langsam ging sie den Weg zum Haus hinauf, zwischen Kiefern und kleinen Blumenbeeten. Der gekalkte Lehmputz strahlte hell in der Mittagssonne, die großen Fenster reflektierten die einfallende Strahlung. Das Holz der Veranda verströmte den Geruch von Terpentin.

Rita stieg die Treppe aus Robinienholz empor. Friedlich und leer lag die Veranda vor ihr. Sie blickte sich prüfend um. Dann ging sie zur Haustür und drückte auf den Klingelschalter. Sekunden später wurde die Tür geöffnet. Rita hatte in ihrem Geist kein konkretes Bild von der Frau gehabt, die sie aufsuchen musste. Ihre Gedanken lagen woanders, sie war müde. Die Erlebnisse der letzten Stunden klammerten sich an ihre Synapsen.

Deshalb traf sie der Schock völlig unerwartet. Diese Frau war Wanda Uhland? Eine Routinebefragung in einem Fall von ungeklärter Todesursache. Das durfte nicht wahr sein! Sie fühlte, dass ihre heute ohnehin schwächlichen Knie noch weicher wurden.

Der anderen schien es nicht besser zu ergehen. Ihre Augen weiteten sich. Sie war überrascht. Mit der rechten Hand fuhr sie durch die schwarzen Haare. Endlich sagte sie mit etwas kindlicher Stimme: „Komm rein!"

Rita befand sich weit jenseits ihres Konzeptes. Sie hielt den Dienstausweis bereits in der Hand und wollte das übliche Sprüchlein aufsagen. Aber das blieb ihr im Halse stecken.

Die Frau, die Wanda Uhland war, drehte sich um und ging in den weiten Raum. Sie hinkte ziemlich stark und ließ sich in einen Drehsessel fallen. Um sie herum standen auf Tischen und Regalen mehrere große Bildschirmeinheiten, Computer, Drucker und Scanner. Die Wandflächen waren voller Regale, in denen säuberlich angeordnet Aktenhefter, Bücher und metallische Modelle standen. Schweigend zeigte sie auf einen zweiten Sessel. Dann zog sie aus einer Schachtel eine F6 und hielt das Päckchen auffordernd Rita entgegen.

„Nein, danke!", sagte diese und wühlte aus ihrer Handtasche eine Schachtel Camel hervor. Das musste jetzt sein. Sie ließ sich auf den angewiesenen Sitzplatz sinken. Erst dann fuhr sie fort: „Guten Tag, Frau Uhland! Wir kennen uns ja bereits. Ich möchte Ihnen nur einige Fragen stellen. Wenn Sie gestatten?"

„Geht es um Irenäus?", fragte die Frau und zog gierig an ihrer Zigarette. „Ich will ihn nicht wegnehmen."

Rita stieß den Qualm des ersten Zuges aus. Das war ja eine verfahrene Situation! „Nein, überhaupt nicht. Es geht nicht um Irenäus. Ich wusste nicht einmal, dass Sie Wanda Uhland sind."

„Um was geht es dann?" Die Frau zog die schwarzen Brauen zusammen und schaute forschend. Sie drückte sich mit den Armen aus dem Sessel in den Stand und hinkte zum Fensterbrett. „Ich habe noch Kaffee für uns."

„Was ist mit Ihrem Bein passiert?", fragte Rita und nahm die gefüllte Tasse entgegen.

„Ein Unfall", murmelte die Frau. „Und das Wetter wird schlecht. Da habe ich Schmerzen. Das gibt sich wieder ..."

„Sie haben doch getanzt in der Nacht ...?", fragte Rita leise.

„Schmerzmittel!", erwiderte die Frau harsch und drückte die F6 aus. „Um was geht's denn nun, wenn nicht um deinen Irenäus?"

„Wie gut kennen Sie Professor Philip Westermann aus Magdeburg?", fragte Rita, ohne auf das von der anderen praktizierte Duzen einzugehen.

„Er war einer meiner Professoren, beim Studium", antwortete Wanda Uhland. „Hin und wieder haben wir Fachfragen erörtert."

„Wann haben Sie zum letzten Mal Kontakt zu ihm gehabt?", setzte Rita die Befragung fort. Sie hatte nun ihre Selbstsicherheit zurückgewonnen.

Die Frau warf ihr einen prüfenden Blick zu. Sie schien kurz zu überlegen. Dann sagte sie: „Am vergangenen Sonnabend. Ich kam gerade aus München und erkundigte mich nach einer speziellen Legierung. Aber wieso fragst du mich das?"

Rita konstatierte, dass die andere konsequent beim Du blieb. Sie empfand das als ordinär. Trotzdem erklärte sie: „Professor Westermann ist in der vergangenen Nacht gestorben. Ich gehe seiner Todesursache nach."

„Waaaas?", rief Wanda Uhland mit hoher Stimme. Das Entsetzen war nicht gespielt. „Gestorben? Wie denn das? Und warum kommst du da zu mir?"

„Weil er in Quedlinburg gestorben ist", antwortete Rita gelassen. „Und weil Sie offenbar in der letzten Zeit die einzige Kontaktperson in Quedlinburg waren. Sie haben also nur dieses eine Gespräch geführt? Wollten Sie sich vielleicht noch mit ihm treffen?"

„Nein!", rief die Frau empört. „Es war eine Anfrage, und wir haben sie in wenigen Minuten geklärt. Wie ist er denn gestorben?"

Rita sah kurzzeitig ein unstetes Flackern in den Augen der anderen aufblitzen. Die Frau spielte mit den Fingern an einem schweren silbernen Oroburus, den sie am Halse trug. Er blinkte aus dem Ausschnitt einer Wolljacke mit Reißverschluss. Einen BH trug die Frau nicht. Irgendetwas kam Rita an dieser Person schizophren vor.

„Vordergründig bei einem Autounfall unter der Altenburg", erklärte die Hauptkommissarin bereitwillig und beobachtet dabei die Mimik der anderen. „Allerdings wurde er bereits vorher erschlagen."

Sie sah, dass die Frau erbleichte. Das Gesicht wurde faltig und klein. Entsetzt rief sie: „Das ist ja grausam! Und wann war das?"

„Gestern", meinte Rita. „Kurz bevor wir uns begegnet sind."

„Dann habe ich ja ein Alibi", grinste Wanda Uhland und entzündete eine F6. „Noch Kaffee gefällig?"

„Nein, danke!" Rita erhob sich. „Haben Sie eigentlich einen Partner?"

„Ich habe verschiedene Freunde", sagte die Frau freimütig. „Wie es sich ergibt. Ich arbeite sehr viel und mag es nicht, wenn jemand auf mich wartet. Das macht mich unruhig und nervös. Verstehst du das?"

Rita antwortete darauf nicht. Sie ging zur Tür. „Dann will ich Sie mal nicht weiter vom Schaffen abhalten. Wiedersehen!"

„Tschüss!", sagte Wanda Uhland und wollte die Tür hinter ihr schließen.

Im letzten Moment drehte sich Rita um: „Kennen Sie einen Mann namens Alexander Markoviz?"

Die Augen der anderen schauten irritiert: „Nie gehört den Namen. Ganz sicher!"

Plötzlich gab die Frau Rita die Hand. Es war eine kleine, schmale Hand, die irgendwie verletzlich wirkte. Ein breiter Silberring drückte Ritas Finger. Die Kinderstimme sagte: „Tschüss, Rita!" Dann klappte die Tür zu.

Langsam stieg Rita die Holztreppe hinab. Im Freiraum zwischen den Kiefern stand ein dunkelgrünes BMW Cabrio. Diese Frau war höchst merkwürdig, eher schon psychopathisch. Was hatte ihr Irenäus denn an dieser neurotischen Kuh gefressen, dachte Rita und stieg in ihren Golf. Manisch produktiv, zickig und verrückt, alles Eigenschaften, die der Meisterdetektiv doch eigentlich gar nicht mochte. Vielleicht konnte sie auch noch anders sein. Rita gähnte. Das Schlafdefizit der vergangenen Tage nahm bereits lähmende Ausmaße an. Antriebslos starrte sie auf den Zündschlüssel. Der Kaffee wirkte bei ihr eher wie ein Schlafmittel. Heute war Freitag, alle Menschen bereiteten sich auf das Wochenende vor. Dieser Professor Westermann hatte etwas Pech mit seinem Todeszeitpunkt.

Ein Motorengeräusch weckte Rita aus diesem lähmenden Schwebezustand. Neben der Einfahrt des Grundstücks hielt ein Fahrzeug. Es war ein blauweißer Caddy. Ein Mann stieg aus. Kurze blonde Haare, ziemlich hochgewachsen, stinknormales Gesicht. Routinemäßig öffnete er die Einfahrt und fuhr aufs Grundstück bis vor den BMW. Er wirkte bedrückt, fand Rita. Offenbar war das Wanda Uhlands Lover. Sie kritzelte die Autonummer auf einen Zettel. Der Mann bedachte sie mit keinem Blick. Er schien sehr in sich gekehrt zu sein. Die beiden passten ja zusammen wie Pat und Patachon, dachte Rita. Sie startete den Motor und fuhr zur Dienststelle. Inzwischen war schon Nachmittag.

„Und, was war das für eine Frau?", empfing sie der Hauptkommissar.

„Eine komische Type", sagte Rita und gähnte. „Arbeitsgeile, neurotische Kettenraucherin. Aber an Westermanns Tod scheint sie keine Aktie zu haben. Sie erörterte nur manchmal mit ihm Fachfragen. Für die Tatzeit hat sie ein Alibi."

„Ach, das hast du gleich nebenbei mit überprüft", konstatierte Schropel.

„Ja, ja!", sagte Rita. „Gibt es sonst was Neues?"

„Der Bericht der Spurensicherung", antwortete ihr Kollege. „Die wollen am Freitag auch zeitig Feierabend machen. Der Professor hatte noch eine Prellung am Arm. Offenbar ist er tatsächlich gestürzt und mit dem Kopf aufgeschlagen. Die Rußspuren deuten auf einen Ofen hin. Es gibt auch Spuren von Hausstaub. Der Mann ist nicht in freier Natur gestürzt, sondern im Inneren eines Hauses. Die einzigen Anhaltspunkte auf eine Straftat sind das ausgeschlagene Auge und das geriffelte Profil des schlagenden Gegenstandes."

„Könnte es vielleicht der Verschluss der Ofenklappe gewesen sein?", fragte Rita gähnend.

„Nimm dich mal zusammen!", rügte sie Heinz Schropel.

„Ich kann nicht!", maulte Rita. „Mein Schlafdefizit ist zu hoch. Ofenklappe?"

„Ja, Ofenklappe", hakte der Kriminalist ein. „Der Mann ist gestürzt, unglücklich auf einen Ofen aufgeschlagen. Er war allein und wollte in Quedlinburg gerettet werden. Leider ist er zwischendurch gestorben. Das ist nicht recht plausibel. Wieso hat er nicht telefoniert? Wieso hat ihm niemand geholfen? Selbst wenn er allein im Haus war, muss es doch Nachbarn gegeben haben."

„Vielleicht gab es keine Nachbarn", gähnte Rita.

„Es gibt immer Nachbarn!", befahl Heinz Schropel. „Wir wissen auch nicht, aus welcher Richtung er kam. Gleich hinter der Unfallstelle gabelt sich die Straße. Kam er aus Richtung Neinstedt-Thale oder aus Richtung Warnstedt-Timmenrode? Wie weit konnte er überhaupt mit dieser Verletzung fahren?"

Rita zündete sich eine Camel an.

„Muss das sein?", knurrte Schropel.

„Schaut sich jemand die Wohnung des Professors an?", stellte sie die Gegenfrage und blies eine Wolke ins Freie.

„Ich bin um 18 Uhr in Magdeburg mit der Hauswirtin verabredet. Ich wollte da heute sowieso hinfahren", lächelte der Hauptkommissar. „Es ist schließlich Wochenende."

„Geschickt, geschickt!", grinste Rita wissend. „Trotzdem muss ich schlafen. Rufst du mich an?"

„Ja, mache ich", meinte Heinz Schropel. „Wir werden das schon herausbekommen, wo sich dieser Professor aufgehalten hat. Zur Not werden wir am Montag die Bevölkerung um Hilfe bitten. Wenn er in einem Haus war, gibt es auch einen Menschen, der dort lebt. Er wird ja wohl nicht bei jemandem gewesen sein, der seine Anwesenheit nicht mitgekriegt hat."

Schropel nahm seine alte braune Aktentasche vom Stuhl und war bereit zum Gehen. „Ach und noch was, liebe Rita. Unseren geklauten Schaufellader-Fall dürfen wir nicht vergessen. Ich weiß jetzt, wie dieser Fahrer wirklich heißt, dieser Stanko."

Rita konnte sich nur schwach an ihn erinnern.

„Er heißt Stanislaus Kowalski", sagte Heinz. „Paul ist an dem Fall dran. Sowie sich der Tieflader bewegt, gibt es einen Alarm. Hoffentlich nicht an diesem Wochenende. Dann müsstest du das allein durchziehen. Aber das SEK weiß Bescheid. Also, machs gut! Bis bald!"

„Machs gut!" Rita gähnte und drückte die Camel aus. Sie musste unbedingt ins Bett. Die Autonummer von Wanda Uhlands Lover vergaß sie zu überprüfen.

XXI

Wanda hatte ihren Schock mit aller Macht unterdrückt. Als jedoch die Tür hinter der Polizistin zugeklappt war, sank sie kraftlos auf den Fußboden. So schnell ging das also! Im Zeitalter des gläsernen Menschen. Ein Telefonat und schon beginnt das Räderwerk zu laufen. Sie schluchzte hemmungslos. Doch dann riss sie sich zusammen und stemmte sich auf dem gesunden Bein in die Höhe. Noch war nichts verloren. Und dass sie immerhin eine immense Mitschuld trug, gestand sie sich zu, wenn auch ungern. Sie entzündete eine F6.

Die Wohnungstür klappte. Stanko. Er war heute Morgen in aller Frühe zur Arbeit gefahren, als sie noch wie gelähmt im Bett lag.

„Hi, Süße!", sagte er mit gequälter Stimme. Er schaute sie fragend an: „Hast du gerade geweint?"

„Ein bisschen", gab sie zu und versteifte sich in ihrem Sessel. „Hast du sie noch gesehen?"

„Wen?", fragte Stanko. „Diese Rothaarige? Wer war das?"

„Kriminalpolizei", erwiderte sie leise. „Du hast meinen Professor erschlagen, du Dussel! Hätte ich dich da nur niemals hingeschickt!"

Stanko erbleichte: „Deinen Professor? Wie kam der denn dorthin?"

„Frag nicht so bescheuert!", schimpfte Wanda verbittert. „Woher soll ich das wissen. Es muss ein wahnsinniger Zufall gewesen sein. Vermutlich habe ich ihm zu viel erzählt. Auch er wird eins und eins zusammengezählt haben. Er wollte die Figur für sich haben, dieses hinterhältige Arschloch."

„Und was wollte die Polizei?", stammelte der Mann. „Wissen sie, dass ich ...?"

„Dann würdest du wohl kaum hier sitzen", meinte Wanda und zündete mit fahrigen Fingern die nächste Zigarette an. „Erzähl mir noch einmal genau, wie das alles war!"

Als Stanko nach einigen Minuten seinen Bericht beendete, drückte die Frau die Zigarette aus. Etwas gelassener, sagte sie: „Wir haben eine gute Chance, dass die es nicht rauskriegen. Hoffentlich hat dich nicht irgendwer gesehen. Bis jetzt weiß diese Rita nicht einmal, wo sich der Professor aufgehalten hat. Es kommt jetzt auch drauf an, wie sich Irenäus Moll verhält. Diesem Schnüffler traue ich eine ganze Menge zu. Und hoffentlich hast du nicht zu viele Spuren hinterlassen."

„Wir könnten sein Haus niederbrennen", überlegte Stanko.

„Oh, Mann, nerve mich nicht!", schrie sie gereizt.

„Es war nur ein Scherz", nuschelte ihr Freund. „Ich lege mich hin. Habe die ganze Nacht nicht geschlafen."

„Ja, mach nur!", grummelte sie und zündete eine F6 an. Eigentlich hätte sie sich gern in seinen Armen trösten lassen. Aber sie fühlte sich wie versteinert. Und wenn er nicht selber drauf kam. Trotz allem! Sie musste die Figur haben, und zwar bald. Wenn es nicht anders ging, konnte sie es nur allein durchziehen. Stanko brauchte davon nichts zu wissen. Sie würde diesen Coup geschickter in die Reihe kriegen.

Es kam jetzt nur auf den geeigneten Zeitpunkt an. Wanda grübelte vor sich hin und grämte sich über ihr Schicksal. Sie knüllte eine Zigarettenschachtel zusammen und riss die nächste auf. Der Qualm im Zimmer nahm selbst für sie eine unerträgliche Konzentration an. Sie öffnete die Tür zur Veranda. Es dämmerte. Der Himmel war wolkenverhangen. Das nächste Tief nahte. Unten vor dem Grundstück erklang ein untertouriges Dröhnen.

Langsam schlich dort ein armygrüner Daimler Kombi vorbei. Wanda zuckte zusammen. Woher wusste der, wo sie wohnte? Mit diesem Menschen wollte sie jetzt gar nichts zu tun haben. Schnell zog sie sich in die vernebelte Heimstatt zurück und verhielt sich mucksmäuschenstill.

Aber nichts geschah.

XXII

Den Nachmittag verbrachte Irenäus in geistigem Standby-Betrieb. Er arbeitete nicht, er las nicht, er schrieb nicht. Seine Gedanken bewegten sich träge im kreativen Vakuum, das heißt, dass in seinem Gehirn ein Modell der Wirklichkeit entstand, das in verborgenen Bereichen der Dunkelheit hocken blieb, ohne bis an die Oberfläche vorzudringen.

Das Feuer im Herd erlosch. Ihn fröstelte. Mühsam riss er sich aus dieser grämlichen Lethargie und brachte die Kochmaschine wieder zum Laufen. Nach einer Tasse Nescafé waren seine Lebensgeister so weit erwacht, dass er einen Entschluss fassen konnte. Er griff zum Telefon und wählte die private Rufnummer von Rita. Endlich wollte er ihr von dem mysteriösen Blutfleck berichten und außerdem gern einmal wieder ihre Stimme hören. Immerhin hatten sie mehrere Tage lang nichts voneinander gehört und das war im jetzigen Stadium ihrer Beziehung ein Alarmzeichen. Er gestand sich allerdings ein, dass er dieses Zeichen nicht wirklich registrierte, weil er den größten Anteil seiner Zeit an die Beschäftigung mit Wanda verwendet hatte.

Rita hob nicht ab. Konnte sie nicht oder wollte sie nicht? Das war gar kein gutes Zeichen. Er begann, sich ernsthafte Gedanken zu machen. Vielleicht wäre es nicht falsch, zu ihr zu fahren? Mit einem kleinen Geschenk? Irenäus pflückte einige blaue Blüten vom Immergrün, der blauen Blume der Romantik. Er knüpfte sie mit einem Grashalm zum Sträußchen. Dann stieg er in den Daimler und nahm Kurs auf die Stadt.

Er klingelte bei Rita, doch sie öffnete nicht. Der kobaltblaue Golf stand einsam auf der Straße, wahrscheinlich war sie zu Hause. Irenäus heftete das Immergrün an ihre Tür und verließ mit hängenden Ohren und hängenden Haaren ihre Sphäre.

Anschließend irrte der Daimler scheinbar ziellos in der Stadt umher und rollte plötzlich unterhalb einer Schichtrippe. Zufällig wohnte hier irgendwo Wanda Uhland. Er kannte ihr Zuhause nicht persönlich. Aber ein routinemäßiger Blick ins Telefonbuch hatte ihn aufgeklärt. So war es kein Problem, das Grundstück der Frau zu identifizieren. Vielleicht war sie ja doch nicht so bescheuert, wie sie sich am Abend davor bei ihm aufgeführt hatte. So heftig konnte sich ein Privatdetektiv doch gar nicht täuschen.

Tatsächlich stand dort ihr BMW Cabrio. Sollte er einfach bei ihr klingeln? Langsam rollte der Daimler am Grundstück vorbei. Und dann kam die Ernüchterung. Ein blauweißer Caddy schob sich wie ein ungutes Omen ins Bild.

Der gehörte mit hoher Wahrscheinlichkeit ihrem wahren Liebhaber. Irenäus hatte keinen Bock darauf, mit dem Bekanntschaft zu schließen. Außerdem war ihm nicht entgangen, dass im Haus das Licht gelöscht worden war. Also fuhr sie die feige Abducknummer.

Das musste er sich nicht antun. Er gab Gas, zurück in den Wald, um sein Schlafdefizit aufzuholen.

XXIII

Sie kam einfach nicht dazu, ihr Schlafdefizit aufzuholen. Mit letzter Kraft hatte Rita es geschafft, sich zu entkleiden. Dann war sie ins Bett gesunken. Wirre Träume griffen nach ihr, in denen dunkle Männer mit Zimmern voller geheimnisvoller Kartons, armygrüne Autos und hinkende Furien ihr fürchterliches Unwesen trieben. Sie alle waren schicksalhaft verwoben mit dem mysteriösen Professor, dessen gespaltener Schädel sie einäugig anglotzte.

Zwischendrin klingelten Telefone, doch sie lag nackt und gelähmt im Bett, unfähig, ein Glied zu rühren. Endlich verschlang sie die tiefe Schwärze eines gnädigen Schlummers.

Und wieder klingelte es, diesmal an ihrer Wohnungstür. Welcher Idiot mochte das sein, fragte sie sich wütend. Bei ihr war heute nichts mehr zu holen. Doch dann obsiegte ihr beschissenes Pflichtgefühl. Vielleicht war ja jemand in Not. Rita wankte zur Tür, eine Decke um den Körper geschlungen. Der Besucher war verschwunden. Sie war genervt. Die blaue Blume der Romantik blieb ungesehen. Mit dicken Augen schlich sie zum Fenster und spähte vorsichtig hinaus,

Der armygrüne Kombi ihres Albtraums fuhr gerade aus der

Parklücke, Idiot! Warum hatte er sie geweckt? Der soll zu seinem Hinkebein gehen! Andererseits: Irgendetwas hatte er auf dem Herzen. Ansonsten hätte er heute nicht in der Dienststelle angerufen. Musste sie sich kümmern?

Egal! Sie ging pinkeln und trank einen Whisky. Dann legte sie sich wieder ins Bett. Diesmal quälten die Lemuren sie nicht. Trotzdem konnte sie nicht durchschlafen.

Es war bereits dunkel, als sie vom anhaltenden Bimmelgeräusch ihres Festnetzanschlusses zuerst aus dem Tiefschlaf und anschließend aus dem Bett gerissen wurde. Oh, Mann! Wenn das wieder dieser Moll war, dann konnte er was erleben. Wütend riss sie den Hörer ans Ohr: „Ja!!?"

„Hier ist Heinz", sagte eine wohlbekannte, lapidare Stimme. „Was ist denn mit dir los?"

„Nichts! Ich dachte, es wäre jemand anderes", knurrte Rita. „Was gibt's denn mitten in der Nacht?"

„Na, du bist ja drauf", kicherte der Hauptkommissar. „Hat dich dein neuer Lover versetzt?"

„Quatsch! Ich habe geschlafen, aber alle fünf Minuten weckt mich wer", keifte sie und suchte mit den Augen die Camel-Schachtel im Zimmer.

„Es ist erst kurz nach neun", sagte Heino Schropel. „Wir hatten vereinbart, dass ich dir von meinem Besuch bei Professor Westermann berichte."

„Hatten wir das?", fragte Rita, immer noch frustriert, und angelte eine Zigarette aus der Schachtel. „Na, dann erzähle mal!"

„Also, die Hauswirtin des Professors ist eine wirklich hübsche Frau", hörte sie ihren Kollegen am anderen Ende lachen. Sie hüstelte mahnend. „Na gut! Die Wohnung des Mannes ist großzügig eingerichtet. Er war mit Sicherheit keine graue Wissenschaftler-Maus. Es gibt eine Bar und ein großes Doppelbett. Wahrscheinlich war er tatsächlich ein Einzelgänger, der dem Vergnügen nicht abhold war. Ich habe natürlich nicht alles durchwühlt, aber die Hauswirtin erwies sich als sehr kooperativ. Außerdem kannte sie sich in der Wohnung gut aus."

Rita zog an ihrer Camel und wartete darauf, dass noch etwas Wesentliches kam.

„Bezüge zu Quedlinburg gab es absolut keine, auch nicht zur Umgebung", fuhr Schropel in seinem Bericht fort. „Auf seinem Tisch lagen die Bücher, mit denen er sich gerade beschäftigte. Ich fand es merkwürdig, dass es sowohl um sein Fachgebiet, die Metallurgie, ging, als auch um alte Kulturen und Philosophien. Er hatte sich einige Notizen gemacht, in dem ein bestimmter Stoff eine besondere Rolle spielte."

„Das hört sich ja etwas mystisch an", meinte Rita, die langsam munterer wurde. „Und um was für einen Stoff ging es?"

„Er nennt ihn TiC", erklärte Heinz Schropel. „Diese Bezeichnung kommt etliche Male vor. Allerdings kann ich damit absolut nichts anfangen und die Hauswirtin auch nicht. Du vielleicht, Rita?"

Die Kriminalistin überlegte: „Nein, Heinz, TiC kenne ich nicht. Ansonsten hast du nicht den allergeringsten Hinweis gefunden?"

„Nicht den allergeringsten", bestätigte Schropel. „Ach ja, noch eine Information. Ich habe bereits mehrmals versucht, diesen Markoviz zu erreichen, den der Professor unmittelbar nach der Uhland angerufen hat. Dort hebt keiner ab. Ich weiß nicht, ob das so wichtig ist ...?"

„Heute nicht mehr", gähnte die Frau. „Dann wissen wir ja nicht viel mehr über diesen Westermann. Er kann überall gewesen sein. Was schlägst du vor, wie wir weiter verfahren sollten?"

„Wir können jetzt nur die Bevölkerung fragen", überlegte der Hauptkommissar. „Ich habe ein paar passable Fotos vom Professor eingesteckt. Er hat, wie es aussieht, kein Testament hinterlassen. Die Hauswirtin kümmert sich gerade darum, eine uneheliche Tochter zu benachrichtigen, die irgendwo fern wohnt. Die Hauswirtin stand dem Professor wohl relativ nahe, kann aber absolut keine Anhaltspunkte liefern. Einmal soll er in den letzten Tagen angedeutet haben, dass er einer größeren Sache auf der Spur ist. Vielleicht ein neuer Werkstoff, zum Beispiel dieser TiC. Aber leider ist diese Frau nicht so klug, wie sie schön ist, wenn du verstehst, was ich meine."

„Ich verstehe es!", antwortete Rita. „Also überschlafen wir den Fall."

„Etwas anderes hätte ich nicht vorgeschlagen", meinte Schropel. „Gute Nacht, Rita!"

„Gute Nacht, Heinz!", sagte sie. „Und grüße Helena, falls du sie siehst."

Sie legte auf und grinste vor sich hin. Besonders berührte sie dieser Westermann-Fall nicht, aber es war ihre Pflicht, ihn zu lösen. Sie genehmigte sich noch einen kleinen Whisky. Hätte sie vor wenigen Stunden Irenäus hereingelassen, wären sie schon wesentlich klüger gewesen. Aber das konnte Rita nicht ahnen. Stattdessen zog sie ein T-Shirt an und stellte mit einiger Besorgnis fest, dass sie putzmunter war. Außerdem hatte sie Hunger. In ihrem Kühlschrank fand sie ein Stück Butter und zwei Flaschen Bier. Im übrigen gab es noch ein Bund verschrumpelter Radieschen mit leicht ankompostiertem Kraut, das ihr Irenäus am letzten Sonntag mitgegeben hatte.

„Ach, Scheiße!", flüsterte sie enttäuscht. In diesem Augenblick klopfte es an die Wohnungstür. Es klopfte! Wer mochte das sein? Ein warnendes Gefühl ergriff von ihr Besitz. Das Klopfen war nicht aufdringlich, sondern eher schüchtern. Rita raffte ein Handtuch und umwickelte damit ihren Unterleib. Heute hatten es wohl alle auf sie abgesehen. Oder war das vielleicht wieder Irenäus? Eigentlich freute sie sich auf ihn. Vergeben – vergessen – selber schuldig. In dieser noblen Geistesverfassung öffnete sie die Tür.

„Darko!", rief sie verwirrt. Das hätte sie nun gar nicht erwartet. „Wie kommst du denn hierher?"

„Hallo, schöne Frau!", lachte der Mann und umfasste ihre Taille oberhalb des Handtuchs und unterhalb des T-Shirts. „Ich habe dich gesucht und bin fündig geworden."

Zum Glück war Rita ihm bis vor die Wohnungstür entgegengekommen, so das sie jetzt gemeinsam im Treppenhaus standen. Sie legte die Arme um den Hals des Mannes und küsste ihn hingebungsvoll. Dabei sagte die Hauptkommissarin in ihrem Gehirn: Lass ihn auf keinen Fall zu dir in die Wohnung. Er darf nicht wissen, dass du Polizistin bist!

Sie zog die Lippen zurück und fragte: „Wie hast du mich gefunden?"

Das war tatsächlich eine Kernfrage, denn eigentlich hatte sie bis jetzt nicht die geringste Information über sich preisgegeben – außer einigen falschen.

„Dein Auto steht vor der Tür", antwortete Darko und seine Hände glitten höher.

„Halt, warte!", sagte sie. „Und wieso kennst du mein Auto?"

Seine rechte Hand hatte sich nun soweit emporgearbeitet, dass sie ihre linke Brustwarze massieren konnte. Doch die Hauptkommissarin in ihrem Gehirn ließ sich trotzdem nicht unterkriegen: Wenn du ihn reinlässt, wird er an irgendeinem Zeichen feststellen, dass du Polizistin bist. Und das solltest du auf jeden Fall vermeiden!!

„Du bist heute in der Stadt an mir vorbeigefahren", erwiderte ihr Besucher und streichelte sie inbrünstig. „Du hast mich natürlich nicht bemerkt. Aber ich bin auf die Suche gegangen. Wo bist du eigentlich in der letzten Nacht so schnell geblieben? Du warst wie vom Erdboden verschluckt."

Rita konnte nicht verhindern, ihren Oberkörper wollüstig zu winden. Doch dann sagte sie: „Dort war jemand, dem ich nicht begegnen mochte. Außerdem war es schon spät. Ich wollte keine lange Diskussion."

„Vergeben!", meinte Darko. „Darf ich reinkommen?"

„Nein!", antwortete sie bestimmt.

Darkos Hände verzogen sich aus ihrem T-Shirt. Mit unwillig zusammengezogen Brauen murrte er: „Hast einen anderen Kerl bei dir, stimmt's? Ich sehe hier schon die ganze Zeit seine blaue Blume."

„Welche blaue Blume", lachte Rita und sah sich um. Tatsächlich war dort eine Blüte des Immergrüns angepinnt. O jeh, das war der arme Irenäus. Sofort ergriff sie ein kurzer Schub Sehnsucht. Doch dann strich sie dem Mann zärtlich über die Wange: „Ach, was! Ich habe Hunger wie eine Löwin. Am besten, du gehst jetzt nach Hause und kochst was für mich. Ich komme in einer halben Stunde nach."

Er schaute immer noch bockig drein: „Hast doch einen Kerl drin! Sonst könnte ich doch warten, und wir kochen zusammen. Na los, meine Schöne!"

„Nein!", sagte Rita endgültig und hauchte ihm einen Kuss ins Gesicht. „Doppelt nein: Kein Kerl, kein Eintritt. Hinter dieser Schwelle beginnt die männerfreie Zone."

Darko war etwas beruhigt, aber unbefriedigt und in seinem Stolz gekränkt. Er schien zu überlegen, wie er sich verhalten sollte.

„Na los, lass dir was Schmackhaftes einfallen! So ist das eben, wenn man unangemeldet bei einer Dame anklopft", scherzte Rita. Sie gab ihm einen Kuss auf die Lippen und dachte: 'Das musst du noch lernen, mein Schöner!'

Darko hatte sich nun wieder gefangen und grinste etwas verklemmt zurück: „Okay! Ich denke mir etwas Pikantes aus. Aber mach so was nicht öfter mit mir! Du kommst doch, oder?"

„Wenn du noch lange redest, ist die Nacht um!", rief Rita fröhlich und drehte den Mann mit dem Gesicht zur Treppe. „Ich bin bald da."

Sie klappte die Tür zu und atmete tief durch. War das jetzt vernünftig gewesen? Hätte sie ihn nicht einfach nach Hause schicken können und basta? Was sollte diese Affäre überhaupt? Sie machte Spaß, und sie brachte Entspannung.

Drinnen auf dem Tisch lag das Halfter mit ihrer Dienstwaffe. In der kleinen Vitrine hingen einige Wimpel. O Gott, an der Wand klebte ein Foto von ihr in der Tracht des Spezialkommandos. Darauf war sie blutjung und hielt lässig eine Maschinenpistole.

Derartige Trophäen hatte sich Irenäus nur schmunzelnd angeschaut. Darko hingegen durfte sie niemals zu Gesicht bekommen. Das sagte ihr eine innere Stimme.

Hastig duschte sie. Sie zog einen kurzen, dunkelgrünen Rock an und ein sehr knappes lindgrünes Oberteil. Darüber warf sie ihre allerneueste, halblange, tarngrüne Regenjacke.

Inzwischen prasselten bereits die Schauer an die Scheiben, deren vorauseilenden elektromagnetischen Flaires Wanda Uhland zum Humpeln brachten.

Rita stieg in ihren Golf und tauchte ab ins Fachwerk-Ensemble der Innenstadt. Professor Westermann in seiner Tiefkühltruhe und Irenäus Moll in seiner Junggesellen-Klause würden einen weiteren Tag warten müssen.

XXIV

Sonntag. Traurig saß sie in der nassen, trüben Luft und schaute zu, wie ihre Blumen im Dauerregen litten. Das Dach der Veranda schützte sie vor den prasselnden Tropfen. Sie hatte sich in eine Decke gewickelt. Leise wackelte der Schaukelstuhl hin und her. Das Bein schmerzte kaum noch, seitdem sich das Tiefdruckgebiet in voller Pracht über Quedlinburg entfaltete.

Wanda hüstelte und steckte eine F6 an. Ihr Gesicht sah verhärmt aus, sie hatte schon seit vielen Stunden nichts gegessen. Hin und wieder klingelte das Telefon, aber sie ignorierte konsequent die Signale der Außenwelt. Sie arbeitete auch nicht, obwohl das Pensum von Stunde zu Stunde mit rasender Geschwindigkeit anwuchs. Ihr Elan lag so bleiern am Boden wie die Atmosphäre über dem Tal zwischen den Schichtrippen, auf dem ihr abwesender Blick ruhte.

Wanda war erst Anfang vierzig, aber sie fühlte sich bereits ausgebrannt. Selber pflegte sie manchmal zu sagen, dass sie alles im Leben kennengelernt hätte. Meistens bezog sich diese Aussage auf das Liebesspiel mit anderen Menschen. Es war ihr großes mentales Defizit, dass für sie das Spiel im Vordergrund stand. Durch diesen Mangel blieben ihr Türen verschlossen, die in mannigfaltige andersartige Welten führten. Sie wusste zum Beispiel
ganz genau, dass die Partnerschaft zu Stanko ein Vehikel war. Es erschien bequem, in einem mit Arbeit zugeschütteten Leben, über einen Idioten zu regieren, der den nebensächlichen Kram erledigte und auch noch Primus im Bett war.

Allerdings konnte sie sich mit ihm kaum an Orten sehen lassen, an denen sich halbwegs intelligente Menschen trafen, denn auch diese Spezies war in Quedlinburg vertreten. Sie, Wanda, die bekannte Spezialistin für metallurgische Spezialfragen, kam in Begleitung eines geistig ungelenken Kipperfahrers daher. Das hielt ihr Ego nicht aus, an dieser Stelle stieß sie an die Grenzen ihrer kleinbürgerlichen Weltsicht.

Sie entstammte einem, wie man es heute nannte, mittelständischem Elternhaus. Ihre Vorfahren besaßen einen Betrieb, der in der DDR enteignet wurde. Vieles lief in ihrer Kindheit schief und fraß an der Seele. Gehätschelt und gemartert, die Süße und das Scheusal – so fühlte sie sich heute noch. Menschen wie Irenäus zogen sie in ihren Bann. Sie lernte von ihnen und sah sich ebenbürtig. Doch dann kam regelmäßig der Punkt des Abwendens, der übermäßige Drang, sich zu entfernen, sich zu vereinzeln. Begründungen hatte sie immer parat, für sich und für die anderen. Wehmütig dachte sie an Irenäus, der ihr in der kurzen Zeit nahe gekommen war, zu nahe …

Bei Stanko war das anders. Er konnte ihr nicht nahe kommen. Er war ein Tier, ein Underdog, brutal und devot zugleich, stockedoof und bauernschlau. Dort, wo er ihr dennoch nahe kam, handelte es sich nur um die Epidermis. Und deshalb liebte sie ihn auch – eben so.

Wanda war nicht oberflächlich geltungsbedürftig, aber sie stand gern im Mittelpunkt, wenn sie denn überhaupt einmal anwesend war in der „Gesellschaft". Eine ihrer vordringlichsten Schwächen, wahrscheinlich aber das Übel an sich, war ihr Verhältnis zum Geld. Es war wohl Dostojewski gewesen, der einmal sagte: Geld ist eingefrorene Freizeit. Bei Wanda geriet dieser Spruch in sein Gegenteil. Das Geld fror ihre Freizeit ein! Sie war eine Sammlerin, sie sammelte Geld. Vielleicht war ihr irgendwann einmal im Leben das Gefühl für Sicherheit abhanden gekommen, möglicherweise handelte es sich auch um einen angeborenen Reflex oder ein erworbenes Laster. Bei Wanda wurde jede Tat abgewogen und einem Kosten-Nutzen-Denken einverleibt, letzten Endes in barer Münze bemessen. So etwas tötet Liebe und

Spontaneität, aber das wollte sie nicht wissen, das stritt sie ab.

Stanko war nach dem Frühstück verschwunden. Sonst sprach er wenig, jetzt gar nicht mehr. Offenbar konnte er das Missgeschick in Irenäus' Küche nicht überwinden. Missgeschick, so nannte Wanda das Ereignis, und bei Lichte besehen, hatte sie sogar Recht. Doch Stanko war nicht der Typ Mörder, den seine Taten kalt und ohne Reue ließen. Sie wusste, dass gerade diese menschlich positive Charaktereigenschaft seinen Untergang bewirken würde. Unweigerlich. Auch dieses Wissen machte sie unendlich traurig.

Mit einer routinierten Fingerübung schnippte sie die glühende Kippe über die Brüstung der Veranda in die nasse Sonstwelt. Automatisch zündete sie eine F6 an und tat den ersten Zug. Dann endlich schlich sich die Figur in ihre Welt. Sie winkte mit goldenen Ärmchen. Bergerz. Ein Werkstoff der Zukunft. Superhart, superdicht, supergeil. In ihrem Geist sah sie bereits fortgeschrittene Pläne für die weitere Verwendung dieses himmlischen Geschenks. Professor Westermann wäre bei einer Zusammenarbeit ihre erste Wahl gewesen. Doch leider befand sich dieser Blödmann zur falschen Zeit am falschen Ort – um sie zu betrügen. Wohlgemerkt!! Recht war ihm geschehen …

Gerade aus diesem Grund musste Wanda die Minoische Dame in ihren Besitz bringen. Ansonsten wären die Opfer umsonst gewesen, der Professor und ihr Stanko.

Das Schicksal gebot ihr, selber tätig zu werden. Zwar wollte sie gerade diesen Einsatz von Anfang an vermeiden, aber manchmal kam es anders, als man sich wünschte.

Wanda schnippte die glühende Kippe über die Brüstung der Veranda. Sie entzündete eine neue Zigarette und fasste einen wesentlichen Entschluss. Nach Einbruch der Dunkelheit wollte sie zu Irenäus fahren. Und sie würde sein Haus nicht wieder verlassen ohne das süße kleine Püppchen.

XXV

So blöd war Stanko nun auch wieder nicht. Er hatte als Kind das Pech gehabt, nicht gerade im Bild der modernen Naturwissenschaft oder nach den Idealen der europäischen Geisteskultur geprägt worden zu sein. Nein, die wesentlichen Lebensregeln, die ihm mit milder Gewalt vermittelt wurden, verbucht man heutzutage eher als Mindestanforderung für die Teilnahme am sozialen Kampf ums Überleben. Deshalb war es schon anerkennenswert, dass er es infolge ausdauernden und konsequenten Fernsehkonsums von Sendern mit hoch gestecktem Bildungsauftrag soweit gebracht hatte, dass man ihm einen modernen Sattelschlepper im Werte von Hunderttausenden Euros anvertraute und dazu noch eine Fracht, die sich in ihrem Preis oftmals in ähnlicher Größenordnung bewegte.

Stanko war ein ziemlich rüder Bursche, von Feinsinnigkeit kaum eine Spur. Aber er sorgte sich immerhin seit Jahren um das Wohlergehen seiner Braut Wanda. Wenn er zu ihr kam, fühlte er sich behütet. Sie war so klug und trotzdem so verdorben. Das hatte ihm immer große Freude bereitet, damals als sie noch ein

geiles kleines Mädchen war. Doch in letzter Zeit geriet seine innere Bindung zu ihr zunehmend in einen Zustand unkontrollierbarer Auflösung. Das lag an ihrem neuartigen Wesen. Seine Braut war jetzt eine Geschäftsfrau geworden, und sie ließ dies praktisch ununterbrochen heraushängen. Inzwischen war sie eine vornehme Spezialistin mit Kontakten zu wesentlichen Kreisen. Sie war wichtig und charmeurte mit Ministern. Damit konnte Stanko nicht umgehen.

Heute Morgen hielt er es nicht mehr aus. Nachdem er schweigend sein Frühstücksei herunter gewürgt hatte, verließ er das Haus. Ohne dass es seine Braut überhaupt wahrnahm, verlud er das Moutainbike in den Caddy und fuhr davon. Es regnete und regnete. Dicht und unbewegt schwebte das Grau über der Landschaft.

Unweit der Stelle, an der dieser unselige Professor sein bitteres Ende gefunden hatte, zweigte ein Weg aus alten DDR-Betonplatten in den Wald ab, den die Quedlinburger Altenburg nannten. Angeblich soll es dort vor undenklichen Zeiten eine bronzezeitliche Befestigungsanlage gegeben haben. Aber mit so etwas kannte sich Stanko nicht aus.

Er stellte den Wagen ab, lud das Fahrrad aus und schob es die steile Betonstraße hinauf. Die Steigung war erheblich. Momentan war Stanko der Spezialist. Hier mit einem Sattelschlepper hinaufzufahren, war äußerst riskant, noch dazu mit einer Zugmaschine, die für derartige Einsätze nicht ausgelegt war. Gerade dort, wo es am steilsten wurde, machte die etwa 3,50 Meter breite Auffahrt eine Linkskurve. Dort würde er besonders aufpassen müssen. An dieser Stelle befand sich die Fahrbahn mindestens vierzig Meter über dem Niveau der darunter verlaufenden Landstraße. Er schob das Mountainbike bereits über den Wipfeln der Eichen und Buchen unten im Tal. Eine überwachsene Felskante aus Eisensandstein fiel steil in die Tiefe ab. Rings um ihn floss das Regenwasser an den Stämmen hoher Kiefern und Eschen herunter. Scheiße, Scheiße, dass er sich darauf eingelassen hatte! Aber ihm war auch klar, dass es keinen Ausweg gab. Darko hatte ihn in der Hand.

Er erreichte einen kleinen Platz, in dessen Mitte eine dicke Ulme tropfnass im strömenden Regen stand. Auch Stanko war längst tropfnass, aber das war ihm jetzt egal. Ein paar Mal im Leben war er schon auf der Altenburg gewesen und besaß deshalb eine gewisse Kenntnis des Geländes. Also folgte er an dieser Verzweigung der rechten Fahrspur, die weiterhin relativ steil nach oben führte. Na gut, das würde der Truck bewältigen, obwohl es hier keine Platten mehr gab, sondern nur noch löchrige Schotterpiste.

Nachdem er die letzten zweihundert Meter mit dem Mountainbike fahren konnte, erreichte er die Örtlichkeit, von der aus man einen herrlich weiten Blick über die Stadt hatte. Heute lag Quedlinburg zwar in einer dichten grauen Nebelsuppe, trotzdem erhob sich der Burgberg wie ein zweiköpfiger Brontosaurus Furcht gebietend daraus empor. Die Spitzen der vielen Kirchen und Stadttürme stachen in die Trübnis, Unmengen von verwinkelten Dächern glänzten im nassen Rot. In der Ferne erahnte man die hohe Sandsteinklippe des Lehofs und die schnurgerade Silhouette der Nachterstedter Kohleabraumhalde.

Für diesen morbid-romantischen Ausblick fehlte Stanko in der gegenwärtigen Situation jeglicher Zugang. In seinem Schädel kreisten die Gedanken um ganz andere Dinge, um die entfremdete Wanda mit ihren großkotzigen Allüren, den toten Professor, den er nicht gerettet hatte, obwohl das wahrscheinlich in seiner Macht lag, und um diesen skrupellosen, hintervotzigen Darko, der ihn schamlos ins kriminelle Abseits trieb.

Fast hätte er nicht mehr auf den Weg geachtet. Dieser war jetzt zu einer sandigen Fahrspur geworden, die etwa hundert Meter weit zwischen halbtoten Birken und Robinien verlief. Das würde er schaffen, der Sand war griffig und eben.

Zur Rechten ragte jetzt ein Turm aus Sandsteinquadern auf, der zum Quedlinburger Wartensystem gehörte. Rings um die Stadt befand sich im Mittelalter ein Ring von sogenannten Wart-Türmen, von deren Höhe aus man weit in die Landschaft blicken konnte. So wurde sowohl rechtzeitig ein nahender Feind entdeckt oder die lang ersehnte Bierlieferung begrüßt. Die Altenburg-Warte gehörte laut Chronik zu einem Castrum, einer kleinen, befestigten Gebäudegruppe, in der der Türmer, seine Familie und das Viehzeug hausten.

Doch auch das interessierte Stanko mitnichten. Unterhalb des Castrums würde es für seinen Truck problematisch werden. Er musste diagonal eine Wiese überqueren, die sich teilweise als schlammige Baustelle entpuppte. Zwar waren es nur wenige Meter aufgeweichten Erdbodens mit wassergefüllten Löchern, aber wenn er sich hier festfuhr, konnte ihn nur noch der Bagger herausziehen. Und das wollte er unbedingt vermeiden. Er musste

den Sattelzug mit Schwung durch diesen Dreck lavieren und sofort mit der Frontseite hangabwärts ausrichten. Dort gab es eine Abfahrt, die wiederum zur Plattenstraße hinab führte. Das könnte klappen.

Stanko schwitzte von der ungewohnten Bewegung und vor Aufregung, obwohl ihm das Wasser inzwischen in ekligen Rinnsalen überall am Körper herablief. Sehr genau schaute er sich das gesamte Gelände an. Direkt unterhalb der Warte befanden sich die Quedlinburger Wasserbehälter.

Der Höhenunterschied bis zur Bode mochte achtzig Meter betragen. Vom Fluss aus wurde Trinkwasser hier heraufgepumpt und dann, nach dem Prinzip der verbundenen Gefäße, mit dem nötigen Druck über die gesamte Stadt verteilt. Inzwischen waren gewisse Entscheidungsträger auf die zweifelhafte Idee gekommen, einen sehr großen Teil der Harzgemeinden ebenfalls mit diesem sehr reinen Wasser zu versorgen. Dabei ging es natürlich hauptsächlich ums Geld. Die erforderliche Leitung war gerade frisch in die Erde versenkt. Der gelbe Bagger stand einsam und nass neben der Erdaufschüttung des Trinkwasser-Reservoirs. Er war das Objekt der Begierde.

Stanko begutachtete ihn kurz und unauffällig. An sich stellte er keine unüberwindbare Hürde dar, nur sein erhebliches Gewicht konnte am Berg zu ernsthaften Problemen führen. Er würde verdammt aufpassen müssen. Wenn er einmal unten angekommen war, würde er den Weg zum Motorway nehmen, auf dem es noch keine Maut gab. So würde er jede Ortschaft umfahren, insbesondere die Stadt Quedlinburg.

Etwas beruhigt durch seine neuen Erkenntnisse, schwang sich der mittlerweile vor Nässe triefende Mann auf Wandas Mountainbike und radelte den Berg hinab. Es war schon etwas bedenklich, dass er dabei beständig auf dem Rücktritt stehen musste, um die Kontrolle über das Fahrrad zu bewahren. Wie würde es da erst bei einem Gesamtgewicht von fast achtzig Tonnen werden? An einer Stelle befiel ihn plötzlich so etwas wie eine Todesahnung. Ohne Voranmeldung blickte Stanko für einen undefinierten Zeitraum in die Anderswelt jenseits des alltäglichen Seins. Sehr schnell verdrängte er die Erscheinung, denn für solche mystischen Zwischenfälle war sein Gehirn nicht ausgelegt.

Mit etwas zittrigen Knien und so nass wie ein schiffbrüchiger Seemann verlud er das Fahrrad in seinen blauweißen Caddy. Niemand hatte ihn bei diesem Wetter beobachtet.

Stanko hatte nur noch den einen Wunsch, in sein eigenes Zuhause zu fahren und noch einige Stunden zu ruhen, bevor er die Zugmaschine ankoppeln würde.

XXVI

Alle acht Menschen hatten überlebt, sechs Männer und zwei Frauen. Die Götter waren ihnen überaus gewogen. Sie standen dort, wo nie ein Bewohner des Pyramidenlandes vor ihnen seinen Fuß hinsetzte. Sie überquerten die imaginäre Linie, hinter der es zeitweise niemals Nacht wurde und zeitweise ohne Pause die Sonne schien. Ptah hatte es berechnet. Er war der Gelehrte des Pharaos, er kannte den Bauplan der Pyramiden und das Labyrinth unter den Pfoten der Sphinx.

Ptah war der Weggefährte des Recken Krrrsan. Beide bereisten im Auftrag des Nemes die unbekannte Welt der kalten Zonen.

Am Rande eines kleinen Gebirges inmitten einer bewaldeten Landschaft stießen die beiden vor vielen Tagen auf Dunjas Leute. Fast hätten diese Barbaren sie getötet. Doch die Häuptlingstochter schenkte ihr Herz dem Recken, und so blieben sie am Leben. Sie schloss sich den braunhäutigen Wanderern sogar auf ihrer Forschungsreise an, ebenso vier weitere Männer und eine weitere Frau aus ihrem Stamm.

Später, viele Umläufe der Erde um die Sonne später, würden die Menschen diese Epoche als Warmzeit einordnen. Das gut erhaltene Skelett des Recken Krrrsan würde man mit Hilfe der Zerfallsreihe seiner Kohlenstoff-Atome auf ein Alter von über 5.000 Jahre bestimmen. Die große Flut und der Untergang des sagenumwobenen Landes Atlantis waren damals noch gut im Gedächtnis der Menschen. Es war eine fruchtbare und friedliche Zeit, in der sich das Wissen der wachsenden Menschheit explosiv entwickelte.

Krrrsan und seine Weggefährten kehrten aus den düsteren Fjordlandschaften, den himmelhohen Gebirgen und undurchdringlichen Wäldern wohlbehalten zurück in die milden Gefilde zwischen Ozean und großem Gebirge. Hier gediehen zu jener Zeit Ackerbau und Viehzucht, der Handel entlang der großen Ströme blühte. Bronze, Kupfer und seltene Metalle gelangten aus unbekannten Gegenden des Südens in das Gebiet, das Jahrtausende später nach einer phönikischen Prinzessin den Namen Europa erhalten sollte.

So etwa stellte sich Irenäus die Welt des ausgehenden Neolithikums und der frühen Metallzeit in Mitteleuropa vor. Viele

Stunden hatte er an diesem Wochenende unermüdlich Literaturquellen zu Rate gezogen und am Manuskript seines fantastischen Romans gearbeitet. Darin stand fest, dass die Superzivilisation der Atlanter existiert hatte. Erst nach deren Untergang in einem schrecklichen Kataklysmus waren ihre Kolonien auf unserem Planeten zu jenen Kulturen erwachsen, die wir als Ägypter, Sumerer, Minoer oder Olmeken kannten.

Irenäus hatte sich in den letzten Jahren derart tief in die Basisliteratur dieser gewagten Hypothese eingearbeitet, dass er bereits selber fast an deren Wahrheit glaubte. Allerdings hielt er sich mit diesen Ansichten weitgehend bedeckt, denn die meisten Naturwissenschaftler und Archäologen in seinem Umfeld zeigten ihm offen den Vogel, wenn er damit anfing. Irenäus wollte aber ernst genommen werden, und so arbeitete er beharrlich im Stillen an diesem Thema.

Es war inzwischen Sonntagnachmittag. Das Wetter war wie geschaffen für einen Privatgelehrten, mit dem die Frauen nichts am Hute hatten. Es regnete seit vielen Stunden in Strömen. Titus kuschelte sich auf seiner Decke und kniff beharrlich die Augen zu. Irenäus hatte wiederholt versucht, abwechselnd mit Rita oder Wanda telefonischen Kontakt aufzunehmen, aber beide Weibsbilder stellten sich wie vom Erdboden verschluckt.

Das einzige weibliche Wesen, das ihm Gesellschaft leistete, war Ariadne. Er hatte sie aus ihrem Verließ unter der Kaffeemütze befreit und vor sich auf den Schreibtisch gestellt. Wie stets streckte sie ihm den rechten Arm entgegen und schaute mit esoterisch verklärtem Gesicht über ihn hinweg, durch die Mauern des Hauses, weit weg in die unbekannten Fernen einer fremdartigen Anderswelt. Im gelben Licht seiner Schreibtischlampe funkelte das goldgrüne Metall geheimnisvoll. Durch die Lesebrille erkannte Irenäus die extrem fein ausgearbeiteten Strukturen ihres Körpers und des Gewandes. Diese Figur erschien ihm wie das materialisierte Hologramm einer wirklichen Person, einer Frau aus einer mythologischen Wirklichkeit, einer Angehörigen der hypothetischen Urkultur.

Im vorigen Sommer hatten Irenäus und Rita an einem Sonntagnachmittag einen seltsamen Besucher. Er stellte sich damals als Jürgen Graf vor und behauptete, der einzige Mensch zu sein, der diese Figur deuten könne. Er sagte ihnen, dass die Bronze eine Signatur besäße, die belegen würde, sie wäre aus Bergerz gefertigt. Das wiederum wäre ein sehr starkes Indiz dafür, dass diese Statuette aus Atlantis stammt.

Während Rita diese Behauptung für blanke Spinnerei hielt, traf sie bei Irenäus einen äußerst sensiblen Nerv. Er bestritt damals gegenüber dem Kulturwissenschaftler, im Besitz der Minoischen Dame zu sein. Jürgen Graf war nach wenigen Minuten unverrichteter Dinge wieder abgezogen. Wie ein Spuk. Irenäus hörte nie wieder etwas von diesem Mann. Aber ihm war klar, dass der Spezialist viel mehr wusste, als er sagte, und dass er ihm nicht geglaubt hatte.

So war ein unerklärtes Band zwischen Jürgen Graf, der Minoischen Dame, Irenäus Moll und der Hauptkommissarin entstanden. Waren noch weitere Personen eingebunden? Vielleicht Lara Fuchs, die die Figur damals gefunden und eine Lawine tragischer Ereignisse losgetreten hatte? Von ihr hatte Irenäus nie wieder ein Lebenszeichen empfangen.

Oder waren neue Kräfte im Spiel? Zog dieses kleine, weltfremd dreinblickende Weib mit magischer Kraft das Schicksal an? War Ariadne vielleicht tatsächlich die sagenumwobene Spinnengöttin, Herrin der Fäden? Woher stammte das Blut in seiner Küche? Wer war bei ihm gewesen? Und warum? Hatte gar Wanda etwas damit zu tun, schwebte kurzzeitig durch sein Gehirn. Und warum antworteten die beiden Frauen nicht?

Er merkte auf einmal, dass er schon ewig lange auf die geheimnisvolle Figur starrte. Das Regenwasser prasselte gegen die Fensterscheiben. Es wurde Abend.

Plötzlich klingelte das Telefon.

XXVII

Zu später Stunde war der Wunsch, die Statuette endlich in Händen zu halten, in Wanda dermaßen dominant geworden, dass sie beschloss, in Aktion zu treten. Stanko war verschwunden, warum und wohin auch immer. Sie selbst hatte viele Stunden in ihrem Schaukelstuhl nachgedacht und den ertrinkenden Blumen zugeschaut. Nun war der nötige Frustrationspegel erreicht.

Mit geschlitzten Augen und vor Wut geballten Fäusten ging sie in ihr Haus. Ohne das Licht einzuschalten, kleidete sie sich im Halbdunkel neu ein. Schwarzer Pullover, schwarze Jeans, schwarze Regenjacke, schwarze Sportschuhe. Jeglichen Schmuck legte sie ab. Ihr war nicht nach Glamour.

Längst war es völlig dunkel, als sie das BMW Cabrio bestieg und Kurs auf ihr Ziel einschlug. Sie wusste nicht, wie sie es anfangen sollte, den Mann in Freude über ihr Kommen zu wiegen und gleichzeitig die Figur aus Bergerz an sich zu nehmen. Sie verließ sich dabei auf ihre Intuition. Zur Begrüßung würde sie ihm um den Hals fallen: „Hallo, mein Lieber! Kannst du mir noch einmal verzeihen? ... Sei doch nicht sauer! Ich habe die ganze Zeit an dich gedacht ... Ich hatte einiges zu erledigen! Ach, ich sehe das alles anders! Komm her, Kleiner!"

Während der Wagen durch tiefe Pfützen fuhr, steigerte sich Wanda immer komplexer in die bevorstehende Begrüßungsszene mit diesem Mann hinein. Sie musste sich gar nicht allzu sehr anstrengen. Sie spürte zwar auch leichte Gewissensbisse, weil sie ihn dermaßen hinters Licht führte. Aber nein, sie musste sich nicht rechtfertigen, schon gar nicht vor sich selbst. Dieser Typ war genauso ein Kerl wie all die anderen, die sie das ganze Leben lang belogen und betrogen hatten. Schwätzer und Ficker!

Der BMW fuhr durch den tief dunklen Wald. Überall floss Wasser herab, es goss und tropfte, ihre Scheibenwischer schafften es kaum, die Sicht frei zu halten. Triefend nasse Rehe standen mit rot reflektierenden Augen am Wegesrand. Lurche krochen durch die Nässe, um sich zu paaren. Viele wurden von den Breitreifen zerquetscht. Wanda war nicht nach Paarung.

Ohne Zwischenstopp fuhr sie auf das Grundstück des Mannes. Die Äste des Buschwerks hingen vor Nässe triefend herunter und klatschten gegen ihre Scheiben. Vor dem Haus bremste sie ab. Verlassen standen ein Tisch und einige Stühle im Regen. Es war inzwischen bereits gegen elf. Sie hatte zu Hause nach dem Umziehen noch zu lange vor sich hin gestarrt.

Jedenfalls stand das Häuschen nicht nur triefend, sondern auch stockdunkel vor ihr. Mist! Pennte dieser Blödmann schon? Sie war unschlüssig, wie sie sich nun verhalten sollte. Die Situation war nicht so, wie sie sie sich die ganze Zeit über vorgestellt hatte. Sie wäre gekommen, und Irenäus lief im hell erleuchteten Haus auf und ab, dachte an sie, trank Rotwein und schrieb über seine Fantastereien aus der Vorzeit. Sie wäre hereingekommen, und alles hätte seinen vorprogrammierten Verlauf genommen.

So war das aber nicht. Unschlüssig saß Wanda in ihrem Auto. Zeit verstrich. Dann fasste sie einen Entschluss. Sie drückte mehrmals auf die Hupe. Gedämpft röhrte das Signalhorn des BMWs durch die finstere Regensuppe. Nichts geschah. Mist! Sollte dieser Mensch tatsächlich an einem Sonntag um diese Zeit, wenn alle Leute ihre Montagsneurose niederkämpfen, nicht anwesend sein, sich irgendwo amüsieren?

Daran konnte Wanda nicht glauben. Sie öffnete die Wagentür. Kalte Luft und ein Schauer Wasser schlugen ihr entgegen. Angewidert setzte sie einen Fuß auf den durchweichten Boden des Vorplatzes. Mit vier Sprüngen über Pfützen, auf denen der Regen

Blasen schlug, erreichte sie die Fläche unter dem Dachüberhang. Sie stand vor der Haustür. Drinnen schien alles totenstill, doch das Prasseln des Regens machte eine eingehende akustische Sondierung unmöglich.

„Irenäus!“ Wanda strengte ihre Kinderstimme auf Höchstleistung an. „Irenäus! Irenäus!“

Alles blieb dunkel und still. Sie begann, gegen die Haustür zu klopfen, bis ihre kleinen Händchen weh taten. Nichts regte sich.

Wanda horchte in sich hinein. Immer noch kämpften in ihr die Bedenken über ihr Tun mit dem unbezwingbaren Wunsch, die Figur zu besitzen. Sie war keine Diebin, keine kaltblütige Verbrecherin. Andererseits war die Schwelle zur Verbrüderung mit Menschen am Rande von Gesetz und Gesellschaft niedrig. Sie war in diesen Sekunden im Begriff, selbst so zu werden wie diese Leute. Wütend auf sich und die Welt, begann sie, an der Türklinke zu rackeln ...

... und es erging ihr wie vor drei Tagen ihrem Professor. Sanft quietschend schwang die Tür auf. Sie war gar nicht verschlossen gewesen. Wanda hielt erschrocken inne. Wieder eine unverhoffte Konstellation der Ereignisse. War der Kerl etwa doch im Haus? Schlief er so fest, dass er sie nicht hörte, oder war er nun auch tot? Langsam graute ihr vor diesem Püppchen. Aber dann kam ihr doch noch die rettende Idee: Selbst wenn Irenäus unfähig war zu reagieren, hätte doch sein Hund bei dem von ihr erzeugten Lärm in irgendeiner Art und Weise Alarm geschlagen. Er hätte bestimmt gebellt.

Im Umkehrschluss bedeutete diese absolute Stille also, dass Hund und Herr nicht zu Hause waren. Merkwürdig, aber so gut war sie mit den Gewohnheiten des Detektivs wahrlich nicht vertraut. Wanda versäumte nicht länger Zeit. Sie zog eine kleine Taschenlampe aus der Jacke und öffnete die Haustür weiter. Dann schlüpfte sie in die Küche. Innen war es kuschelig warm, es roch nach Hund und Irenäus. Wieder beschlich sie ein leises Gefühl der Wehmut. Sie drückte es beiseite und schaltete die Deckenbeleuchtung ein. Ihr Blick fiel kurz auf die Kante des Herdes, auf die der unglückselige Professor gefallen war.

Von den Hausbewohnern gab es weiterhin kein Lebenszeichen. Die Küchenuhr zeigte an, dass sich der Tag seinem Ende näherte. Wenn sie hier schon einmal derart günstige Bedingungen vorfand, sollte sie sich beeilen. Die Küche ließ sie links liegen und bewegte sich vorsichtig ins Nebenzimmer. Auch hier betätigte sie den Lichtschalter.

Wanda erstarrte vor Schreck und Entzücken. Sie sah es auf den ersten Blick, die Szenerie sprang sie geradezu an. Auf dem altersschwachen Schreibtisch zwischen Büchern und Papierblättern stand sie, die Minoische Dame!

Stumm, grandios und weltfremd. Sie reckte ihre Ärmchen in die Luft und schaute seitlich an Wanda vorbei in die Ferne unseres fremdartigen Universums.

„Oh, mein Gott!“, flüsterte Wanda und näherte sich andächtig dem Artefakt. Das geheimnisvolle Metall glitzerte verhalten im Lampenlicht. Sie legte die Finger um den Körper der Statuette und hob sie empor bis vor ihre Augen. Wahnsinn. Sie berauschte sich an diesem Anblick und stöhnte leise. Als sie aus dieser Trance erwachte, steckte sie das Kleinod sehr schnell in die Jackentasche. Sie drehte sich um, löschte die Lichter und stand Sekunden später im dunklen Regen. Ihr Herz jubilierte. Die Küchenuhr schlug gerade zwölf Mal.

XXVIII

Um halb zwölf bugsierte Stanko die Zugmaschine unter den Sattelauflieger. Dann sprang er aus der Kabine und verriegelte den Kupplungsmechanismus. Diesmal klemmte er sich dabei nicht die Hand. Dafür wurde er nass bis auf die Haut. Es regnete Blasen, und ein kalter Wind wehte seit geraumer Zeit. Der Mann fluchte hemmungslos vor sich hin. Dieses eine Mal noch, dann konnte sich Darko auf den Kopf stellen!

Stanko stieg ein. Es war noch etwas zu früh. Genau um Mitternacht sollte er bei den Wasserbehältern auf der Altenburg sein. Er entzündete eine F6, natürlich rauchte er Wandas Zigarettenmarke. Das Wasser lief an den Scheiben hinab, das prasselnde Rauschen des Regens verschluckte sämtliche anderen Geräusche. Das Licht einzelner Beleuchtungsquellen im Umkreis wurde fast vollständig von einer Wand aus Wasser verschluckt. Er musste zugeben, dass diese Nacht optimal für ihr Vorhaben geeignet war. Wenn alles gut ging ...!

Eine Viertelstunde vor Mitternacht ließ er den Motor an, schnippte die Kippe aus dem Fenster, entzündete vor Aufregung

eine neue F6, legte einen Gang ein und rollte vom Hof der Firma.

Exakt zur gleichen Zeit veränderten sich in der Elektronik eines geostationären Satelliten in etwa 37.000 Kilometern Höhe einige Quantenzustände, was zur Folge hatte, dass ...

XXIX

... einen Empfänger in einem mit Nachrichtenelektronik vollgestopften Raum der Polizeidirektion Halberstadt das lang ersehnte Funksignal des Peilsenders erreichte. Durchdringend hallte ein Signalton durch den nächtlichen Gebäudetrakt.

Der Beamte, der in dieser Nacht seinen undankbaren Wachdienst schob, stand gerade vor dem Pissoir und ließ das heimliche Bier, das er sich genehmigt hatte, wieder heraus. Vor Schreck über diesen unerwarteten Alarm pinkelte er sich auf die Uniformhose. Eilig knöpfte er den Latz zu und rannte in die Zentrale. Es handelte sich um den Tieflader in Quedlinburg. Auf einem großen Kontrollbildschirm stellte er gleich darauf fest, dass er sich bereits um einen Kilometer bewegt hatte. Was planten denn diese Assis in solch einer Nacht für ein Ding?

Es war zum Kotzen!

Routiniert griff er zum Telefon. Zuerst Achim, das war der Leiter vom Sondereinsatzkommando. Er wartete. Achim meldete sich grunzend: „Was ist los? Spinnt ihr, mitten in der Nacht?"

„Der Tieflader in Quedlinburg bewegt sich! Er fährt durch die Stadt in Richtung Süden. Ich fürchte, ihr müsst sofort kommen. Ich sage jetzt Rita Bescheid. Die hat Bereitschaft vor Ort. Alles klar? Ich halte euch über Funk auf dem Laufenden."

„Alles klar!", grummelte Achim.

Ende der Verbindung.

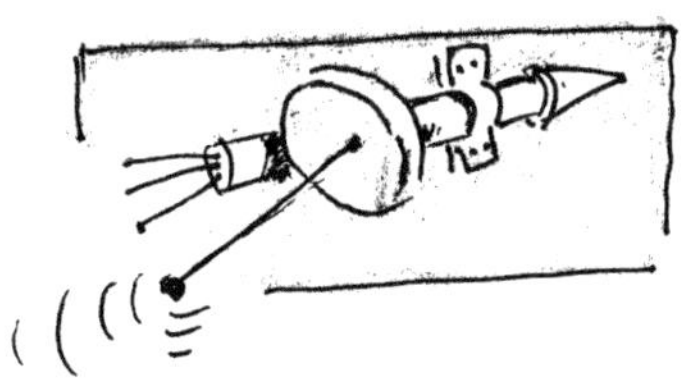

XXX

Rita lag auf dem Sofa. Ein Arm schlief gerade ein, und der nicht besonders gut gepolsterte Hüftbereich begann zu schmerzen. Aber sie konnte sich keinen Zentimeter bewegen. Halb auf, halb in sie hinein gekuschelt, lag Otto und grunzte selig vor sich hin. Sie wollte den Hund nicht durch eine völlige Veränderung ihrer Körperlage aus seiner Zweisamkeit mit ihr reißen. Der kleine Kerl hatte in den vergangenen 48 Stunden ziemlich gelitten, als sie ihn wegen Darko vergaß.

Darko! Das war auch so ein Thema ... Sie nahm sich vor, diese überschwängliche Sexeskapade wieder herunterzufahren. Zum Glück gab er ihr heute nach dem Aufstehen am frühen Nachmittag zu verstehen, dass er ab jetzt allein sein möchte. Sie war darauf ohne Murren eingegangen, im Gegenteil, sie war ziemlich froh gewesen, wollte ebenfalls allein sein, wollte endlich schlafen. Außerdem – was ihr dieser Mann geistig bot, war doch etwas fade. Inzwischen hatte Irenäus ihren Maßstab vorgegeben, in allen die Psyche und den Geist betreffenden Vergnüglichkeiten. Eigentlich schade, dass er gerade seinen Intellekt bei dieser hinkenden Frau vergeudete. Wer weiß, was er an diesem Abend trieb ...

Der Werbeblock war zu Ende. Rita erwachte aus ihren Gedanken. Sie schaute einen Film von ihrem Lieblingsregisseur Quentin Tarantino. „Kill Bill – Volume Two". Natürlich kannte sie den Streifen schon. In diesem Moment kam die Szene, in der die japanische Hyper-Schwertkämpferin auf den Tisch der versammelten Gemeinschaft ihrer Domestiken springt. Mit einem Schlag enthauptet sie einen davon und zeigt seinen Kopf der eingeschüchterten Runde. Eine herbe Kritik am weiblichen Machtwahn.

Ausgerechnet jetzt fiepte durchdringend der Einsatzmelder. Das gab's doch nicht! Stöhnend wälzte sie den völlig entspannten Otto zur Seite und erhob sich. Alles tat weh.

„Euer Tieflader in Quedlinburg bewegt sich", sagte der Mann von der Einsatzzentrale gelassen. „Tut mir Leid, Frau Hauptkommissarin, aber Sie müssen raus."

„Wo ist er?", fragte Rita und unterdrückte ein vulgäres Kraftwort.

„Er fährt gerade in dieses Waldgebiet", erwiderte der Beamte. „Moment! Auf die Altenburg. Kennen Sie sich da aus?"

„Ja, ja!", sagte Rita. „Was will er denn da? Der Sattelschlepper fährt dort hinauf? Bei dem Wetter?"

„Ja, es ist so", erklärte der Polizist mit etwas Ungeduld. „Fahren Sie hinterher. Sie bekommen Verstärkung aus Quedlinburg. Das SEK kommt auch, die müssten gleich unterwegs sein. Was die dort oben holen wollen, ist mir allerdings schleierhaft. Ich muss jetzt Schluss machen. Bitte gehen Sie auf Empfang, Frau Hauptkommissarin. Ich halte Sie ständig auf dem Laufenden. Viel Glück!"

Die Verbindung wurde unterbrochen. Viel Glück, dachte Rita, die müssen doch alle spinnen! Hastig suchte sie ihre dunkelgrünen Klamotten für den Nachteinsatz zusammen und zerrte sie sich über. So gern hätte sie noch die Szene gesehen, in der „Black Mamba" alias Uma Thurman mit ihrem vom Meister geschmiedeten Thai-Schwert der japanischen Hyper-Kämpferin die Schädelkalotte abrasiert. Im Schnee! Der blutige Skalp segelt in Zeitlupe durch die klirrende Winterluft.

Sie warf Otto einen mitleidigen Blick zu, stöpselte ihre Sende- und Empfangseinheit ums Gesicht, schnallte die Dienstwaffe um, zappte den Fernseher aus und rannte aus der Wohnung. Eine knappe Minute später raste ihr Golf in Richtung Altenburg.

„Der Tieflader steht inzwischen neben den Quedlinburger Wasserbehältern", sagte der Mann aus der Zentrale in ihrem Ohr. „Bitte nähern Sie sich vorsichtig! Das SEK benötigt noch etwas Zeit."

„Verstanden!", antwortete Rita.

Es war kurz nach Mitternacht. Dort, wo vor Jahren das Quedlinburger Motel abgebrannt war, wartete der silberblaue Mercedes-Streifenwagen auf sie. Die kleine Polizistin mit den blonden Locken und der Nickelbrille stieg aus in den Regen und kam ans Fenster des Golfs. „Wir wissen Bescheid. Fährst du vor, Rita?"

„Okay!", sagte die Hauptkommissarin. „Sie dürfen uns nicht bemerken. Was holen die dort überhaupt bei diesem Wetter, verflucht?"

„Den Bagger", erwiderte die Polizistin und ging zurück zu ihrem Streifenwagen.

Den Bagger, dachte Rita, ach jeh! Sie gab Gas und bog kurz darauf in die Plattenstraße zur Altenburg ein.

„Der Tieflader steht noch!", sagte die Stimme in ihrem Ohr. „Seien Sie bitte vorsichtig! Das SEK verlässt gerade Halberstadt. Schneller ging's nicht. Die Staatsanwaltschaft ist benachrichtigt. Ein zweiter Streifenwagen kommt auch. Wer konnte das ahnen ..."

„Ja, ja!", keuchte Rita. Der Regen schüttete in Strömen. Ein Bach lief die Betonplatten-Straße herunter. Sand wurde mitgeschwämmt. Verschwommen zeichneten sich darin die Spuren des Trucks ab. Die Steigung war erheblich. Rita war es schleierhaft, wie der Fahrer das geschafft hatte. Vom Wasser schwere Äste hingen auf die Fahrbahn.

Dann kam das Ende der Plattenstraße. Ein kleines Rondell mit einer Ulme in der Mitte. Hier gabelten sich die Wege. Rita hielt an. Die Spur des Trucks führte nach rechts. Sie kannte sich hier ziemlich gut aus. „Wie ist er gefahren?", fragte sie die Zentrale.

„Rechte Fahrspur und dann nach links zum Wasserbehälter. Wahrscheinlich wird er auf der mittleren Spur wieder runter fahren", antwortete der Beamte. Offenbar kannte er sich ebenfalls im Gelände aus. „Fahren Sie auch nach rechts und warten Sie auf die Verstärkung. Das SEK ist kurz vor Quedlinburg."

Rita gab der wartenden Polizistin ein Handzeichen und folgte ziemlich langsam der rechten Fahrspur. Es war stockdunkel, Wasser klatschte von allen Seiten gegen ihr Auto. Angespannt schaute sie nach links, wo sich irgendwo hinter Büschen und Bäumen die Wasserbehälter befanden. Circa zweihundert Meter Entfernung. Im Rückspiegel sah sie kurz hinter sich die abgeblendeten Scheinwerfer des Streifenwagens.

Kurz bevor sie den höchsten Punkt erreicht hatte, glommen zur Linken schemenhaft mehrere Lichtquellen im Regen. Sofort stoppte sie, schaltete das Licht aus und sprang schnell aus dem Auto. Auch der silberblaue Mercedes Kombi hielt an und wurde dunkel. Die kleine Polizistin stieg ins Freie, ihr Kollege blieb unsichtbar im Wagen. Plötzlich war nur noch das Rauschen des Regens zu hören. Und ein anderes Geräusch pflanzte sich durch die nasse Suppe fort, das Motorengeräusch des Baggers. Rita strengte ihre Augen an und lief ein Stück voraus. Offenbar war das Teil schon auf dem Tieflader. Die Diebe arbeiteten sehr schnell.

„Wo bleibt das SEK?", fragte Rita aufgeregt. „Die werden gleich wieder weg sein. Sie haben einen Bagger verladen, Entfernung ungefähr zweihundert Meter."

„Es geht nicht schneller", sagte der Mann in der Zentrale. „Unsere Leute sind schon in Quedlinburg. Noch drei Minuten. Nähern Sie sich vorsichtig an, Frau Hauptkommissarin! Die kriegen wir!"

Die kleine Polizistin stand jetzt neben ihr. Es war so dunkel, dass Rita sie nur schwach ausmachen konnte. Beide Frauen waren bereits klitschnass, allerdings war ihre Kleidung bis jetzt nicht durchgeweicht. Wasser lief Rita in den Kragen, ihre Haare klebten am Kopf. Mit den Schuhen stand sie in einem plätschernden Bächlein.

„Wir gehen vor!", entschloss sich Rita. Die Polizistin befand sich nun direkt neben ihr und nickte schweigend mit dem Kopf.

Rita zog die Dienstwaffe und stapfte durch den flüssigen Sand auf die schattenhaften Gestalten zu, die sich an einer großen, schwach erleuchteten Maschinerie zu schaffen machten. Bis jetzt waren sie unentdeckt geblieben.

XXXI

Bereits einige Stunden zuvor traf sich im Forsthaus eine kleine gesellige Runde. Dieses Gebäude lag vereinzelt im Quedlinburger Forst, fünf bis sechs Kilometer von der Stadt entfernt, nahe dem Dorf Westerhausen. Der etwa 1.000 Hektar große Wald hieß „Eselstall" und ging ungefähr einen Kilometer vor der Stadt in die „Altenburg" über. Der Übergang war imaginär und für den Laien nicht ersichtlich, mit anderen Worten, eine Frage der Definition.

Irenäus stellte den Mercedes Kombi unter den triefend nassen Kastanienbaum neben dem Forsthaus. Die kleine Feier fand in der Küche des Försters statt. Karl Wabenmond hatte ihn am Abend mit seinem Telefonat vom Dichten abgelenkt. Irenäus konnte darüber nicht böse sein. Den Anlass der Veranstaltung kannte er nicht.

An der Tür empfing ihn Marie. Das war neu, denn diese Frau überschritt bisher die Grenze zwischen dem Dorf Ditfurt und Quedlinburg nur um wenige hundert Meter. Sie gab Irenäus einen Begrüßungskuss, der aus Versehen etwas heißer ausfiel als geplant und angenehm nach Glenfiddich schmeckte. Neben ihren Waden versteckte sich Birka. Das war die Nachfolgerin von Ottos Mutter Luci, einer Rauhhaarteckelin. Birka würde einmal eine Nummer größer werden, denn sie war eine Dachsbracke. Verhalten fiepend, schnüffelte sie an Titus, der sich ihr ausgesprochen interessiert zuwandte. Möglicherweise würde es eines Tages einen Otto II. geben, sozusagen die Dynastie der kynischen Ottonen ...?

In der geräumigen Küche des Hauses drängte sich nicht eine unübersehbare Schar von Gästen, vielmehr blickten ausschließlich der Freund und eine noch reichlich junge Maid mit freudiger Spannung Irenäus entgegen. Er kannte das junge Mädchen natürlich, es handelte sich um Karl Wabenmonds Tochter Theresa. Zwischen blonden Haaren schauten dunkelbraune Augen auf den Ankömmling. Der umarmte das große, schlanke Kind zur Begrüßung, das er nur selten zu Gesicht bekam.

„Guten Abend, lieber Irenäus!", sagte Theresa mit feierlichem Augenaufschlag. Sie studierte irgendwo im Westen Medizin. „Wir machen heute eine ganz kleine Feier aus Anlass meines bestandenen Physikums ..."

„Ohh!", rief Irenäus dazwischen und umarmte sie noch einmal. „Ich gratuliere! Du wirst bestimmt eine super Ärztin."

„Ich dachte mir", fuhr sie lachend fort, „dass ich aus diesem Grund einen ausgeben sollte. Und weil mein Vater so gern mit dir zusammen trinkt und du fast mein Patenonkel sein könntest, lade ich dich ganz herzlich ein. So!"

„Danke!", antwortete Irenäus. „Was gibt es denn Schönes?"

Nun, es war so, dass man an diesem Abend weder Geld noch Mühe gescheut hatte. Auf dem Tisch stand eine Flasche mit schottischem Whisky. Es gab in dieser Küche einen gemauerten Herd mit stahlblauen Kacheln, auf dem ein Rehrücken warm gehalten wurde, nebst Rotkohl in Weintunke und frischen Kartoffeln aus der Sahara.

„Auf unser Wohl!", intonierte Karl, der heute den Familienvater spielte. Der Whisky lag in guten Gläsern. Theresa himmelte ihren Vater an und Marie schenkte Irenäus einen ihrer warmen Blicke. Es wurde getrunken und gegessen. Der Rehrücken schwand dahin, der zwölf Jahre alte Schotte leerte sich mit nicht geringer Geschwindigkeit.

Die Hunde lagen friedlich nebeneinander, der Regen prasselte vor den Fenstern. Sie sprachen über die medizinische Wissenschaft und über das Leben im Walde. Das Töchterlein trank Cola und erfreute sich daran, wie sich die beiden Männer am Whisky labten. Die Zeit schritt unmerklich voran.

„Am letzten Donnerstag war jemand in meinem Haus", erklärte zu irgendeinem Zeitpunkt Irenäus. „Ich glaube, es waren zwei Männer, die dort aufeinander getroffen sind. Einer von ihnen hat geblutet."

„Was?", rief Karl voller Neugier. „Woher weißt du das?"

Irenäus erzählte nun die gesamte Geschichte seiner Spurensuche.

„Und was sagt Rita dazu?", fragte Marie aufgeregt.

„Ich habe den Kontakt zu ihr verloren", erwiderte Irenäus bekümmert. „Totale Funkstille. Weiß nicht, was sie hat ..."

„Und diese Wanda?", fragte Karl vorsichtig und gabelte genüsslich etwas Rotkohl.

„Die meldet sich ebenfalls nicht", sagte Irenäus. „Vielleicht ist den Weibern der Regen auf die Seele geschlagen."

„Blut?" Karl krauste die Stirn. „Zwei Männer in deiner Küche. War dieser Professor möglicherweise bei dir?"

„Welcher Professor?", fragte Irenäus irritiert.

„Es gab in der Nacht vom Donnerstag zum Freitag einen Unfall unterhalb der Altenburg", berichtete der Förster. „Ein Geländewagen ist gegen ein Brückengeländer gefahren. Der Insasse war aber schon vorher tot. Ich weiß das von der Polizei. Wir mussten das Geländer wieder gerade biegen. Augenblicklich überlegt man angestrengt, woher dieser Fahrer gekommen sein mag."

„Na, weißt du!", knurrte Irenäus verunsichert. „Warum sollte er ausgerechnet bei mir gewesen sein? Und wer war der Zweite? Im Haus fehlt absolut nichts ... Warte mal! Was fuhr der Professor für ein Auto?"

„Einen Pajero", sagte Karl und trank Whisky. „Vielleicht ist er überrascht worden oder hat nicht das gefunden, was er im Haus suchte. Oder er hat auf dich gewartet, aber du warst nicht da. Wo bist du eigentlich gewesen?"

„Ein Pajero! Die Reifenspur könnte passen", sinnierte Irenäus und schlürfte Glenfiddich. „Ich war mit Wanda unterwegs bis tief in die Nacht. Es war der Abend, nachdem wir auf dem Heidberg unser Picknick abhielten."

„Ach ja! Die hat dich abgelenkt", stellte Marie mit weiblicher Logik fest, „damit irgendwer anderes bei dir einbrechen kann."

„Ach ...!", begehrte Irenäus auf. Er war schon ein wenig trunken. „Was sollte der bei mir gesucht haben?"

„Als was war diese Wanda nochmal tätig?", erkundigte sich

Marie und schweifte kurz ab. „Karl, trink nicht so viel!"

„Tue ich doch gar nicht!", lallte der Förster. „Es ist aber wichtig, dass wir die Flasche leeren. Das bringt Glück!"

„Sie ist selbstständig in der Metallbranche", erklärte Irenäus und nippte am Glase. „Eine Spezialfirma für Werkzeuge. Das erzählte ich euch bereits."

„Hm! Richtig", dachte Marie laut nach, und ihre großen Mandelaugen glänzten im Licht der Küchenlampe. „War diese Minoische Dame nicht aus einem sehr seltenen Metall gefertigt? Ich glaube, das war neulich meine letzte Frage."

„Aus Bergerz", erwiderte Irenäus. „Meinst du etwa, sie ist hinter der Statuette her? Oh, Gaia! Sie hat sie gesehen, in Händen gehalten. Ich dachte, sie kam wegen mir ..."

„Vergiss es!", rief Karl und schob das letzte Stück Rehrücken in den Mund. „Die wollen dir alle die Statuette klauen!"

„Und während sie dich abgelenkt hat", mischte sich nun Theresa ein, „hat sie irgendwen zu dir geschickt, der in Ruhe suchen konnte."

„Ihren Freund!", meinte Irenäus aufgeregt. „Dieser tumbe Kipperfahrer, von dem sie erzählt hat ..."

„Siehst du", überlegte Marie, die einen ausgesprochen klugen Eindruck machte. „Wandas Freund sollte die Statuette klauen und stieß dabei auf den Professor. Es kam zum Handgemenge, der Professor wurde verletzt, und der Freund floh. Ist doch logisch, oder?"

„Theoretisch ja", gab Irenäus widerwillig zu. „Aber in der Wirklichkeit ist es sehr unwahrscheinlich, dass die beiden Einbrecher fast gleichzeitig bei mir aufgetaucht sind."

„Dass der Kipperfahrer bei dir war, ist überhaupt nicht unwahrscheinlich", sagte Karl und riss sich zusammen, „denn zu diesem Zweck hat dich diese Tussi extra abgeschleppt. Der andere Mann stellt allerdings ein ungelöstes Problem dar. Was wollte der bei dir? Kriegen wir das noch raus?"

„Wenn wir wüssten, wie er hieß, kämen wir bestimmt weiter", warf Theresa in die Debatte. „Im Internet ..."

„Wartet!", knurrte der Förster und rieb sich die Augen. „Die Polizei wollte die Bevölkerung um Mithilfe bitten. Sie wollten herausbekommen, wo der Unbekannte zuletzt gesehen wurde. Er lehrte als Professor und kam aus Magdeburg und hieß ..."

Theresa hatte ihr Laptop geholt und bereits hochgefahren. Mit großen Augen schaute sie den Papa an: „TU Magdeburg, der Lehrkörper, gleich habe ich es ..."

„Wie hieß er?", drängte Marie aufgeregt. Sie stieß den Mann mit ihrer sinnlichen Hüfte an. „Los! Denk nach! Wie war sein Name?"

„Ich kann mich nicht erinnern", stöhnte Karl. „Es war ein Name, der aus dem Westen kam. Wir haben noch darüber gelästert. Irgendwas mit Westen ..."

„Hier!", rief seine Tochter triumphierend. „Professor Philip Westermann."

„Ja, der!", nuschelte Karl und hob anzeigend für seine Leistung einen Finger in die Höhe. „Der war es!"

„Na, seht ihr!" Marie beugte sich ebenfalls über den Bildschirm. „Wer sagt's denn! Sektion Maschinenbau, Fachrichtung Metallurgische Theorie. Der wollte auch die Minoische Dame."

„Das ist ja unglaublich!" Irenäus machte ein teils fassungsloses, teils besorgtes Gesicht. „Am Dienstag haben wir dieser Wanda im Pub von der Figur erzählt, und am Donnerstag bringen sich die Männer deswegen schon um. Wer weiß, was als nächstes passiert. Ich habe plötzlich eine schreckliche Ahnung ..."

„Nicht bei diesem Wetter", stieß Karl hervor und verteilte den letzten Rest Glenfiddich auf die Gläser.

„Doch, gerade bei diesem Wetter!", rief Irenäus und nahm das Glas. „Die Götter geben mir ein Zeichen. In diesem Augenblick ist jemand bei mir zu Hause. Kinder, ich fahre!"

Er erhob sich etwas unsicher vom Stuhl. Theresa lachte. Karl und Marie jedoch schauten den Meister prüfend an. Sie wussten, dass Irenäus eine sensible Ader für mystische Ereignisse hatte. Deshalb glaubte er auch an eine unfassbare Welt hinter der Wirklichkeit, aus der ihm tatsächlich mit ziemlicher Regelmäßigkeit Botschaften zugingen, ob man es nun für wahr hielt oder belachte. „Vielen Dank für alles! Ich muss sofort fahren, habe keine Ruhe mehr."

„Du kannst so nicht fahren!", befahl Marie. „Auch nicht durch den Wald!"

„Es muss sein", beharrte Irenäus und gab Titus den Wink zum Abmarsch. Der Hund wedelte mit dem Schwanz und erhob sich.

„Ich komme mit!", röhrte der Förster und zog die Hausschuhe aus. „Warte auf mich!"

„Spinnt ihr beide?", regte sich Theresa auf. „Hätte ich bloß nicht den Whisky gekauft. Wenn es denn sein muss, fahre ich!"

„Kannst du das überhaupt?", erkundigte sich Irenäus skeptisch.

„Na klar!", antwortete die Tochter und zog eine Jacke an. „Dann kommt, wenn ihr so verrückt seid."

„Dann fahre ich auch mit", beschloss Marie etwas zögerlich. „Eure legendären Autojagden im Regen darf man nicht verpassen." Damit spielte sie auf die ereignisreiche Nacht des Vorjahres an, als es zu tragischen Ereignissen auf dem Heidberg kam, ebenfalls ausgelöst von der fatalen Statuette und ebenso bei strömendem Regen.

Wenige Minuten später bewegte sich der Daimler Kombi durch den Eselstall-Forst. Aus tiefen Pfützen spritzte das Wasser nach allen Seiten. Die Scheibenwischer schafften es mit lieber Not, die Sicht einigermaßen klar zu halten. Theresa presste Stirn und Nase fast gegen die Frontscheibe, um die Fahrspur zu erkennen.

Irenäus, der diese Waldstraße wie seine Westentasche kannte, saß neben ihr und achtete darauf, dass das Schiff heil auf Kurs blieb. Trotzdem mutete die Fahrt überaus halsbrecherisch an. Das Mädchen ließ immer wieder den Motor nervös aufheulen. Marie presste vor Aufregung Karls Hände.

Schließlich waren ihnen die Götter ein zweites Mal in dieser Nacht hold. Sie näherten sich einer Weggabelung, bei der es nach rechts zum Grundstück von Irenäus ging und links über die Altenburg zur Stadt. Karls Tochter bremste ab. In diesem Moment sahen sie von rechts den vagen Schimmer von Autoscheinwerfern zwischen den regennassen Ästen der Kiefern.

„Stopp!", rief Irenäus, der das als erster bemerkte. „Und Licht aus!"

Der Daimler bremste, und sein Besitzer schaltete mit schnellem Griff die Beleuchtung ab. Sie standen auf der dunklen Waldstraße. Keinen Moment zu früh. Das nahende Fahrzeug fuhr trotz des miserablen Wetters schnell zwischen den Bäumen. Gespenstisch tanzten die Lichtkegel im feuchten Dunst. Endlich hatte es sie erreicht und fuhr von rechts nach links vor ihrem abgedunkelten Auto vorbei. Es handelte sich um ein dunkles BMW Cabrio.

„Es ist Wanda!", rief Irenäus aufgeregt. „Sie war bei mir zu Hause. Motor an! Hinterher! Schnell!"

Nun musste des Försters Töchterlein ihre Fahrkünste unter Beweis stellen. Der BMW war schon ein Stück voraus. Aber die Verfolger holten auf. Irenäus sah, dass es sich eindeutig um Wandas Wagen handelte. Er drückte auf die Hupe und schrie: „Warum hält diese dumme Kuh nicht an? Sie muss doch sehen, dass wir hinter ihr fahren."

Das Cabrio erreichte den imaginären Übergang zur Altenburg und bog in die Mittelallee, die zu den Wasserbehältern führte. Dabei geriet es ins Schleudern. Nur mit Mühe schien die Fahrerin das Fahrzeug wieder in die Gewalt zu bekommen. Der Daimler war jetzt dicht hinter ihr.

„Warum tut sie das?", fragte Irenäus laut.

„Weil sie gerade die Minoische Dame geklaut hat!", schrien Karl und Marie von der Rückbank wie aus einem Munde.

XXXII

„Fahr, fahr, fahr!", rief Achim aufgeregt dem SEK Mann ins Ohr, der den Kleinbus mit hoher Geschwindigkeit durch Quedlinburgs vom Regen geflutete Straßen lenkte. Gleichzeitig sprach er ins Mikro: „Rita, hören Sie mich? Wie sieht es aus?"

Undeutlich hörte er die ferne Stimme der Hauptkommissarin: „Wir nähern uns zu Fuß der Tätergruppe. Der Bagger steht schon auf dem Tieflader. Beeilen Sie sich! Die warten nicht mehr ..."

Der Rest löste sich in Knattern und Rauschen auf. Sie waren in den Funkschatten der Altenburg-Felsen eingetaucht. „Verflucht!", knirschte Achim und drehte sich nach den vier anderen Männern und Frauen im Heck um. „Gebt mir das IR-Gerät! Wir fahren ohne Licht, sonst sehen die uns gleich kommen."

Der Bus bog in die Plattenstraße ein, die hinauf in den Wald führte. Der Fahrer hielt an. Mit wenigen geübten Griffen setzte er das Nachtsichtgerät mit dem Infrarot-Wandler auf. Nun sah nur noch er etwas. Für die anderen Insassen des Busses herrschte tiefe Dunkelheit. Bedrohlich klatschte der Regen gegen das Blech des Fahrzeugs.

„Rita!", schrie Achim. „Hören Sie mich? Was gibt's bei Ihnen?"

Es prasselte eine Antwort: „... verladen ... der Truck ... beeilen ... Zugriff ... Scheiße!"

„Was ist da los?", knurrte der Leiter des SEK. „Los, fahr endlich!"

Der Bus setzte sich mit durchdrehenden Reifen in Bewegung. Er raste die nassen Betonplatten hinauf. Plötzlich wurde die Funkverbindung besser. Alle hörten durch den Innenlautsprecher Schüsse. „So ein Mist!", keifte Achim und starrte gegen die dunkle Frontscheibe.

Nur der Fahrer sah ihren Weg im infraroten Lichtkegel. An der steilsten Stelle der Auffahrt bog diese rechtwinklig nach links ab. Mit rutschenden Reifen legte sich der Spezialbus in die Kurve.

Und plötzlich flammte vor ihnen eine gewaltige Wand von grellen Lichtern auf. Blendendes Weiß fraß sich in ihre eben noch an die Dunkelheit adaptierten Augen.

Ein fürchterlicher Schlag schleuderte die Männer und Frauen des SEK wie Flickerpuppen durch das Innere des Spezialtransporters.

XXXIII

Drei Minuten vor Mitternacht erklomm die Sattelzugmaschine die Plattenstraße zur Altenburg. Stanko fuhr äußerst konzentriert, nahm ohne Probleme die fast rechtwinklige Linkskurve an der steilsten Stelle der Auffahrt. Inzwischen ergoss sich ein wahrer Bach aus Wasser, Sand und Schwemmgut über die Oberfläche aus Beton. Aber der Trucker schätzte die Situation als überschaubar ein. Fahren konnte er. Das war seine Welt. Eine Minute vor Mitternacht erreichte er den Quedlinburg-Blick. Einige Lichter der Stadt schafften es, bis hierher zu leuchten, aber Stanko beachtete sie nicht.

Hier begann das problematische Wegstück. Stanko durfte nicht zu langsam werden und auf keinen Fall zum Stehen kommen. Der Boden bestand hier aus verdichtetem Sand, der allerdings durch das viele Wasser eine unbekannte Konsistenz angenommen hatte. Er gab Gas. Hin und wieder drohten die Reifen durchzudrehen. Kleine Schweißperlen bildeten sich auf seiner Stirn. Der Motor dröhnte. Das Geräusch der Scheibenwischer wurde ätzend. Birken und Kiefern kamen zu beiden Seiten bis nahe an den Lastzug heran. Einmal krachte es verhalten, wahrscheinlich hatte er einen Ast abgerissen.

Doch dann war es überstanden. Er erreichte die Wiese unterhalb des Warten-Turms. Endlich sah er im Licht seiner Scheinwerfer, dass er hier nicht umsonst hinaufgefahren war. Mit dem Ärmel der Jacke wischte er den klebrigen Schweiß vom Gesicht.

Die Wiese grenzte an den Wald und an die Umzäunung der unter einem Erdwall begrabenen Wasserbehälter. Dort standen sie, die Mitglieder der Räuberbande. Sie warteten auf ihn. Der Bagger war in Position gefahren, bestimmt tuckerte bereits der Motor. Doch das konnte Stanko nicht feststellen. In seiner Kabine vernahm er nur das leise Dröhnen des Scania und das Platschen des Regens.

Darko winkte ihm zu. Er wollte ihn so einweisen, wie es Stanko am Tage bereits beschlossen hatte. Na, wenigstens dachte dieser Schurke mit. Stanko begann, diesen Menschen zu hassen. Warum wagte er hier eigentlich seine Freiheit oder gar sein Leben? Plötzlich befiel ihn wieder diese Ahnung von Tod und Verderben. Eine schwere, unsichtbare Hand drückte sich auf seine Schulter.

Er gab Gas. Der Truck rollte über die Wiese, bog in eine wenige Meter lange Fläche aus Schlamm und Wasser. Die Räder fingen an durchzudrehen. Stanko betätigte gefühlvoll die Fußpedale. Schweißtropfen kullerten aus seiner Achselhöhle.

Er schaffte es. Für eine Sekunde glücklich, stöhnte er befreiend auf. Gott sei Dank! Der erste Part war geglückt. Der Lastzug stand auf dem Schotter der abwärts führenden Fahrspur, seine Nase zeigte ins Tal. Festfahren konnte er sich nun nicht mehr.

Stanko sprang aus der Kanzel. Für einen Moment fühlten sich die Knie weich an. Er musste sich am Blech des Fahrzeugs abstützen. Dann ging es wieder. Langsam schritt er zwischen Gestrüpp und Tieflader den Männern entgegen. Dabei bekam er noch einmal einen vollen Schwall kalter Nässe. Die drei Männer standen im Licht von Darkos Bus, vor ihnen ein Schleier aus Regen.

„Das war super!", rief ihm der Gangster entgegen. „Stanko, sei gegrüßt!"

Offenbar war er bei ausgezeichneter Laune. Stanko hob einen Arm zum Gruß. Er ging nicht auf Tuchfühlung, sondern begann sofort, am Tieflader zu hantieren. Einer der Männer lief zum Bagger.

Acht Minuten später war die Baumaschine verladen. Das Teil war ein Kettenfahrzeug und wesentlich schwerer als neulich der Schaufellader, doch Stanko brachte ihn sicher und fest blockiert unter. Das war das kleinste Problem.

„Hier ist die Kohle", sagte Darko, immer noch gut gelaunt. „Auf dem Umschlag steht die Adresse. Ihr braucht bloß umzuladen. In vier Stunden bist du wieder in Quedlinburg."

„Okay!", knurrte Stanko nur und steckte den Briefumschlag in die Hosentasche, ehe er nass wurde.

„Viel Glück!", wünschte ihm der Hehler und blickte dem Fahrer skeptisch nach, als der sich zwischen nassen Ästen vorwärts zu seiner Zugmaschine bewegte. Dann drehte sich Darko um und rief seinen beiden Kumpanen zu: „Alles klar! Lasst uns hier abhauen!"

Der Truck ruckte an und verschwand wie ein U-Boot langsam in der triefend nassen Finsternis. Darko sprach ein Bittgebet an irgendein überirdisches Wesen, bevor er sich umdrehte, um den Komplizen zu folgen. Dabei sahen seine scharfen Augen am gegenüberliegenden Rand der Wiese eine schattenhafte Bewegung. Gleich darauf blitzte dort das bläuliche Licht eines kleinen Handstrahlers auf. Was war das?

Stanko bekam von diesem Schwenk der Sachlage nichts mit. Er saß voll konzentriert in dem federnden Fahrersitz der Sattelzugmaschine. Vor der großflächigen Frontscheibe mühten sich die Wischer ab. Er fuhr durch einen Tunnel frischen Grüns. Äste klatschten gegen die Fahrerkabine, Blätter klebten für Sekunden am Glas. Vor sich Schotter und Wasser und Sand und Blätter und Äste. Der Truck walzte alles platt. Fast achtzig Tonnen Gesamtgewicht. Stanko fühlte, wie die stählernen Massen nach vorn unten drückten. Instinktiv stemmte sich sein sehniger Körper gegen Bremspedal und Lenkrad. Er schaltete auf einen sehr tiefen Gang. Er hatte Angst, dass ihm der Lastzug außer Kontrolle geriet.

Doch dann wurde die Neigung geringer. Er atmete befreit auf und bekam die Maschine wieder in den Griff. Das Knirschen der achtzehn breiten Reifen auf der ausgespülten Fahrbahn drang drohend bis an seine Ohren. Der Sattelzug umfuhr die alte Ulme inmitten des Rondells, an dem sich die Wege gabelten. Auch diesen Akt meisterte er bravourös.

Nun kam die Plattenstraße, die hinunter zum Waldrand führte, dorthin, wo er sich wieder auf sicherem Asphalt befinden würde. Stanko fuhr sehr langsam. Die Last schob. Die Vibrationen des stählernen Kolosses übertrugen sich auf seinen Körper. Er fühlte, dass das Fahrzeug auf den mit Schlamm und Wasser bedeckten Platten zu schwimmen begann. Wieder bildeten sich klebrige Schweißtropfen auf seiner Stirn.

Jetzt näherte er sich der rechtwinkligen Biegung. Hier wurde der Weg am steilsten. Die Geschwindigkeit musste so gering wie möglich bleiben.

Noch drei Meter bis zur Kurve. Und nun geschah das Unfassbare. Von vorn, von unten kam ihm ein anderes Fahrzeug entgegengerast. Der Blickkontakt mochte etwa zwei Sekunden dauern, in dieser Situation eine ziemlich lange Zeitspanne. Ein dunkler Kleinbus ohne Beleuchtung. Die Bullen fuhren mit Infrarot-Scheinwerfern, das war Stanko augenblicklich klar.

Es gab kein Entrinnen. Stanko trat auf die Bremse, aber die Reifen glitten wie auf Schmierseife. Reflexartig betätigte er die Lichthupe. Zehn Zusatzscheinwerfer flammten auf und überschütteten den Polizeibus mit einer Flut von Licht. Stanko sah durch die Scheiben die vor Entsetzen verzerrten Gesichter der männlichen und weiblichen Polizisten wie auf einer Röntgenaufnahme.

Gleich darauf erfasste die Stoßstange der Sattelzugmaschine den Bus. Stanko vernahm ein schrilles, splitterndes Krachen. Die Menschen wurden nach vorn geschleudert wie Dummies. Abrupt war der Truck nicht mehr lenkbar. Wie in Zeitlupe schob er das kleine Fahrzeug vor sich her. Genau auf den Abgrund zu, circa vierzig Meter hinab bis zur Straße. Steilhang mit Felskante.

Stanko sah, wie der Bus an zwei mittelstarken Bäumen zerquetscht wurde. Leise drangen Schreie durch den Lärm der Lawine aus Stahl. Es gab für ihn nur eine Rettung – der Sprung durch die Fahrertür! Im Bruchteil einer Sekunde drückte er sie auf und warf sich nach draußen. Doch die Götter waren ihm nicht gewogen. Eine mannsstarke Esche scheerte die Tür ab und Stankos Unterarme. Ein gnädiges Programm in seinem Nachhirn ließ ihn keinen Schmerz verspüren. Plötzlich raste der Abgrund auf ihn zu. Ein einziges Gewirr schwerer Bauteile, Achsen, Räder und Ketten schüttete auf ihn herab. Gequält kreischte das Metall auf.

Vielleicht sah Stanko noch einmal das Gesicht Wandas, vielleicht auch nicht.

Dann umfloss ihn wohltuende Dunkelheit.

XXXIV

Rita und die kleine Polizistin warteten unschlüssig auf die Dinge, die da kommen mochten. Sie standen im Schutz einer dicken Robinie, und das Wasser lief überall an ihnen herunter. Beide hielten mit verkrampften Fingern die Kolben ihrer Dienstwaffen umklammert. Beide versuchten sie, ihre schwer atmenden Lungen in den Griff zu bekommen.

Das Bild vor ihnen glich einem Spuk. Trübe beleuchteten die Scheinwerfer eines seitlich abgestellten Fahrzeugs die Szenerie. Hinter einem Vorhang aus Regentropfen und feuchtem Dunst hantierten vier Männer an einer großen Baumaschine, die bereits auf einem Tieflader hockte, dessen Rücklichter zwischen hohem Buschwerk und Bäumen leuchteten. Dort ging es bergab bis zur Straße, das wussten beide Frauen. Wenn der Lastzug jetzt losfuhr, konnten sie praktisch gar nichts machen, außer ihm folgen. Die Verbindung zum SEK war vorübergehend erloschen. Doch nun hörte sie es mit prasselnden Störungen durchsetzt: „Rita! Hören Sie mich? Was … bei Ihnen?"

Die Hauptkommissarin sah einen Mann in der Dunkelheit neben den Maschinen verschwinden. Gleich darauf hörte sie den Motor des Lastzugs dröhnen.

„Die haben den Bagger schon verladen!", sagte Rita aufgeregt. Sie durfte nicht zu laut werden. „Jetzt fährt der Truck los. Sie müssen sich beeilen. Die anderen hauen auch ab! Bei uns ist jetzt Zugriff! Scheiße!"

Während sie sprach, verschwanden die roten Rücklichter des Trucks im Wald. Finster gähnte die Öffnung der Schneise: Drei Männer waren zurückgeblieben. Einer sagte irgendetwas, dann bewegten sie sich zu ihrem Auto. Gleich würden auch sie verschwunden sein. Die Täter waren schwarz gekleidet und trugen Mützen. Einer schien der Anführer zu sein. Merkwürdigerweise kamen Rita seine Bewegungen bekannt vor. Doch weil das nicht sein konnte, kam sie nicht drauf.

Es musste nun alles sehr schnell gehen. Die Entscheidung über den Fortgang des Einsatzes lag ganz allein bei ihr. Sie schaute zu der kleinen Polizistin, die dicht neben ihr stand und sie erwartungsvoll anguckte. Sie hielt bereits das Sprechfunkgerät kurz vor ihrem Gesicht und fragte: „Zugriff?"

Rita entschied blitzschnell: „Ihr Kollege soll sofort herkommen. Mit dem Streifenwagen, volle Beleuchtung, Blaulicht!"

Sofort sprach die Beamtin in das Gerät. Wenige Sekunden später hob sie den Daumen. Rita sah in einiger Entfernung die Lichter des Mercedes aufflammen.

„Zugriff!", befahl sie. „Aber mit Gefühl!" Sie knipste die kleine Handlampe an und trat hinter der Robinie hervor. Zwei der Männer hatten den Kleinbus fast erreicht, der dritte war etwas hinterher. Rita sah, dass er stehen blieb, weil er das Licht ihrer Lampe sah. Sie musste verhindern, dass sich die Männer in das Auto retteten. Dann würde alles viel schwerer werden. Wo blieb das verfluchte SEK? In ihrem Kopfhörer summte es nur noch. Alle diese Sinneseindrücke waren auf Sekunden komprimiert.

„Stehen bleiben!", rief Rita laut. „Hier spricht die Polizei! Bleiben Sie stehen!"

Die Männer begannen zu rennen. Zum Glück glitt einer im Schlamm aus und stürzte. Rita entschloss sich, massiv aufzutreten. Sie richtete die Mündung der Dienstwaffe nach oben und gab zwei Warnschüsse ab.

Der mutmaßliche Anführer blieb stehen und drehte sich nach ihr um. Sie erkannte nur eine dunkle Silhouette und dass der Kerl eine schnelle Armbewegung machte. Dann sah Rita das Mündungsfeuer einer Waffe aufblitzen. Ein Schuss knallte, und im gleichen Augenblick spritzten von der Robinie Borkenfetzen um sie herum. Der Kerl hatte gezielt auf sie geschossen. War der wahnsinnig?

Die kleine blonde Polizistin preschte bereits weit vor in das nasse, halbhohe Gras der Wiese. Sie lief akute Gefahr, getötet zu werden. Rita war eine gute Schützin. Sie hob die Waffe und schoss. Zweimal. Der Rückstoß federte die Waffe leicht nach oben. Unbewusst hielt sie auf den einzigen hellen Fleck an dieser dunklen Figur, das Gesicht.

Sie traf. Der Mann wurde nach hinten geschmettert und fiel in den Schlamm. Er blieb sofort still und bewegungslos liegen. Möglicherweise hatte sie gerade zum ersten Mal in ihrer kriminalistischen Laufbahn ein Menschenleben ausgelöscht. Ihr wurde flau im Magen, und ein sehr ungutes Gefühl ergriff von ihr Besitz. Wieso kam ihr diese Person so vertraut vor?

Alles ging so schnell vonstatten, dass der wie ein Weihnachtsbaum funkelnde Streifenwagen erst die Hälfte der Entfernung zu ihnen bewältigt hatte. Die beiden anderen Männer befanden sich kurz vor dem Kleinbus. Doch da geschah das Unglaubliche …

XXXV

Irgendwo schlug eine Kirchturmuhr gerade zwölf, als Wanda die Statuette aus Bergerz neben sich auf den Beifahrersitz legte. Sie warf ihren Schal darüber und startete den Motor. Schnell weg von hier! Der BMW verließ das Grundstück, das sie voraussichtlich nie wieder betreten würde. Aus irgendeinem Grund gaben ihr die Nornen den Wunsch ein, nicht nach rechts hinunter zur Chaussee zu fahren, vielleicht weil das, wie sie richtig annahm, der Fluchtweg des gestorbenen Philip Westermann gewesen war. Wanda bog stattdessen nach links ab, um noch einmal durch die triefende Einsamkeit des stockfinsteren Forstes zu kurven.

Möglicherweise wollte sie auch nur in stiller Einsamkeit den Fang ihres Lebens genießen, ganz allein für sich, sie wusste es selbst nicht.

Wieder fuhr sie auf schlammigen Schotterwegen, ohne sich darüber Gedanken zu machen, ob die Technik ihres femininen Cabriolets diese Anforderungen überhaupt noch bewältigen konnte. Leider sollte diese einsame Idylle nicht lange anhalten. Wanda näherte sich einer Abzweigung, die hinunter zum Forsthaus führte. Da schien es ihr, als tasteten sich von links die Lichter eines Autos durch das Gestrüpp des Waldes. Um diese Zeit und auf diesem Weg konnte das nur ein ganz bestimmter Mensch sein, fuhr es ihr durch den Kopf, und dieser Mensch würde in wenigen Sekunden in ihren Weg einbiegen. Verfluchter Scheiß! Sie hatte zu lange gebummelt.

Das Licht erlosch augenblicklich. Gewiss hatte er sie ebenfalls gesehen. Nun gab es kein Zurück mehr. Wenden ging nicht. Also gab Wanda Gas. Zwei Sekunden später überfuhr sie die Weggabelung. Angestrengt starrte sie nach links in die dunstige Finsternis. Schemenhaft registrierten ihre Sinne den Kühlergrill eines Daimler-Modells. Natürlich, das war Irenäus Moll, der dort in zehn Metern Entfernung lauerte.

Wanda schaute wieder nach vorn. Der Weg war an dieser Stelle kurvig, Pfützen allerorten. Aber der Untergrund war zu jeder Zeit griffig, das gab dieser Wegverbindung, wie ihr Irenäus letztens verriet, in Insider-Kreisen den Namen „Waldautobahn". Er hatte noch hinzugefügt: Copyright by Irenäus Moll! Ein Blick in den Rückspiegel zeigte ihr das maximale Debakel, zwei Lichter folgten ihr. Dieser Blödmann nahm die Verfolgung auf. Konnte er das nicht lassen?

Frustriert trat sie das Gaspedal durch. Dieses exotische Manöver konnte selbst die BMW-Technik nicht überbügeln. Das Cabrio brach aus und hielt Kurs auf die nassen Stämme Jahrzehnte alter Kiefern. Doch Wanda war eine gute Fahrerin und bekam den Heckantrieb unter Kontrolle.

Die beiden Lichter des Daimlers näherten sich. Sie beschleunigte erneut. Das braune Wasser der Pfützen peitschte in Fontänen auf die Frontscheibe. Sie erreichte den imaginären Übergang zwischen Eselstall und Altenburg. Wieder brach der BMW im sandigen Schlamm aus. Diesmal bekam sie ihn nur in letzter Sekunde in den Griff. Jetzt fuhr sie auf der Mittelallee der Altenburg, die einfach eine Fortsetzung der Waldautobahn darstellte. Der Daimler näherte sich nicht weiter. Wenn sie die Plattenstraße erreichte und unten auf der Chaussee ankam, hatte sie gewonnen!

Ein Stich in der Herzgegend raubte ihr urplötzlich die Luft zum Atmen. Es tat für einen Moment so weh, dass ihr fast schwarz vor

Augen wurde. Herzinfarkt, schoss ihr durch den Kopf. Aber das war es nicht. Der Schmerz ebbte so schnell ab, wie er eingesetzt hatte, und hinterließ unendliche Traurigkeit in ihrer Seele. Irgendetwas geschah in dieser Zeitspanne an einem anderen Ort, ganz in der Nähe. Zu allererst hätte Wanda am liebsten abgebremst und wäre ausgestiegen. Das durfte sie jedoch gerade nicht tun, sagte ihr eine innere Stimme. Also raste sie weiter durch Regen und Wind. Stanko! Es war etwas mit Stanko passiert! Oh, Gott! Ihr war plötzlich, als säße er neben ihr. Sie warf einen schnellen Blick auf den Beifahrersitz. Dort lag nur der Schal auf der Figur.

Oh nein! Sie erreichte die Wasserbehälter von der Westseite, kurvte zwischen einigen Bäumen hindurch und raste in eine kleine Ansammlung von Menschen. Blitzartig trat sie so stark auf Bremse und Kupplung, dass ein heftiger Schmerz durch ihr kaputtes Bein fuhr. Vor ihr rechts seitlich stand ein Kleinbus, dessen Rücklichter rot leuchteten. Zwei Männer versuchten, ihn zu erreichen. Auf diese schwarz gekleideten Typen schleuderte der BMW zu. Im letzten Moment sprangen sie zurück und überschlugen sich im

Schlamm. Zwischen ihnen und ihrem Wagen schleuderte Wanda hindurch. Sie schaffte es. Halb auf dem Weg lag ein Mann, er sah blutig aus. Nur Bruchteile von Bildern drangen in ihr Gehirn. Sie schaffte es, auch den Liegenden nicht zu überfahren. Dafür sah sie nun zwei Personen auf sich zu laufen. Es waren Frauen, eine davon in Uniform. Natürlich, die Bullen! Die Zweite sah tatsächlich wie diese verdammte Rita aus. Was war hier los?

Fast hatte Wanda dieses obskure Szenario passiert, das ihr Gehirn kaum orten konnte, da sah sie das Polizeiauto. Mit blinkenden Lichtern in Rot und Blau und schallendem Lalü Lalü kam es über die schlammige Wiese gerast wie in einem jener brutalen Thriller-Filme aus Amerika.

Fuck!, dachte Wanda, die meinen nicht mich und gab wieder Gas. Sie tauchte in den Wald neben der geschotterten Abfahrt ein, die nach zwei Tagen Dauerregen eher einem Wildbach glich. Der kurzzeitig von den chaotischen Eindrücken verdrängte Seelenschmerz kehrte wie ein Hammer zurück. Was war geschehen?

Sie erreichte das Rondell mit der dicken Ulme. Hier begann der Plattenweg, der zur Straße führte. In einer Minute würde sie es geschafft haben. Gleich musste eine Rechtskurve kommen, das sagte ihr ihr phänomenales Ortsgedächtnis. Und das war ihr Glück, denn sie trat nicht aufs Gas wie eine Wilde.

Der BMW fuhr genau in ein Chaos aus umgestürzten Bäumen. Geistesgegenwärtig bremste sie ab, rutschte ein paar Meter und kam vor den Ästen einer umgestürzten Esche zum Stehen. Vor ihr öffnete sich eine Schneise, die in den Abgrund führte. Wandas Herz wummerte in der Brust. Scheiß auf die Figur und Scheiß auf Irenäus hinter ihr, dachte sie und raffte die Taschenlampe. Ein Sprung aus dem Auto, das sie reflexmäßig verriegelte, dann rannte sie zum Rand dieser höllischen Spur der Gewalt. Es regnete immer noch in Strömen. Der Lichtkegel ihrer Taschenlampe wirkte auf einmal wie der einer Zwergenfunzel.

Trotzdem stiegen ihr die Haare zu Berge, und die Knie wurden watteweich. Einen Moment lang starrte sie auf einen gewaltigen Trümmerberg, der fast bis zu ihr hinauf reichte. Zwischen den zersplitterten Stämmen alter Bäume nahm sie das Gewirr aus Reifen und Achsen eines Sattelschleppers wahr. Ein dämonischer Gedanke schlich sich in ihr Gehirn: Dort unter diesem Berg von Metall lag ihr Stanko! Das war geschehen!

Neben diesem Chaos führte ein Weg hinab zur Straße, auch den kannte sie. Gerade zu diesem Zeitpunkt kam der Daimler hinter ihrem Cabrio zum Stehen, aber das berührte sie nicht mehr. Ohne auf das schmerzende Bein zu achten, hastete sie den verschlammten Pfad hinab. Sie rutschte und glitt und stürzte im Funzellicht der Taschenlampe. Die Umgebung war nicht mehr völlig finster, weil eine Straßenlampe an einem Holzmast ihr mattes Licht zwischen die Bäume warf.

Das Desaster schien sich gerade erst abgespielt zu haben. In dem gewaltigen, apokalyptisch anmutenden Berg von Stahl und Gummi knirschte es noch sehr bedrohlich, so als könne es jeden Augenblick eine gewaltige Verschiebung geben, die die hastende Frau unter sich begrub. Das interessierte Wanda nicht. Sie geriet völlig außer sich, stolperte und glitt immer tiefer hinab, dem Aufschlagpunkt dieses Infernos entgegen. Inzwischen wurde der Geruch nach Dieselkraftstoff und anderen technischen Flüssigkeiten ständig penetranter. An den Gedanken, dass sich hier irgendein brennbares Gemisch entflammen könnte, verschwendete sie keine Sekunde. Sie wusste nur, dass etwas ganz furchtbar Grausames mit Stanko geschehen war. Wie von Sinnen kämpfte sie sich an das untere Ende des Schrotthaufens vor, kletterte über und unter Baumstämmen. Bis sie die Teile erreichte, die einst die Zugmaschine gewesen waren. Sie waren vermischt und verflochten mit den Überresten des Polizeibusses und des Baggers.

„Stanko, Stanko, ...!“, wimmerte sie und kroch mit zerrissenen Kleidungsstücken zwischen von Diesel und Regenwasser durchnässten Gegenständen umher. Dann sah sie die Leichen oder vielmehr deren grausam zugerichtete Überreste, zerquetschte und zerrissene Menschen, die einst zu einem Spezialkommando der Polizei gehört hatten. Wegen eines alten Baggers mussten so viele Leute ihr Leben lassen! Doch soweit dachte Wanda nicht.

Und plötzlich fand sie Stanko. Einen Moment lang blieb sie vollkommen kalt. Ihr Freund klemmte zwischen bis zur Unkenntlichkeit verformten Fahrzeugteilen. Nur der Kopf und ein Teil des Schultergürtels schauten aus den Trümmern hervor und waren merkwürdigerweise unversehrt. Die Augen waren halb geöffnet und schauten blicklos und leer in das Lampenlicht.

Wanda wollte sich ihm nähern, aber sie konnte kein Glied mehr bewegen. Stocksteif lehnte sie zwischen den Trümmern und sah das grausame Bild vor sich. Die Lampe fiel ihr aus der Hand und verschwand zwischen den Blechfetzen. Dunkelheit umgab sie.

Und sie begann zu schreien, wie nur ein Wesen in höchster Pein zu schreien vermag.

XXXVI

Auch Theresa hatte erhebliche Schwierigkeiten, den Daimler in der Gewalt zu behalten. Angesichts ihrer Fahrkünste wurde Irenäus zusehends nüchterner. Nachdem beide Fahrzeuge auf die Mittelallee der Altenburg geschleudert waren, vergrößerte sich der Abstand wieder. Wanda war letzten Endes doch die versiertere Fahrerin. Mit einem Abstand von mindestens hundert Metern verschwanden ihre Rücklichter hinter den Wasserbehältern.

Sekunden später raste auch der Daimler um die eingezäunte Aufschüttung. Gleich darauf trat Theresa so heftig auf die Bremse, dass Irenäus vor trunkenem Schreck für einen Augenblick den Faden verlor. Durch das Klatschen beim Durchfahren der Pfützen hörte er den Klang eines Martinshorns. Plötzlich blendeten Scheinwerfer sowie blaue und rote Blinklichter die Insassen des Verfolgungsfahrzeugs. Wie wenige Sekunden zuvor, schleuderte auch der schwere Daimler, der eine bessere Straßenlage besaß, um den dunklen Kleinbus, verfehlte haarscharf die im Schlamm liegenden Gestalten und den ein Stück weiter liegenden Körper eines dritten Menschen. Erst nach all diesen Schrecklichkeiten drohte der Mercedes, zum Stehen zu kommen.

„Fahr weiter!", schrie Karl von hinten. „Gib Gas! Die meinen nicht uns!"

Irenäus warf verwunderte Blicke auf die sich ihnen in gespenstischem Widerschein darbietende Szene. Seine Sinne erfassten kurz ein Gesicht. Aber fast im gleichen Moment waren sie daran vorüber gefahren.

„Das ist Rita!", schrie er fassungslos. Im Lampenlicht des Daimlers hatte er sie und die blonde Polizistin deutlich erkannt. Doch Theresa lenkte das Auto bereits wieder mit erhöhter Geschwindigkeit hinter dem Cabrio her, dessen Rücklichter vor ihnen verschwunden waren,

„Du hast dich verguckt", versuchte Karl ihn von hinten zu beruhigen. Aber Irenäus wusste, was er gesehen hatte. Offenbar fand hier gerade ein Polizeieinsatz statt. Was hatte das zu bedeuten? War Rita deswegen so lange stumm geblieben?

Seine Gedanken kamen zu keinem Ende. Der Wagen erreichte das Rondell mit der Ulme und gleich darauf die Plattenstraße. Theresa gelang es überraschend gut, den Daimler zum Stehen zu bringen. Vor ihnen blinkten rot die Rücklichter von Wandas stehendem BMW. Irgendetwas stimmte dort nicht. Schemenhaft entfernte sich eine Figur nach links.

Was war geschehen?

„Uff, gerade noch!“, sagte Theresa mit ein wenig schriller Stimme. „War das da eben deine Wanda?“

„Sah so aus!“, erwiderte Irenäus und schaute vergeblich dem Schatten nach. „Wohin geht sie?“

„Sie haut ab!“, rief der Förster dazwischen. „Mit der Statuette. Wir sollten ihr folgen. Dort führt ein kleiner Weg hinab zur Straße.“ Mit diesen Worten öffnete Karl Wabenmond die Autotür.

„Mensch, Männer, werdet endlich nüchtern!“, meinte Theresa und öffnete ebenfalls die Tür. „Seht ihr nicht, dass hier irgendetwas passiert ist?“

„Und auf keinen Fall etwas Gutes“, stimmte Marie von hinten zu. Gleich darauf standen sie alle vier im strömenden Regen. Irenäus ging als erster zum BMW. Vergeblich rackelte er an den Türgriffen. Er leuchtete hinein und sah nichts als einen schwarzen Schal auf dem Beifahrersitz.

Karl war bereits bis zur Kante des Abhangs vorgedrungen. Aufgeregt schrie er: „Kommt schnell her! So was habt ihr noch nicht gesehen! Kommt!“

Irenäus und die beiden Frauen liefen durch den Matsch zu ihm. Mit drei Taschenlampen leuchteten sie in die Tiefe. Was sie dort sahen, ließ sie schaudern.

„Die haben versucht, den Bagger zu klauen“, flüsterte Karl, hörbar ernüchtert. „Und das Transportfahrzeug ist hier abgeschmiert.“

„Aber warum?“, fragte Marie fassungslos.

„Wer weiß“, sinnierte ihr Freund. „Vielleicht fuhr er zu schnell oder ist abgerutscht oder hatte keine Ahnung …“

„Wir müssen sofort hinunter“, meinte Theresa in bestimmendem Tonfall. „Da saß ein Mensch drin, und dem kann vielleicht noch geholfen werden.“

„Wir müssen auf jeden Fall dort hinunter“, pflichtete Irenäus ihr bei. „Schließlich ist Wanda dorthin mit der Statuette entschwunden! Wegen der sind wir überhaupt hier.“

Theresa schaute ihn tadelnd an, Marie musste grinsen. Der Förster fügte hinzu: „Na los dann! Hier ist ein Trampelpfad, den benutzen wir.“

Genau in diesem Augenblick schallte aus dem Trümmerchaos ein schrecklicher Klageschrei zu ihnen empor, der durch das Rauschen des Regens ein wenig verfremdet wurde.

„Was war das?", rief Karl, der als erster voraus strauchelte.

„Das hat sich angehört wie Wanda!", antwortete Irenäus aufgeregt: „Irgendetwas ist passiert! Wir müssen sofort dort hinunter!"

Mit diesen Worten hastete er an allen vorbei den steilen Weg hinab. Dieser Stieg mochte einen Meter breit sein und besaß zwei Spitzkehren, an denen vor mindestens hundert Jahren einige Sandsteinstufen eingefügt worden waren. Die anderen folgten ihm rutschend und keuchend und zunehmend durchnässter.

All diese Ereignisse spielten sich im Verlauf weniger Minuten ab, die Eindrücke auf die Sinnesorgane der Menschen wurden maximal verdichtet. In einer Zeitspanne, in der man sich sonst im Caféhaus den geeigneten Sitzplatz auswählt, kreuzten sich hier mehrere Schicksalslinien.

Die vier erreichten nun annähernd die Talsohle. Die Schreie neben ihnen verstummten nicht. Eindeutig entrangen sie sich einer weiblichen Kehle. Irenäus war sehr aufgeregt. Er und seine Begleiter versuchten nun, mit ihren Lichtlein das triefende Dunkel zu erhellen. Vorsichtig stolperten sie den Schreien entgegen.

Als erster warnte Karl, der Praktiker: „Halt! Das wird hier immer gefährlicher. Ich gehe nicht weiter."

Er leuchtete nach oben. Der Tieflader hing noch zwischen starken Eichen und abgeknickten Eschen. Leise Knackgeräusche kündeten davon, dass er möglicherweise noch nicht seine Endlage gefunden hatte. Das hieß, wenn er weiter fiel, könnte er auch sie unter sich begraben. Den Bagger hatte es weit in Richtung Waldrand katapultiert. Die Hydraulik seines Arms war ausgerissen, und die Schaufel war bis auf die Straße geschleudert worden. Das Zentrum des chaotischen Metallberges bildeten die zermalmten Wracks der Sattelzugmaschine und des Polizeibusses, vermengt mit dicken Ästen und zersplitterten Baumstämmen. Genau aus diesem Gewirr drangen die Schreie der Frau.

„Was hat sie nur?", keuchte Marie. „Verletzt scheint sie nicht zu sein."

„Hast du nicht gesagt, ihr Freund wäre LKW-Fahrer?", fragte Karl und zog sich ein Stück aus der Gefahrenzone zurück. „Vielleicht liegt er dort unten?"

Dieser Gedanke war Irenäus auch bereits gekommen. Vorsichtig arbeitete er sich durch das Gewirr von Trümmern.

„Tu's nicht!", rief Karl ihm nach. „Das kann jeden Moment alles zusammen krachen!"

Doch Irenäus achtete nicht auf ihn. Irgendetwas brannte in seiner Brust – er musste die Frau retten! Endlich fiel sein Lichtspot auf ihre Gestalt. Halb hing sie, halb kniete sie dort, wo sich einst die Kanzel befand. Irenäus sah nun, dass mehrere menschliche Körper zwischen den Fahrzeugteilen lagen, alle grässlich zerfetzt. Von Wanda waren nur der Rücken und ihre schwarzen Haare zu erkennen. Sie war über etwas gebeugt und schrie in diesem Moment nicht. Irenäus erreichte sie und ergriff ihre Schultern. Die Frau zuckte heftig zusammen.

„Wanda, du musst hier sofort weg!", forderte er, ohne langwierige Fragen zu stellen. „Sonst stirbst du auch noch."

Die Frau stieß einen gurgelnden Laut aus und wollte sich aus seinen Händen winden.

In diesem Augenblick war ein knirschendes Ächzen, wie das erwachende Grunzen eines T-Rex, über ihnen zu vernehmen. Ein scharfer Ruck pflanzte sich durch alle zusammenhängenden Trümmer fort. Große Teile fielen unmittelbar vor ihnen zu Boden. Undeutlich erkannte Irenäus die Umrisse schwerer Zwillingsräder, die auf die Reste der Zugmaschine stürzten.

Die Frau wurde ein Stück nach hinten gestoßen. Irenäus fing ihren Körper ab und trat den Rückzug an. Für einen kurzen Moment fiel sein Blick auf das bleiche Gesicht eines toten Mannes, das aus den Trümmern ragte. Persönlich hatte er Wandas Freund Stanko nie erblickt, aber er war sicher, dass er ihn hier vor sich sah.

Nach kurzer Gegenwehr gab Wanda jeglichen Widerstand auf. Mühsam zerrte er sie durch das Chaos. Plötzlich halfen ihm schmale Frauenhände. Sie gehörten Theresa, die ihm in die Gefahr gefolgt war. Kurz darauf packten auch Karl und Marie mit zu. Wenig später entkamen sie unversehrt der Gefahrenzone. Der gesamte Auftritt dauerte nur wenige Minuten.

Gleich darauf wurde Irenäus durch das grelle Licht mehrerer Scheinwerfer aus seiner abgeschotteten Zeitkapsel gerissen. Die Szenerie änderte sich dramatisch. Martinshörner gellten, Blaulichter wuselten, Menschen schrien durcheinander, die Entweihung des Chaos wurde in Gang gesetzt. Polizei, Feuerwehr und Krankentransport kamen nun in schneller Folge. Die neue Woche begann diesmal etwas früh. Aus den weit auseinander liegenden Häusern an der Straße Unter der Altenburg trotteten neugierige Bürger mit Regenschirmen herbei, manche noch in Bademänteln oder Trainingsanzügen. Die ersten morgendlichen Fahrzeuge auf der Landstraße stoppten ab und vergrößerten den Auflauf. Es war kurz nach halb eins.

Mühsam versuchten Irenäus und Karl durch ihren Glenfiddich-Schleier, Herr der Situation zu werden. Theresa und Marie hatten die inzwischen völlig lethargische Wanda auf den mit Wasser gesättigten Waldboden gelegt. Der Schrotthaufen war jetzt offenbar zur Ruhe gekommen, obwohl er immer noch bedrohlich emporragte.

Für die immer mehr anwachsende Menschenmenge gestaltete sich die Sachlage nicht so übersichtlich wie für unsere vier Helden. Zwischen dem Ort der Katastrophe und der Straße blockierten eine Wand aus Eichen und ein Straßengraben voller Wasser den unmittelbaren Zugriff. Doch diese Hürde wurde von der Behörde ziemlich schnell bewältigt.

Wäre nicht die hilflose Wanda am Boden zusammengekrümmt gelegen, hätten sich die vier Freunde – offen gesagt – schnellstens verzogen. Für sie gab es hier nichts mehr abzumachen. So aber war die Lage etwas anders.

„Was machen wir mit ihr?", fragte Marie die Tochter des Försters.

„Sie hat einen Schock", erwiderte diese fachmännisch. „Vielleicht war das tatsächlich ihr Freund. Am besten, wir übergeben sie dem Rettungsdienst."

Irenäus beugte sich besorgt über Wanda und murmelte: „Für die anderen können wir sowieso nichts mehr tun."

„Welche anderen?", fragten alle gleichzeitig.

„Da liegen noch eine Menge Leichen", sagte Irenäus stockend. „Ich glaube, sie tragen Uniformen."

„Oh Mann!", konnte Karl gerade noch ausstoßen, dann standen auch schon zwei Polizisten vor ihnen. Offensichtlich waren auch sie derart entsetzt und sprachlos, dass es ihnen schwerfiel, die geeigneten Worte zu finden. Der Ältere stellte sich vor und fragte: „Saßen Sie dort etwa drin?"

„Nein!", antwortete Irenäus, der krampfhaft bemüht war, seinen Glenfiddich-Rausch zu überwinden. „Wir kamen zufällig von dort oben und konnten nicht weiterfahren. Dann sind wir hier heruntergerannt, um möglicherweise zu helfen. Aber wir konnten nur diese Frau bergen." Er zeigte auf Wanda, die leicht zuckend im Regen lag.

Irenäus begann, eine Legende aufzubauen. Er wusste, dass die Polizisten überfordert wären, wenn er jetzt mit einer gestohlenen Minoischen Dame, einer Glenfiddich-Fete und einer nächtlichen Verfolgungsjagd auf der Waldautobahn anfangen würde. Aus Erfahrung war ihm geläufig, dass man nichts gewann, wenn man den Bullen zu ehrlich zu komplizierte Sachverhalte gestand. Außerdem ging es hier um ein völlig anderes Drama, das sie fast gar nicht betraf. Bis auf Wanda – und Rita.

Das Sprechfunkgerät des jüngeren Polizisten rauschte: „Wir kommen nicht bis zum Einsatzort, auf der Plattenstraße liegen Bäume und zwei Autos. Schickt die Feuerwehr mit einer Kettensäge her. Kommen!"

Sofort darauf schnarrte es: „Hallo, wie lange braucht ihr? Wir haben hier am Wasserbehälter zwei Verhaftungen und einen Toten. Der Hauptkommissarin scheint es nicht gut zu gehen. Wir brauchen dringend Verstärkung!"

„Scheiße!", schrie der ältere Polizist. „Ich kann Chaos nicht leiden!"

Der Jüngere schrie: „Ein Notarzt! Hierher! Und eine Trage!"

Dann brabbelten alle durcheinander. Plötzlich versuchte Wanda, sich aufzurichten. Mit wirren Augen blickte sie um sich: „Haut ab! Ihr Schweine! Stanko!!"

Zum Glück kam ein Notarzt mit orangener Weste, wie meistens war es Dr. Martin Stielow: „Guten Morgen! Ach, du schon wieder, Irenäus. Du lässt wohl keine Katastrophe aus!"

Er lachte trocken. Inzwischen kannten sich die beiden schon recht gut. Irenäus gab ihm mit müdem Lächeln die Hand. „Ich glaube, die Frau hat einen traumatischen Schock. Am Unfall war sie nicht beteiligt."

„Du weißt schon wieder alles, was?", feixte der Notarzt. „So ein abenteuerliches Leben wie du möchte ich auch haben."

Trotz der Dramatik musste der Privatdetektiv lachen. „Du könntest ja am frühsten Morgen Hammer-Sprüche klopfen! Sind dir deine Katastrophen zu fade?"

Dr. Stielow beugte sich über Wanda und fragte etwas in leisem Ton. Dann sagte er zum Rettungssanitäter: „Sie ist nicht ansprechbar. Eine Spritze, schnell!"

Irenäus wollte besorgt dabei sein, aber der ältere Polizist fragte: „Sie sind Irenäus Moll?"

„Ja!", antwortete dieser.

„Hatten Sie mit dem Geschehen etwas zu tun?", wollte der Mann genervt wissen.

„Nein", sagte Irenäus. „Es war reiner Zufall. Wir kamen von einer Feier."

„Man riecht es!", nörgelte der Polizist. „Dann können Sie gehen. Herr Wabenmond ist uns ja ebenfalls bekannt. Wir werden Sie bald befragen. Auf Wiedersehen!"

So einfach ging das, dachte Irenäus. Wanda wurde bereits auf eine Trage geschnallt. Immer mehr Polizisten und Feuerwehrleute drangen in den Wald vor. Laufend kamen neue Fahrzeuge mit Blaulicht. Die Chaussee schien inzwischen gesperrt. Das Chaos begann, sich zu organisieren. Erst jetzt machte sich Irenäus Gedanken um Rita. Was war mit der Hauptkommissarin geschehen?

„Los, weg hier!", raunte Karl den anderen zu. „Ehe die es sich anders überlegen."

Keuchend stapften die vier den modderigen Weg hinauf. Sie waren völlig vom Wasser durchtränkt, aber das machte ihnen schon nichts mehr aus.

„Mann, Papa!", stöhnte Theresa. „So sehen also Privatdetektive aus. Das ist ja extrem anstrengend!"

Karl antwortete nicht. Sie erreichten die Plattenstraße. Die Feuerwehrleute hatten bereits die Bäume zersägt und Wandas BMW zur Seite gezogen. Gerade wollten sie die Stahltrosse an Irenäus' Daimler befestigen.

„Nein!", schrie der und sprang dazwischen. „Das machen wir schon selber!"

Viele Paare Augen richteten sich auf die untypischen Wassergeister. Die Eindrücke dieser Nacht waren für alle niederdrückend.

„Gib mir die Schlüssel und setze dich neben mich", sagte Irenäus zu Theresa. Eine Minute später saßen sie im Mercedes. Irenäus fuhr rückwärts den Berg hinauf, so schnell er konnte. Dabei sagte er aufgeregt: „Ich glaube, wir müssen jetzt auch noch Rita retten!"

Undeutliches Protestgemurmel antwortete ihm von allen Seiten.

XXXVII

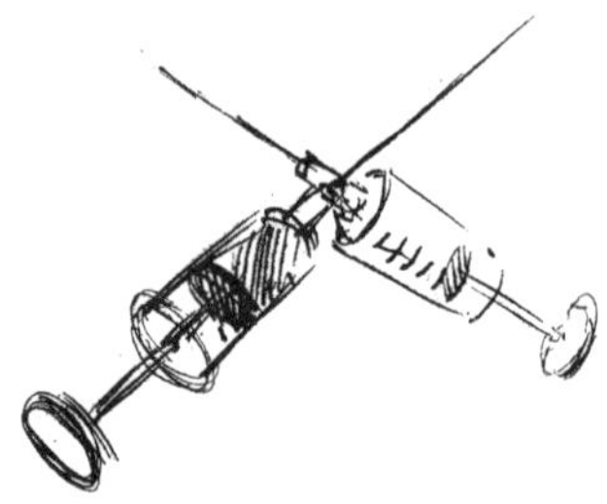

Ein paar Autolichter rasten hinter den Schlehenbüschen, die rund um die Wasserbehälter angepflanzt waren, hervor. Rita bremste ihren Lauf ab. Der Wagen steuerte genau auf das Paar flüchtender Baggerdiebe zu. Der Hauptkommissarin stockte der Atem, der unbekannte Wagen schien abzubremsen. Die beiden Flüchtenden sprangen entsetzt zur Seite und landeten der Länge nach im Schlamm. Das Fahrzeug fuhr einen Schleuderkurs zwischen ihnen und ihrem Kleinbus, umrundete die am Boden liegende Person des Anführers und verschwand zwei Sekunden später im Wald, auf der Strecke, die der Tieflader genommen hatte. Rita meinte, es wäre ein BMW gewesen, vielleicht sogar ein Cabriolet.

Sie wollte nun endlich ihren Zugriff realisieren, als ein zweites Paar Lichter herangerast kam. Oh Mann, was war hier los? Ein dunkler Mercedes Kombi führte im Prinzip dieselben Fahrmanöver durch wie das vorhergehende Auto. Nur diesen Wagen erkannte Rita sofort. Irenäus veranstaltete mitten in der Nacht bei strömendem Regen eine Autojagd. Was hatte das zu bedeuten? Hing es mit dem gestohlenen Bagger zusammen? Das war unwahrscheinlich. Es ging um einen ihr unbekannten Fall, das spürte sie plötzlich. Bestimmt wollte Irenäus mit ihr neulich darüber reden, als sie ohne Gewissensbisse fremdgefickt hatte … Und nun kam die Rechnung.

Sie konnte sich diesen Gedanken nicht weiter widmen. Rote und blaue Lichtreflexe tauchten die Umgebung in das Ambiente einer Geisterbahn. Erst jetzt nahm sie das Martinshorn wahr. Die beiden Diebe blieben einfach im Dreck liegen. Muss ein super Gefühl sein, dachte Rita.

Trotzdem war Vorsicht geboten. In ihrem Ohr sagte die Stimme der Zentrale: „Achtung, Frau Hauptkommissarin! Der Kontakt zum SEK ist abgebrochen. Irgendetwas ist passiert. Wissen Sie nähere Einzelheiten?“

Rita keuchte: „Negativ! Sie sind hier nicht angekommen. Wir nehmen gerade zwei Personen fest. Eine Person wurde verletzt. Wir brauchen dringend einen Notarzt! Und Verstärkung! Ende!“

Sie war wütend. Was lief hier eigentlich in einer Sonntagnacht ab? Nichts schien zu funktionieren.

Inzwischen hatten sie alle drei den Tatort erreicht. Auch der stumme Polizist sprang mit vorgehaltener Waffe aus dem Polizeiauto.

„Nehmt ihr euch die beiden da vor!“, rief Rita. „Ich schaue mir den hier an. Und seht euch vor! Sie könnten auch Waffen haben.“

Die beiden Männer blieben einfach im Schlamm liegen und streckten bereits prophylaktisch die Hände hinter den Kopf. Der dritte lag weiterhin stumm im strömenden Regen. Saublöde Situation!, dachte Rita und ging mit vorgehaltener Pistole auf die Gestalt zu. Wenn er im letzten Augenblick mit einer verborgenen Waffe schoss, konnte es für sie noch ein böses Ende nehmen.

Doch er schoss nicht. Er bewegte sich auch nicht. Er lag nur stumm im flüssigen Dreck.

Rita sah nun, dass sein Gesicht nach oben gerichtet war. Dort gab es viel Blut, das der Regen nach und nach von der Haut wusch. Mit vorgehaltener Waffe trat sie gegen den Fuß des Mannes und rief: „Keine Bewegung! Ich mache von der Schusswaffe Gebrauch!“

Doch der Körper bewegte sich nicht. Der Fuß fühlte sich schlaff und kraftlos an. Höchstwahrscheinlich war der Mann tot. Ihr wurde ein wenig übel. Es war doch ein Unterschied, einen Toten zu sehen oder einen Menschen, der man selbst erschossen hatte. Widerstrebend richtete sie den Spot der kleinen Lampe auf sein Gesicht.
Schaudernd sah sie das viele Blut, das, teils rötlich mit Wasser vermischt am Kopf herunterrann, teils schwarz verkrustet, einen Krater umklebte. Sie hatte sein Auge getroffen. Er musste sofort tot gewesen sein, als das Geschoss ins Gehirn eindrang.

Diese Erkenntnis war Ritas letzter objektiver Gedanke. Gleich darauf realisierte sie, dass der Tote Darko war. Zuerst bemächtigte sich ihrer eine lähmende Schwäche, doch dann begann sie mit fieberhaftem Eifer, das nasse Wasser-Blut-Gemisch von seinem Gesicht zu wischen. Ihre Bewegungen wurden immer hektischer. Sie riss der Leiche die Kapuze vom Kopf und zerrte den Reißverschluss der Jacke auf. Schwarze Locken quollen hervor, stachelige Bartstoppeln, die begehrte Schulterpartie …

„Nein!“, Rita warf sich nach hinten. „Nein!“, schrie sie vor Schmerz. „Das kann nicht sein! Es kann nicht sein!“

Als die kleine blonde Polizistin mit der Nickelbrille zu ihr gelaufen kam, hatte sich bereits eine Nebelwand über das Bewusstsein der Hauptkommissarin gesenkt.

XXXVIII

„Oh Mann, das ist ja wie im Fernsehen", sagte Theresa aufgeregt und schaute Irenäus an. „Soll ich lieber wieder fahren?"

„Besser wär's!", gab Marie ihren Kommentar. Und der war ausschlaggebend. Irenäus und Theresa tauschten die Plätze.

„Wartet mal!", meldete sich Karl. „Was wird denn nun mit der Minoischen Dame? Willst du sie so kampflos preisgeben?"

„Was sollten wir deiner Meinung nach tun?", fragte Irenäus mit leichtem Unmut. „Sollen wir dieser aufgescheuchten Polizeitruppe auch noch mit einem gestohlenen Artefakt von Atlantis kommen?"

„Wir könnten sie uns auch aus dem BMW holen", schlug Marie vor.

„Erstens kriegen wir den ohne rohe Gewalt nicht auf", entgegnete Irenäus, „und zweitens ist ja gar nicht gesagt, dass sie überhaupt da drin liegt."

„Und warum ist sie dann vor uns geflohen?", überlegte Theresa.

„Ich glaube, diese Frau hat eine volle Macke", brach es aus Irenäus hervor. „Alle Anzeichen sprechen dafür. Vielleicht war ihr nach Autojagd oder sie fühlte sich vereinnahmt. Möglicherweise hatte sie die Figur aber doch … Ich weiß auch nicht."

„Ich glaube, wir sollten schnell bergauf fahren!", rief Karl. „Ich höre eine ganze Armada von Fahrzeugen kommen. Los, Theresa! Wir kriegen die Statuette jetzt nicht mehr."

Theresa trat aufs Gas. Höchstens zwei Minuten später standen sie hinter dem silberblauen Streifenwagen. Ihnen bot sich ein traumatisches Anblick. Vor einem Kleinbus wurden zwei kaum noch als Menschen erkennbare Wesen, die von oben bis unten mit Schlamm überzogen waren, durch einen Polizisten in Schach gehalten. Einige Meter davor lag eine Gestalt, die schon fast mit dem Schlamm des Untergrunds verschmolzen war. Eine zweite Person hockte darüber und schien sich die Haare zu raufen. Irgendwie kam sie Irenäus und Karl bekannt vor. Daneben versuchte die kleine Polizistin mit der Nickelbrille scheinbar, beruhigend auf sie einzuwirken.

„Das ist Rita!", sagte Karl aufgeregt. „Was ist denn mit der passiert?"

„Sie scheint gerade durchgedreht zu sein", erwiderte Theresa resigniert.

Irenäus hatte bereits die Tür aufgerissen. Er stürzte zu der Unterwasser-Pieta-Gruppe und sagte zu der kleinen Polizistin: „Morgen! Was hat sie denn?"

„Morgen, Herr Moll!", erwiderte die Frau. Man kannte sich inzwischen. „Ich weiß es auch nicht. Sie ist völlig weggetreten."

Irenäus wurde sehr besorgt. Sanft fasste er Rita an der Schulter, die sich über den, wie er jetzt sah, blutbeschmierten toten Mann warf, dessen Gesicht, wie er dann feststellte, grässlich zugerichtet war. Immerzu schrie oder besser, röchelte sie: „Es kann nicht sein! Nein, nein, nein!"

„Rita!", sagte Irenäus beschwörend. „Was ist passiert? Komm! Steh auf! Hier ist Irenäus!"

„Nein, nein, nein!", schrie seine Geliebte und klammerte sich an den Toten. So recht konnte Irenäus mit dieser Situation nicht umgehen. Die Polizistin ging jetzt zu ihrem Kollegen, um diesem Hilfe zu leisten.

Marie hockte sich zu Irenäus: „Lass sie! Sie ist völlig durch den Wind. Man möchte meinen, sie hat ihren Geliebten erschossen …"

Marie war ausgesprochen intuitiv. Irenäus fragte ungläubig:
„Ihren Geliebten? Dieser Gangster? Wie kommst du darauf? Vor einer Woche lagen wir noch im Bett!"

„Hast du nicht gesagt, sie war die ganze Woche nicht bei dir?", flüsterte Marie ihm schnell zu, dann hatte die Armada sie erreicht. Polizei, Notarzt, Feuerwehr, Staatsanwalt usw., es wurden immer mehr Menschen.

Irenäus zog Rita ein Stück zurück und versuchte, ihr ins Gesicht zu schauen. Die Frau schluchzte laut und warf sich nun um seinen Hals. Allerdings war sein Eindruck, dass sie ihn gar nicht erkannte.

„Moment mal!", sagte hinter ihm der Notarzt Dr. Stielow. „Ich glaube, sie braucht eine Beruhigungsspritze. Sie ist ja völlig aus dem Häuschen."

Dann erkannte er Rita und meinte erstaunt: „Frau Hauptkommissarin, was ist denn mit Ihnen passiert? Erkennen Sie mich?" Aber Rita nahm weder Irenäus noch den Notarzt wahr. Mit einem schrecklichem Blick wollte sie sich loswinden, doch

Stielow setzte ihr blitzschnell die Spritze. Nun kamen auch die Rettungssanitäter.

„Auch nach Ballenstedt!", wies der Notarzt lapidar an. Dann sagte er zu Irenäus: „Die muss erstmal wieder zu sich kommen. Du kannst da jetzt gar nichts machen, Irenäus. Außerdem bist du besoffen. Ruf mich morgen mal an. Ich sage dir, was los ist."

„Danke!", erwiderte dieser niedergeschlagen. „Was meinst du, was ist passiert?"

„Es sieht so aus, als hätte sie einen ihr sehr nahe stehenden Menschen getötet", meinte der Arzt und fasste Rita unter die Achsel. Auf der anderen Seite griff der Sanitäter zu. „Am besten, ihr fahrt nach Hause."

Irenäus erhob sich. Rita wurde in einen Krankenwagen gesetzt. Die Freunde befanden sich in einer Wolke von Beamten. Man legte ihnen nahe, endlich zu verschwinden. Theresa steuerte den Daimler behutsam durch das Chaos. Irenäus warf einen letzten traurigen Blick in Ritas Richtung, als der Rettungssanitäter die Türen schloss, dann wandte er sich ab und stieg in sein Auto.

Schweigend fuhr die Försterstochter durch den aufgeweichten Wald. Der Regen ließ nun merklich nach. Einige Minuten später kamen sie auf Irenäus' Grundstück an.

„Kommt!", sagte der. „Wir trinken ein Bier auf diese vielen Schicksalsschläge."

Kopfschüttelnd blickten sich die beiden Frauen an, während Karl Wabenmond feststellte: „Das ist eine gute Idee, wenn man zwei Frauen auf einen Schlag verloren hat."

„Schau lieber erstmal nach, was deine dritte Frau so treibt", lächelte Marie hintergründig.

Irenäus wusste nicht so recht, ob diese Bemerkung eine sehr direkte Aufforderung zu irgendetwas darstellen sollte, und schaute deshalb verunsichert in Maries Augen. Die blickte ihn sehr belustigt an: „Ich meine natürlich deine Minoische Dame."

„Oh ja!", rief Irenäus schnell und stürmte in die Küche. Von da aus verschwand er im Studiersalon. Langsam folgten die drei anderen. Sie mussten nicht lange warten, bis Irenäus zurückkehrte: „Die Minoische Dame hat sich verabschiedet. Zweifelsfrei!"

„Na, so was!", sagte Marie empört. „Und was machen wir nun?"

„Uns ist ein kapitaler Lapsus unterlaufen", erklärte Karl. „Wir hätten deine merkwürdige Liebschaft nicht bedauern sollen, sondern ihr die Autoschlüssel abnehmen müssen! Dann hätten wir jetzt eventuell noch eine Chance. Aber so bleibt uns nur dein Bier. Wo ist es eigentlich?"

Deprimiert holte sein Freund ein paar Flaschen Hasseröder aus einem Kämmerchen. Er stellte vier Gläser auf die Tischplatte, auch die Frauen tranken gierig. Sie waren allesamt unterhopft und frustriert. Zwar hatten sie ein wahnsinniges Abenteuer erlebt, aber es hinterließ nichts als einen sehr schalen Nachgeschmack.

Irenäus hatte, wenn er ehrlich in sein Inneres schaute, bis zum bitteren Ende geglaubt, dass Wanda ein liebes Mädchen sei und die Figur noch auf seinem Schreibtisch stünde. Nun beschieden ihm seine Götter das zweifelhafte Glück, ent-täuscht zu sein. In seinem Leben gab es eine Täuschung weniger.

„Was wirst du nun unternehmen, Irenäus?", fragte Theresa empört. „Lässt du dir das einfach so bieten?"

„Schwierige Frage", meinte der und schüttete allen neues Bier in die Gläser. „Soll ich zur Polizei gehen? Irgendwie habe ich davor Schiss. Ihr wisst, dass die Geschichte dieser Figur nicht ganz astrein ist. Und dann dieser Blutfleck in meiner Küche ... Irgendetwas ist hinter meinem Rücken gelaufen, das ich aus Dummheit verpasst habe. Wenn wenigstens Rita ..." Er unterbrach sich und schaute traurig in sein Bierglas.

„Ja, das war, gelinde gesagt, auch merkwürdig", warf Marie ins Gespräch. „Dass Rita beim Anblick dieses Toten einen totalen Zusammenbruch hatte, kann für mich nur eine Ursache haben ....Also, bei dieser Wanda verstehe ich das noch, wenn ihr Liebhaber tot vor ihr liegt. Und dann noch auf diese Art und Weise ..."

„Meinst du, sie sind beide in die Klapper gekommen?", fiel ihr Karl unsensibel ins Wort. „Vielleicht war Rita nur so geschockt, weil sie zum ersten Mal einen Menschen erschossen hat. Ich selber habe schon so viele Tiere getötet. Aber einen Menschen – das ist nicht ohne!"

„Deine Tierschlächterei ist sowieso eine sehr bedenkliche Problematik,", empörte sich Marie, „mit der ich noch nicht fertig bin!"

„Aber Rehrücken isst du gern, was?", brummte Karl zurück.

„Hört auf!", befahl Theresa. „Also, ich würde sagen, dass du, Irenäus, nachher ausfindig machst, wo sich Rita und Wanda befinden. Und wenn wir das wissen, starten wir eine konzertierte Aktion und holen die Statuette zurück."

„Konzertiert!“, wiederholte Irenäus bitter. „Wisst ihr was? Titus und ich gehen jetzt ins Bett. Wenn mir die Götter gewogen sind, formen sie heute im Schlaf einen Lösungsvorschlag in meinem Hirn.“

„Gute Idee!“, rief Karl. „Und wie kommen wir nach Hause?“

„Nehmt den Daimler“, sagte Irenäus und ging zur Treppe. Er gab Marie einen Kuss auf die Wange und strich Theresa übers blonde Haar. „Ihr könnt ihn ja irgendwann in den nächsten Stunden zurückbringen.“

Einige Minuten später lag er im Bett. Titus durfte sich ausnahmsweise neben ihn legen. Viel Schlaf wurde ihm allerdings nicht zuteil. Zwar baute seine Leber mühsam den edlen Glenfiddich ab, doch seine Gedanken fuhren Achterbahn.

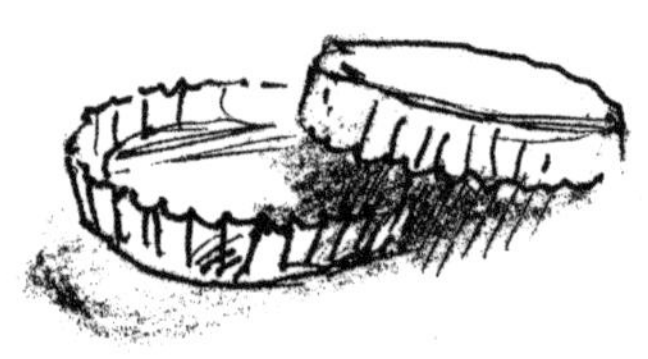

XXXIX

Erst zur Mittagszeit spürte Irenäus eine drängende Berührung, die ihn aus einem sehr tiefen Schlaf in die Wirklichkeit zurückholte. Ein Kopf mit halblangen schwarzen Haaren schwebte undeutlich vor seinem Gesicht. Irenäus strich mit der Hand durch dieses weiche Schwarz und erhielt dafür einen sanften Kuss mit der Zunge. Wanda ist wieder da, zuckte es durch seinen schmerzenden Schädel, und er wurde schnell munter. Als er in die auffordernd blickenden Augen von Titus schaute, dessen Haupthaar er hingebungsvoll kraulte, löste sich diese Sinnestäuschung ent-täuschend rasch auf. Der Hund wollte ihm zu verstehen geben, dass sie beide das Schlafgemach langsam wieder verlassen sollten. Im Raum war es stickig und klamm von der Feuchtigkeit, die Herr und Hund aus der vergangenen Nacht mitgebracht hatten. Durch das schräg liegende Fenster schien die Sonne. Es regnete nicht mehr.

Irenäus erhob sich, stieg ächzend die Holztreppe hinab und stieß gleich darauf die Haustür auf. Blendende Aprilsonne schüttete ihre Photonen über ihn aus. Das brachte ein wenig Zuversicht. Er bereitete für sich und Titus ein spätes Frühstück und setzte sich ins Freie. Der Boden war aufgeweicht, und das frische Grün triefte vor Nässe. Warme Luft erreichte plötzlich das Land und fegte den Himmel frei. Wasserdampf stieg von den feuchten Oberflächen der Dinge in Wölkchen nach oben.

Derartige schnelle Wechsel von gestern auf heute geschahen seit Jahren immer öfter, angeblich waren sie eine Folge des von Menschen verursachten Klimawandels. Irenäus glaubte nicht so recht an diese Hypothese. Dafür war die Kraft der Menschen zu gering, wenn allein ein Vulkan auf Island pro Sekunde mehrere Kubikkilometer Staub ausstieß, eine Menge, die europäische Automobile mit ihren grünlichen Plaketten in den Nanopromille-Bereich der Verursacher verwies. Für ihn waren sogenannte klimaschützende Maßnahmen nichts anderes, als ein grandioses Wirtschaftsförderungsprogramm einer wohlbekannten Lobby. Wollte man Land, Wasser und Luft mit ihrer Fauna und Flora, aber auch den Menschen wahrhaftig schützen, waren wesentlich unangenehmere Maßnahmen angesagt – insbesondere für die Wachstums-Macher!

Er verspürte kaum Hunger und nippte an seinem Kaffee. Dabei sann er darüber nach, wie alles mit allem zusammenhing und welche Schritte er nun einschlagen sollte. Er dachte an Rita, die er jetzt dringend brauchte. Ohne sie würde er die Statuette wahrscheinlich nicht zurückbekommen. Doch Rita gab es vielleicht gar nicht mehr. War sie tatsächlich durchgedreht wegen eines üblen Typen, der Baumaschinen klaute? Wie lange kannte sie den schon? Nur eine Woche oder hatte sie das Verhältnis so gut vor ihm verheimlicht, dass er nichts mitbekam? Warum nahm sie sich einen derart beknackten Mann, der konnte doch gar nicht feinsinnig und intelligent sein? Waren die Weiber alle durchgeknallt oder lag es an der pausenlos einwirkenden Handystrahlung? Mit Wanda war es doch dasselbe. Auch sie begnügte sich mit einem Lastwagenfahrer. Lag es vielleicht an den in der Nahrungskette angereicherten Östrogenen aus der Tiermast und den menschlichen Hormonbehandlungen? Bis jetzt dachte er, nur Männer wären schwanzgesteuert, aber für Frauen schien das ja in viel verheerenderem Maße zuzutreffen …

Gerade als Irenäus Gefahr lief, sich im Dschungel seiner Gedanken zu verirren, ertönte nicht weit entfernt ein Motorengeräusch. Titus spitzte die Ohren und wedelte mit der Rute. Kurz darauf nahte der Daimler Kombi zwischen den Büschen. Karl Wabenmond stieg heraus. Die Freunde begrüßten sich, und der Förster bekam ebenfalls einen Kaffee.

„Weißt du schon, was zu tun ist?“, fragte Karl gespannt.

„Ich überlege noch“, erwiderte Irenäus. „So nah stand mir die Figur eigentlich gar nicht. Vielleicht sollte ich sie wirklich einfach ziehen lassen.“

„Du gibst aber schnell auf!“, schimpfte Karl. „Willst du dieser Wanda ihren Erfolg lassen?“

„Sie wird sich daran nicht ergötzen können“, wandte Irenäus ein und spielte mit dem Brotmesser. „Jetzt sitzt sie erstmal in der Irrenanstalt.“

„Sie kommt dort auch wieder raus“, gab sein Freund zu bedenken. „Diese kurze Zeitspanne sollten wir nutzen, um uns die Minoische Dame wieder zu holen!“

„Und wie willst du das machen?“, fragte Irenäus skeptisch. „Ihr Auto knacken? Bei ihr zu Hause einbrechen? Wir wissen nicht einmal, wo der BMW steht.“

„Dann lass uns suchen!“, rief Karl ungeduldig. „Auf der Plattenstraße steht er jedenfalls nicht mehr. Dort herrscht ein heilloses Tohuwabohu. Sie bergen gerade die Trümmer.“

„Also hat ihn schon jemand weggefahren", jammerte Irenäus. „Vielleicht war sie es sogar selber ..."

„Hast du noch nicht den Notarzt angerufen, um zu erfahren, was aus den Frauen geworden ist?", empörte sich Karl. „Was ist los mit dir? Hast du auch einen Schock?"

„Ich habe bis eben geschlafen", erwiderte der Detektiv pikiert. „Aber ich tue es jetzt. Ohne Rita kommen wir wahrscheinlich nicht an die Figur, jedenfalls nicht legal."

Irenäus erhob sich und ging ins Haus. Es war bereits früher Nachmittag. Stielow war am Apparat: „Hallo, Irenäus, ich habe bereits auf deinen Anruf gewartet. Viel kann und darf ich dir nicht sagen, aber soviel dennoch: Rita wird in der Außenstelle Ballenstedt behandelt, in der Psychiatrie. Ich hoffe, sie kriegt sich schnell wieder ein. Derartige Zusammenbrüche kommen öfter vor. Besuche sie am besten bald, aber nicht heute. Man wird sie stufenweise erwachen lassen. Morgen kannst du schon hinfahren. Alles klar?"

„Noch eine Frage, Martin!", beeilte sich Irenäus. „Die andere Frau, Wanda Uhland, liegt die dort auch oder ist die schon wieder zu Hause?"

„Die ist auf jeden Fall dort", erwiderte der Notarzt belustigt. „Ihr Zustand war wesentlich kritischer, sie war tatsächlich kurz vor dem Abdriften. Sag mal, Irenäus, hast du etwa einen neuen Fall in Arbeit? War es gar kein Zufall, dass du sie gerettet hast?"

„Nicht ganz, lieber Martin, aber mehr kann ich auch nicht verraten", ging Irenäus auf den verschwörerischen Tonfall ein. „Was haben die eigentlich mit ihrem Auto gemacht? Das steht nicht mehr dort."

„Na, ich merke schon ...", Stielow frotzelte weiter. „Die Polizei lässt diese Autos von einer Werkstatt abschleppen. Dort können sie abgeholt werden. So, ich muss weitermachen. Tschüss!"

„Vielen Dank!", rief Irenäus und schaute versonnen vor sich hin. Dann erzählte er alles Karl Wabenmond.

„Du hast Recht,", überlegte dieser im Anschluss, „ohne Rita kommen wir nicht weiter. Selbst wenn wir herausfinden, wo der BMW steht, müssten wir ihn knacken. Puuh! Da machen wir uns ganz schön strafbar. Ich glaube inzwischen, dass die Dame unter dem Tuch auf dem Sitz lag. Hoffentlich haben sie den Wagen geschlossen abtransportiert, sonst ist das Teil vielleicht schon über alle Berge. Wir können jetzt nur noch deinen Freund Heinz Schropel um Hilfe bitten ..."

„Nein!", rief Irenäus empört. „Das geht überhaupt nicht! Selbst wenn er sich mir gegenüber nicht abweisend benehmen würde, müssten wir ihm doch die Geschichte der Minoischen Dame erzählen. Und du weißt, der einzige Bulle, der davon Kenntnis besitzt, ist Rita. Nein, das könnte eine ganze Lawine lostreten. Andererseits müsste ich dann zwangsläufig eine Strafanzeige gegen Wanda stellen wegen Diebstahl. Und das möchte ich nicht!"

„Du willst diese blöde Kuh auch noch schützen?", begehrte Karl auf und holte zwei Flaschen Hasseröder aus dem Haus. „Sie hat mit dir gespielt, sie hat dich benutzt – und beklaut. Diese Frau kannst du abschreiben!"

„Ja, ja!", sagte Irenäus unwillig. „Trotzdem müssten wir der Polizei erklären, dass diese Figur vielleicht von Atlantis stammt, dass sie aus Bergerz und möglicherweise extrem wertvoll ist. Dann ist es nur noch ein geistiger Katzensprung bis zu Professor Westermann und seinem Blutfleck – in meiner Küche! Wir sollten zumindest erstmal rauskriegen, ob dieser Fahrradfahrer, der zur gleichen Zeit hier gewesen ist, wirklich der Freund von Wanda war."

„Na, das ist ja wohl klar!", sagte Karl und prostete ihm zu. Die Nachmittagssonne schien inzwischen heiß von einem azurblauen Himmel. „Oder zweifelst du daran immer noch? Der Fahrradfahrer war der Freund von Wanda Uhland! Während sie dich durch die Quedlinburger Scheinwelt geschleift hat, war er hier und hat versucht, die Dame zu klauen. Nur ist ihm dabei der Prof in die Quere gekommen."

„So sehe ich das auch", überlegte Irenäus. „Nur fragen können wir ihn nicht mehr. Komm! Wir fahren jetzt zu Wandas Haus. Vielleicht steht der BMW schon vor der Tür oder wir entdecken irgendetwas anderes."

Er stellte das halb ausgetrunkene Bier zur Seite und ging zum Daimler. Zehn Minuten später hielten sie vor Wandas Grundstück.

Die Nachmittagssonne schien fast sommerlich auf den Südhang der Schichtrippe. Die Schatten der Kiefern waren noch frühlingshaft lang. Mit wenigen Blicken stellten die beiden Männer fest, dass das Grundstück einsam und verlassen schien.

„Sie ist tatsächlich noch in der Anstalt", sagte Irenäus und schaute sich den aufgeweichten Boden der Auffahrt gründlich an. „Seit gestern ist hier kein Fahrzeug mehr gefahren."

„Lass uns trotzdem hineingehen", forderte ihn Karl auf und schob bereits das Eingangstor auf. „Unverschlossen. Das hat sie wohl von dir abgeguckt? Spiegeleffekt bei frisch Verliebten."

Er grinste und Irenäus drohte ihm mit der Faust. Sie betraten die Rasenfläche unter den Kiefern und gingen einen sanften Abhang hinauf.

„Soweit bin ich noch nie vorgedrungen“, räsonierte Irenäus und entdeckte die vielen Blumen, die allerorten angepflanzt waren. „Vielleicht besitzt sie ja doch ein Herz.“

„Nimm sie nicht ständig in Schutz!“, meinte der Förster. Eine schwarzweiße Katze kam kläglich miauend auf sie zu. „Ne’ Katze hat sie auch. Nett, was?“

Irenäus hörte darüber hinweg. Sie erreichten die unteren Stützsäulen der Veranda. Dort stand ein Mountainbike angelehnt. Karl fragte: „Ist es das?“

Sein Freund besah das Profil der Reifen: „Mit an Sicherheit grenzender Wahrscheinlichkeit. Die Statuette hat also beide Männer getötet. Ziemlich unheimlich. Insoweit könnte der Fall gelöst sein. Die Frage ist nur: Welche Rolle spielte Wanda im Gesamtgeschehen?“

„Sie hat die Fäden hinter allem gezogen“, vermutete Karl und stieg die Treppe aus Robinienholz hinauf. „Dann ist es ihr nur aus dem Ruder gelaufen.“

„Und da hat sie beschlossen, die Statuette selber zu rauben“, setzte Irenäus fort.

Alle weiteren Türen waren verschlossen. Durch ein großes Fenster sahen sie viele Computer und verwandte Gerätschaften. „Ziemlich steril“, stellte Irenäus fest.

Als sie wieder im Daimler saßen, meinte er: „Wir könnten nun noch den BMW suchen. Aber wir werden ihn nicht finden.“

„Und wenn wir ihn doch finden“, ergänzte der Förster, „bekommen wir die Tür nicht auf. Da könnte uns nur ein Mensch helfen …“

„Rita!“, knurrte Irenäus missmutig.

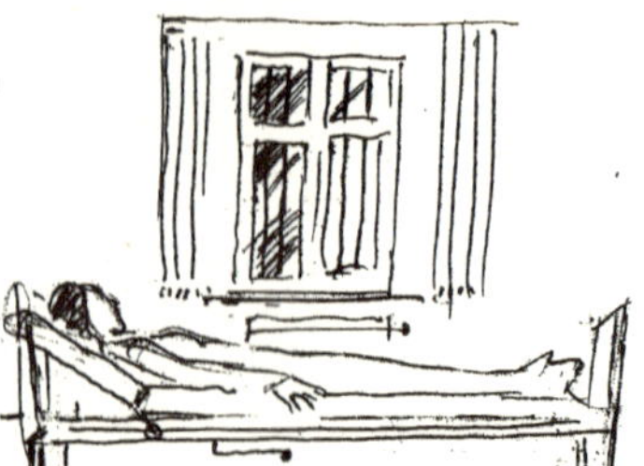

XL

Dunkelheit. Zäher schwarzer Morast. Geruchlos. Durchtränkt von Blut und menschlichen Überresten. Alles klebte, keine Bewegungsmöglichkeit. Schwärze, Schleim und dumpfe Wärme, das war alles.

Keine weiteren Sinneseindrücke.

Später ein trüber Lichtschein. Der Morast klebte immer noch zäh an allen Gliedmaßen. Abgestandene, antiseptisch riechende Luft, zu warme Atmosphäre, stickig und schwül. Weiße Flächen, helles Licht, Sonnenschein. Trauer. Warum?

Zögerlich kehrte die Seele in den Körper zurück. Es schmerzte. Warum?

Wanda versuchte, ein Auge zu öffnen. Es gelang nach einigen Minuten. Das Zimmer war klein und weiß. Durch ein geschlossenes Fenster (ohne Griff) schien leuchtend die Sonne. Wo war der Morast? Was war passiert? Sie befand sich in einem Grenzzustand. Und da sie dieses Phänomen bereits kannte, wurde es ihr auch sehr schnell bewusst. Ihr Geist und ihr Körper mussten hochschalten. Sie zwang sich zu denken – das war immer gut. Sich nur nicht zurückfallen lassen. Jede Stunde war wertvoll und wichtig.

Sie lag in einem Krankenhauszimmer. Das wurde ihr plötzlich klar. Ganz allein. War sie krank? Operiert? Ein Unfall? Behutsam untersuchte sie ihren Körper, zuerst nur im Geiste, mit ihrem Sensorium. Scheinbar nichts, nirgends Schmerz, kein Verband. Dann versuchte sie, sich zu bewegen. Es war kaum möglich. Ihre Glieder lagen wie Watte, als wären sie fremdgesteuert. Sie stand unter Drogen. Was war geschehen? Sie entdeckte die Kamera unter der Zimmerdecke. Das nervte. Ihre Gedanken verwirrten sich. Sie versuchte, dagegen anzukämpfen. Doch plötzlich kehrte der zähe Schleim zurück. Sie versank erneut in der Morastsuppe …

Stanko war tot. Das war der erste Gedanke, als sie erneut aufwachte. Es ließ sie relativ kalt. Hatte sie Stanko geliebt? Wie war er gestorben? Wanda schlug die Augen auf. Trübe Beleuchtung im immer gleichen Zimmer. Warum lag sie hier? Mühsam versuchte sie, ihre Gliedmaßen zu bewegen. Diesmal ging es, wenn auch sehr mühsam und schleppend. Alles schien heil zu sein.

Stanko war tot. Erneut dieser Gedanke. Sie fühlte sich leer und ausgebrannt. Fetzenhaft flogen Erinnerungsbilder durch ihren Geist. Sie waren mehrere Jahre zusammen gewesen. Hatte sie ihn geliebt?

Wie war er gestorben? Unverhofft kam die Erinnerung an die vergangene Nacht. Sie erschauderte. Und wieder sah sie das Gewirr von gigantischen Maschinen- und so verletzlichen Menschenteilen vor ihren inneren Augen. Es war kein angenehmer Tod gewesen, aber ein schneller, tröstete sie sich. Was in aller Welt hatte Stanko dort zu suchen? Was hatte er transportiert in dieser verfluchten Regennacht? Warum stand am Wasserbehälter die Polizei, erinnerte sie sich, warum diese Rita?

Die Erinnerung kehrte immer plastischer zurück. Was hatte ihr dieser Mann verheimlicht? Ach, es tat so weh in der Seele. Sie weinte ein bisschen.

Plötzlich dachte sie an ihr Cabrio. Was war aus dem geworden? Stand es noch dort? Und die Figur? Ach, die Figur, die gab es ja auch noch! Und Irenäus Moll, der sie verfolgt hatte. Dieser Mensch überschritt eindeutig Grenzen!

Sie brauchte ihr Handy! Wo waren ihre Klamotten? Man hatte sie entkleidet und in ein weißes Hemdchen gesteckt. Schweinerei! Sie musste unbedingt aufstehen und ihr Handy suchen. Draußen war es dunkel. 24 Stunden hatte sie hier bereits vertrödelt und jede Stunde …

Wanda wollte sich erheben. Da ging die Tür. Eine blonde Krankenschwester mit kräftigem Körper kam herein und ohne Umschweife auf ihr Bett zu. Dabei tönte sie: „Na, das lassen wir mal lieber!“

Mit sanfter, aber kompromissloser Gewalt drückte sie Wanda ins Bett zurück.

Diese protestierte: „Lassen Sie das gefälligst! Helfen Sie mir lieber auf!“

„Nein, nein!“, erwiderte die Schwester begütigend und zog eine Spritze auf. „Ich habe meine Anweisungen. Jetzt wird schön geschlafen.“

„Sind Sie wahnsinnig geworden?“, schrie Wanda voller Angst. „Ich will munter werden und nicht schlafen!“

Schweigend griff sich die Blondine Wandas Arm. Ihr Handgriff war härter als der von Stanko. Blitzschnell streifte sie die Decke zurück, zog den Arm zu sich heran und stach in die Vene. Die Frau war im Training!

Doch Wanda kannte sich aus im Zweikampf mit Grabschern. Mit einer unvermuteten Drehbewegung befreite sie den Arm. Die Spritze flog durch die Luft und landete auf dem Fußboden. Sie war noch halb gefüllt.

Die Krankenschwester machte ein mürrisches Gesicht Und sagte: „Na, na, Kindchen, so geht das nicht! Nun muss ich Ihnen noch eine geben. Kostet doch alles Geld!"

Wandas dunkelblaue Augen blitzten gefährlich auf: „Wenn Sie das tun, kriegen Sie eine Klage an den Hals, die sich gewaschen hat. Das schwöre ich Ihnen, gute Frau! Wir sind hier nicht im KZ. Ich bleibe noch eine Nacht hier, und dann will ich Ihren Chef sprechen. Verschwinden Sie endlich!"

Die blonde Krankenschwester war verunsichert, offenbar war sie diesen Ton nicht gewöhnt. Mit einem skeptischen Blick auf die Patientin dimmte sie das Licht runter und verließ grußlos das Zimmer. Wanda wurde schnell lethargisch und sank erneut in einen Dämmerzustand.

Als sie das nächste Mal erwachte, glänzte vor dem Fenster ein leichter Lichtschimmer. Es wurde gerade hell draußen. Durch die dicken Scheiben war kein Vogelgezwitscher zu hören. Wanda fühlte sich klebrig, aber ansonsten ziemlich munter. Sie wusste, dass sie im Krankenhaus lag, wahrscheinlich in der Psychiatrie. Bestimmt würde gleich das morgendliche Wasserritual beginnen, eine Schwester würde hereinkommen …

Wanda drehte sich etwas mühselig aus dem Bett. Nein, sie wollte sich lieber selbst waschen. Tatsächlich gab es dort ein Waschbecken und sogar ein Handtuch. Ein wenig schwach auf den Beinen, ging sie zum Waschen. Aus einem Spiegel schaute sie ein ziemlich zerrüttetes Gesicht an, ein wenig aufgedunsen und voller Traurigkeit. Die schwarzen Haare hingen in wirren Strähnen darum. Urrrgh! Sie könnte vor sich selber kotzen. Einen Kamm gab es nicht.

Gerade als sie sich wieder einigermaßen zurechtgebogen hatte, öffnete sich die Zimmertür. Eine kleine dunkelhaarige Schwesternschülerin kam mit einem Wägelchen, auf dem Waschutensilien standen, hereingefahren.

„Guten Morgen!", rief sie mit hoher Stimme, blieb dann jedoch wie angewurzelt stehen. „Was machen Sie denn da?"

„Ich habe mich schon gewaschen“, antwortete Wanda und konnte ein Grinsen nicht unterdrücken. „Ich möchte bald den leitenden Arzt sprechen! Hunger habe ich auch!“

„Sie müssen sich hinlegen“, beschwor sie das Mädchen und fuhr zur Tür zurück.

„Ja, ja! Nun mach mal keine Welle, Mädchen!“, sagte Wanda in halb freundlichem Tonfall. „Ich habe lange genug gelegen. Wann ist Visite?“

„Bald!“, antwortete die Kleine und huschte hinaus.

Wanda schaute aus dem Fenster. Sie dachte an Stanko und wischte ein paar Tränen weg. Draußen stieg eine strahlende Sonne auf. Sie sah Wald und einen Parkplatz. Wo war sie eigentlich? Sie musste hier raus. Sie brauchte das Handy. Und auch das Auto musste schnellstens her.

Irgendwann kam die Visite. Wanda saß auf der Bettkante. Ihr war klar, dass sie jetzt nicht verrückt spielen durfte. Der Chef war untersetzt und schon etwas älter. Sie lächelte ihm gewinnend entgegen und sagte: „Guten Morgen!“

Zwei Frauen wuselten neben dem alten Herrn, und schräg hinter ihm kam ein junger Mann. Er war hochgewachsen mit blonden Haaren und einem sehr freundlichen Lächeln in den blauen Augen. Er gefiel ihr auf Anhieb.

„Guten Morgen, Frau Uhland!“, sagte der Chef und schaute sie streng an. „Sie haben Schwester Jutta heute Nacht ziemliche Angst eingejagt. Lehnen Sie unsere Behandlung ab?“

Wanda riss sich aufs äußerste zusammen und erwiderte freundlich bestimmt: „Ich habe sicherlich einen heftigen Schicksalsschlag erlitten, Herr Doktor, das heißt aber nicht, dass ich dafür tagelang unter Beruhigungsmittel gesetzt werden möchte. Ich glaube, ich erreiche meine seelische Balance auch so wieder.“

„Meinen Sie, dass Sie das beurteilen können?“, wollte er wissen, und sie glaubte, einen lauernden Unterton herauszuhören.

„Ich leite ein kleines Unternehmen“, erklärte sie, um totale Sachlichkeit bemüht. „Ich muss ständig wissen, was dort vor sich geht. Daher kann ich hier nicht ewig dahindämmern. Tut mir Leid, auch nicht, wenn mein Liebhaber gestorben ist. Wissen Sie, ich habe ständig mit Verträgen und rechtlichen Fragen zu tun. Das ist mir sehr geläufig. Deshalb musste ich Schwester Jutta auch eine Klage androhen. Und diese Meinung werde ich rigoros weiter vertreten, wenn Sie verstehen, was ich meine. Jetzt hätte ich gern so bald wie möglich meine persönlichen Sachen zurück, insbesondere mein Handy. Ich kann schließlich nicht ewig für die Außenwelt unerreichbar sein."

Schweigend musterte sie der Chefarzt, die Frauen schauten etwas betreten, der blonde Arzt lächelte verhalten. Der ältere Herr erklärte: „Frau Uhland, damit wir uns nicht falsch verstehen. Sie können nicht gezwungen werden, hier zu bleiben. Der Notarzt hat sie in einer sehr unübersichtlichen Situation hierher eingewiesen, weil ihr seelischer Zustand zu diesem Zeitpunkt bedenklich erschien. Wir haben die gelindeste Form der Behandlung angewandt, und Sie wurden nicht einmal an ein Monitoring angeschlossen. Das sollten Sie bedenken, ehe Sie irgendwelche Drohungen gegen uns ausstoßen."

„Ich danke Ihnen!", unterbrach ihn Wanda schnell, denn sie konnte lange Reden nicht leiden. „Bloß, woher sollte ich das wissen? Wo bin ich überhaupt?"

„Sie befinden sich in der Psychiatrie in Ballenstedt, die zum Klinikum 'Dorothea Erxleben' in Quedlinburg gehört", sagte der Arzt und wurde etwas freundlicher. „Ich mache Ihnen folgenden Vorschlag. Sie ruhen sich noch eine Weile aus. Nach unserem Rundgang kommt Dr. Schling zu Ihnen. Er bringt Ihre persönlichen Sachen und führt ein Gespräch mit Ihnen. Danach können Sie entscheiden, ob Sie bleiben wollen oder nicht. Haben Sie noch Fragen?"

'Der jüngere Typ war also Dr. Schling', dachte Wanda mit

einem kleinen Anflug von Freude. „Okay! Ich danke Ihnen nochmals, Herr Chefarzt. Vielleicht habe ich etwas überreagiert, aber man ist eben nicht jeden Tag in einer …"

Die Mitglieder der Visite lächelten verhalten. Der Chef sagte: „Alles Gute, Frau Uhland!"

Dr. Schling ging als Letzter und zwinkerte ihr zu: „Ich komme bald! Nicht weglaufen!"

Wanda war etwas beruhigt. Dafür traf sie nun wieder der Horrorgedanke an den Verlust von Stanko. Irgendwie konnte und wollte sie das nicht begreifen. Sie stellte sich ans Fenster und wischte sich die Tränen ab. Sie würde ihn niemals wiedersehen. Um diese Aussage nicht zu tief in sich eindringen zu lassen, begann sie, ihre Beziehung zu diesem Mann systematisch zu verdrängen. Das tat sie nicht bewusst, und sie würde auch noch einige Zeit an diesem Verlust kranken, aber der Prozess fing jetzt an.

Die Zeit verstrich, und sie wurde ungeduldig. Sie wollte sich nicht ins Bett legen und ging deshalb im Zimmer auf und ab. Draußen knallte eine pralle Sonne vom Himmel, obwohl erst

Ende April war. Das Laub der Bäume schoss unter diesen Bedingungen hervor. Das frische Grün kontrastierte gegen das Blau des blanken Himmels.

Endlich kam Dr. Schling. Er besaß eine gewisse Ähnlichkeit mit Stanko. Groß, athletisch, blond. Nur das Gesicht war anders. Markanter, intelligenter, humorvoller.

„So, Frau Uhland“, sagte er lustig. „Hier sind alle Ihre Gegenstände, Kleidung und Handy und noch ein paar Dinge, zum Beispiel ein Autoschlüssel. Sie fahren einen BMW?“

„Ja!“, erwiderte Wanda mit Kinderstimme. „Ein Cabrio. Und Sie, sind Sie aus diesem Ort?“

„Nein, ich wohne in Quedlinburg“, erklärte er und schaute sie eindringlich an. „Zuerst einmal, vielleicht haben Sie Fragen an mich oder möchten mir etwas erzählen.“

„Ich würde gern wissen, was in jener Nacht passiert ist“, fragte sie gehorsam. „Können Sie mir das sagen?“

„Kaum“, antwortete er. „Ich weiß nur, dass eine Bande, die Baumaschinen raubt, einen Bagger abtransportiert hat. Der Lastzug ist an der steilsten Stelle des Weges mit einem Polizeifahrzeug zusammengestoßen und hat alle in den Tod gerissen. Man hat Sie dort gefunden ...“

„Scheiße!“, flüsterte Wanda und ließ sich aufs Bett fallen. „Der arme Stanko! Warum hat er das nur getan?“

„Entschuldigung!“, sagte der Arzt. „Aber wieso waren Sie in der Nähe? Kannten Sie den Mann?“

„Ich kam von einem Bekannten, der in diesem Waldgebiet wohnt“, antwortete sie und realisierte erst in diesem Moment, dass Irenäus sie aus dem zusammenbrechenden Trümmerberg gerettet hatte. „Der Mann im Lastzug war mein bester Freund. Aber ich wusste nicht, dass er so etwas macht. Sein Tod ist ein großer Verlust für mich. Trotzdem will ich noch heute nach Hause.“ Sie schluckte trocken. „Können Sie das unbürokratisch organisieren? Ich wäre Ihnen sehr dankbar.“

„Ich bringe Ihnen das Formular“, lächelte Dr. Schling und wurde etwas unsicher, wie vor einer heiklen Frage. „Abgesehen von der psychologischen Problematik, gibt es noch etwas anderes. Ich hatte gerade Dienst, als Sie eingeliefert wurden. Ich habe kurz die Narbe an Ihrem Bein begutachtet. Und da ich eigentlich Chirurg bin ...“

„Sie sind Chirurg?“, fiel ihm Wanda ins Wort. „Wieso sind Sie dann hier? Was ist mit meinem Bein?“

„Warum ich hier bin, ist eine lange Geschichte“, lächelte er, nun wesentlich gelöster. Er schien das Gespräch zu genießen. „Wissen Sie, ich wollte entweder Chirurg oder Psychiater werden. Am Anfang sagte ich mir: Als Chirurg weiß man wenigstens noch zu Lebzeiten des Patienten, ob die Behandlung erfolgreich war …“

Wanda erlaubte sich ein kleines Lachen.

Schling fuhr fort: „Darf ich die Narbe noch einmal sehen? Da gibt es nämlich eine Unregelmäßigkeit, der ich aus Zeitgründen nicht nachgehen konnte.“

Wanda warf ihm einen dunklen Blick zu, ließ sich nach hinten fallen, sodass das Bein entblößt auf der Bettdecke lag. Der Chirurg schaute sie kurz an und nahm den Unterschenkel in seine schlanken, sehnigen Hände. Er drückte und massierte leicht auf- und abwärts. Das fühlte sich nicht nur ganz sanft, sondern auch ziemlich erotisch an. An einem Punkt schmerzte es heftig, doch Wanda biss die Zähne zusammen.

„Hier schmerzt es, nicht wahr?“ fragte der Mann. „Das ist ein versteckter Knochensplitter, den der Operateur übersehen hat. Seit wann haben Sie diese Narbe?“

„Fast zwei Jahre“, keuchte sie, denn die Betastung war teilweise sehr schmerzhaft.

„Okay!“, meinte Schling und schaute sie erwartungsvoll an. „Ich könnte den Splitter entfernen. Dann ist dieser Herd beseitigt.“

„Waaas?“, rief Wanda überglücklich und vergaß für einen Moment Stanko. „Das können Sie?“

„Nun ja“, lächelte er. Wanda riss plötzlich seinen Kopf an sich und gab ihm einen Kuss. Schling küsste schnell zurück. „Melden Sie sich bei mir in den nächsten Tagen. Ich hole jetzt das Formular. Es dauert einen Moment.“

Er stand auf und ging zur Tür. Sowie er draußen war, griff Wanda zum Handy und wählte eine Nummer.

Theo war sofort dran: „Wanda, wo bist du?“

„In der Irrenanstalt“, antwortete sie übertrieben lakonisch. „Ich hatte einen kleinen Zusammenbruch, aber ich kann heute wieder gehen. Ich brauche mein Auto …“

„Mensch, Mensch, Mensch!“, rief Theo dazwischen. „Ich habe schon alles gehört. Dieser Stanko, ich verstehe ihn nicht! Du weißt ja, dass er und ich uns nicht besonders …, aber so was …“

„Weißt du, wohin die Bullen mein Auto gebracht haben könnten?“, unterbrach ihn Wanda aufgeregt. „Ich brauche es ganz dringend! Bitte, mein Lieber!“

„Sie lassen es immer vom gleichen abholen", beruhigte sie der Mann. „Wir holen es ab! Kannst dich drauf verlassen!"

„Kriegt ihr das auf?", fragte sie besorgt.

„Keine Kunst!", rief Theo. „Das geht alles seinen Gang! In die Psychiatrie Ballenstedt?"

„Oh, du bist Klasse!", rief Wanda und klatschte in die Hände. „Pass auf, Theo! Auf dem Nebensitz liegt ein Tuch. Darunter muss eine Figur liegen, die aussieht wie aus Gold. Ist aber nur Bronze. Wenn die nicht da ist, musst du mich anrufen."

„Wird alles gemacht für dich, Kleines!", lachte der Mann am anderen Ende. „Gegen Mittag sind wir da."

„Kommt nicht zu mir rauf!", instruierte ihn Wanda. „Stellt ihn ab und fahrt wieder! Ich will nicht auffallen. Ach, du bist ein Süßer, Theo! Vielen Dank, ich komme danach zu euch. Tschüüüüüüss!"

Mit verbissenem Gesicht ließ sie das Handy sinken und schaute aus dem Fenster. Dr. Schling ließ auf sich warten.

Irgendwann sah sie, dass unten auf dem kleinen Betonhof das BMW Cabrio abgestellt wurde. Theo hob kurz einen Daumen in Richtung der anonymen Klinikfassade. Dann stieg er in das Begleitfahrzeug und war verschwunden.

XLI

Rosarote Watte. Orangene Schlieren waberten ziellos im Raum. Kaskaden von rotem Blut fielen herab. Ein Gefühl der Wonne und ein Gefühl der Pein. Es war wohlig warm wie in einem orgiastisch heißem Federbett.

Keine weiteren Sinneseindrücke.

Später fiel weißes Licht durch die rosarote Watte. Das Federbett wurde zu heiß, schwül und stickig. Sie bekam kaum Luft. Irgendwo schien die Sonne durch grüne Blätter, die sich in einer leichten Brise bewegten. Doch sie hörte nicht das Rascheln, die Umgebung war stumm. Wo war sie überhaupt? Irgendetwas war schiefgelaufen. Sie wurde sehr traurig. Aber warum?

Rita öffnete mühsam die Augen. Ein kleines weißes Zimmer. Durch die Fensterscheibe sah sie die Kronen vieler Bäume. Sie lag in einem Krankenhaus-Bett. Was war geschehen? Ein Unfall? Sie versuchte, sich zu bewegen, das gelang nur sehr bedingt. Sie fühlte sich schmerzfrei, Arme und Beine gehorchten. Warum lag sie dann hier?

Sie wollte einfach aufstehen, aber das gelang ihr nicht, sie war zu schwach, konnte kaum den Kopf drehen. Sie sah den Sonnenschein hinter der Fensterscheibe. Der Regen war vorbei. Oh jeh, der Regen, die peitschenden Schüsse im Regen.

Sie hatte auf Darko geschossen. Mit dem sie wenige Stunden zuvor noch im Bett gelegen hatte. Darko. Wie konnte das passieren? Sie sah wieder dieses Rosarot seiner Bettwäsche und das Blut, das darauf tropfte.

Als sie zum dritten Mal erwachte, war es vor dem Fenster bereits wieder dunkel. Also lag sie einen ganzen Tag in diesem Krankenhaus-Bett. Das durfte so nicht weitergehen.

Ohne Vorwarnung kam ihr erneut Darko in den Sinn. Sie hatte einen Menschen getötet, der auf sie schoss. Das war für eine Polizistin legitim. Dass sie aber ausgerechnet ihren Liebhaber töten musste, erfüllte sie mit Trauer und auch mit Wut. Doch die Wut verflog so schnell, wie sie gekommen war. Sie hatten sich beide nicht die Wahrheit gesagt, sonst wäre aus der Liaison erst gar nichts geworden. Trotz allem, ihr war klar, dass sie sich den Sachverhalt rational reden konnte, aber der Schmerz über die eigenhändige, unwiderrufliche Auslöschung des Liebhabers würde bleiben.

Rita fühlte, dass Tränen über ihr Gesicht rannen und wischte sie weg. Die Seele sprach bereits in der Nacht. Sie klappte über dem Geliebten zusammen. Das war nebenbei auch noch peinlich, sie befand sich im Erklärungsnotstand. Man brachte sie prophylaktisch in die Irrenanstalt, sicher nach Ballenstedt, dachte sie.

Morgen musste sie hier verschwinden. Sie würde das Problem auch ohne ärztliche Hilfe bewältigen. Vielleicht half ihr ja Irenäus, falls er dieser hinkenden Wanda nicht restlos verfiel. Irenäus hatte sie in jener Nacht in den Arm genommen, träumte sie. Er schien ihr mehr zu bedeuten, als sie eingestand.

Rita wollte endlich aktiv werden. Dieser dösende Zustand der Lähmung widersprach ihrem Naturell. Es gab bei der Polizeiausbildung Übungen, wie man so schnell als möglich einen Zustand der Kraftlosigkeit überwindet. Das war oftmals lebenswichtig.

Dreißig Minuten später erhob sie sich taumelnd aus dem Bett und wagte kurz darauf die ersten Schritte. Zum Waschbecken, kaltes Wasser ins Gesicht, kaltes Wasser.

„Nein!", schrie es plötzlich hinter ihr. „Was machen wir denn da für Blödsinn!"

Rita drehte sich noch etwas träge um. Sie hatte die blonde Krankenschwester gar nicht hereinkommen gehört.

„Nein, das geht nicht! Sofort wieder ins Bett! Sie kriegen jetzt Ihre Gute-Nacht-Spritze, und dann wird alles wieder gut!", rief die Nachtschwester außer sich. „Wie haben Sie das nur geschafft?"

„Lassen Sie das!", meinte Rita und bemühte ihre Stimme zur Autorität. „Für so was gibt es bei uns ein Spezialtraining. Ich bin Kriminalpolizistin. Das mit der Spritze fällt aus!"

Sie standen sich nun gegenüber. Rita in einem weißen Bettkittel. Sie musste auf einmal grinsen: „Na los! Ich muss dringend auf's Klo, habe gerade überlegt, ob ich ins Waschbecken pinkele. Sie können ja mitkommen. Danach geben Sie mir als Kompromiss eine halbe Faustan, damit ich schlafen kann."

„Oh, Mama!", hörte sie die Blondine vor sich hin grummeln. „Eine Zicke schlimmer als die andere ... Wo hat man denn die aufgegabelt?"

Am nächsten Morgen war Rita schon gewaschen und hatte gefrühstückt, als die Visite kam. Wieder saß sie mit ihrem Armesünderkleidchen auf der Bettkante. Selbst der Chefarzt konnte ein Lächeln nicht unterdrücken.

Nach einigen allgemeinen Fragen meinte er: „In Ordnung, Frau Hauptkommissarin, sie können nach Hause. Aber lassen Sie sich von einem Polizeipsychologen beraten und schonen Sie sich noch eine Woche. Ihre Siebensachen werden Ihnen gebracht! Viel Glück!"

„Bitte warten Sie noch!", mischte sich eine der weiblichen Begleitpersonen ein. „Sie haben nachher noch einen Besucher. Er hat es sehr dringend dargestellt. Natürlich nur, wenn Sie zustimmen."

„Wer ist es?", fragte Rita erstaunt.

„Er hat so einen merkwürdigen Namen", die Frau lächelte. „Irenäus Moll."

„Ach der?" Auf Ritas Gesicht schlich sich ein freudiges Leuchten, das alle Gramfalten hinwegbügelte. „Wann will er denn kommen?"

„Um elf!"

XLII

In der Nacht von Montag zu Dienstag durchlebte Irenäus in seinen Träumen allerlei Horrorszenarien. Blut floss, Menschen starben, und undefinierbare Monster trieben ihr Unwesen. Obwohl übernächtigt und wenig erholt, stand er frühzeitig auf, denn er wollte an diesem Tag Rita besuchen. Eigentlich hasste er Krankenhäuser und Friedhöfe, aber in diesem Fall ließ es sich wohl nicht vermeiden.

In den Morgenstunden rief er in der Psychiatrischen Klinik an. Nach einigem Hinundher teilte man ihm dann mit, dass er versuchen könnte, um elf Uhr mit der Frau Hauptkommissarin sprechen zu dürfen. Oh, Mann, hatten die sich affig!

Auf der Fahrt in das Nachbarstädtchen bemerkte er, dass die Temperaturen immer höhere Werte erreichten. Ziemlich untypisch für Ende April. Ein riesiges Tiefdruckgebiet über dem Atlantik wälzte wie ein Schaufelbagger sehr heiße Wüstenluft aus Afrika über die iberische Halbinsel nach Deutschland.

Zwei Minuten vor elf klopfte er an eine weiße Zimmertür, die ihm eine blonde Schwester zeigte. Ihm war etwas flau im Magen, denn er rechnete wie immer mit dem Schlimmsten. Eine fröhliche Stimme rief: „Herein!“ Rita saß in einem kleinen weißen
Hemdchen auf der Bettkante und ließ ihre langen Beine darüber baumeln. „Hallo, Irenäus!“, rief sie mit einem Hauch von Schüchternheit in der Stimme.

Schnell lief er zu ihr, umfasste ihre Schultern und schaute sie von ganz nah an. Wortlos gab er ihr einen Kuss und sagte erst dann: „Haben sie dir etwa kein grünes Hemdchen gegeben?“

Lachend zog ihn die Frau wieder an sich und flüsterte: „Ich habe dich so vermisst!“

Nach einer längeren Austauschphase liebevoller Worte, Küsse und Streicheleien kam langsam ein Gespräch zustande. Rita vermied es noch, über ihr Verhältnis zu Darko zu sprechen. Irenäus war ihr nicht böse, denn seine Ansichten über das Tun von Männern und Frauen ließen einen weiten Spielraum gelten. Außerdem lag ihm diese Problematik gar nicht sehr am Herzen.

„Kannst du dich erinnern, dass in der bewussten Nacht zwei Autos an euch vorbeigefahren sind, oben, am Wasserbehälter?“, fragte er.

„Jetzt, wo du es sagst, allerdings", überlegte Rita. „Ich glaube, es war das Fahrzeug von dieser Uhland, und hinterher kamst du mit ziemlich hoher Geschwindigkeit. Was war geschehen?"

„Sie hatte mir gerade die Minoische Dame geklaut", erklärte Irenäus und streichelte Ritas Knie. „Und wir haben sie verfolgt. Wir hofften, ihr die Statuette wieder abzunehmen. Das hat aber nicht geklappt."

„Ach!", sagte Rita und entzog sich seiner Hand. „Und jetzt brauchst du mich. Deshalb bist du hier!"

„Ganz ruhig, meine Liebste!", beschwor sie Irenäus. „Ich bin deinetwegen hier. Und ich habe die ganze Woche versucht, dich zu erreichen …"

„Warum sollte sie dir die Figur stehlen, wenn sie doch deine Freundin ist?", fragte Rita und blitzte grün.

„Sie ist nicht meine Freundin", erwiderte er unwillig. „Sie hat mich nur von zu Hause weggelockt, während andere versucht haben, die Dame zu holen. Dieser Professor Westermann …"

„Was ist mit dem?", fiel ihm Rita entgeistert ins Wort. „War der etwa bei dir?"

„Natürlich war der bei mir", grinste Irenäus und ließ den Privatdetektiv heraushängen. „Bedauerlicherweise schlug er aber mit dem Kopf auf meine Herdplatte, als Stanko die Figur ebenfalls klauen sollte. Dummer Zufall …"

„Halt mal!", befahl Rita, ihre roten Brauen kräuselnd. „Stanko ist doch der Truckfahrer, der die geraubten Bagger transportierte …"

„Ja, ist er!", erklärte Irenäus. „Aber er ist auch der Lebensgefährte von Wanda Uhland."

„Waaas?", rief Rita und raufte andeutungsweise die roten Haare. „Der Bursche mit dem blauweißen Caddy?"

„Du kennst ihn?", fragte er interessiert.

„Oh, verdammt! Ich habe ihn nicht überprüft!", sagte die Kriminalistin geknickt. „Du hast also den Fall wieder mal gelöst, alter Stinker! Aber wieso hast du das nicht gemeldet?"

„Ich hab's gemeldet, liebe Rita!", konnte er sich nicht verkneifen zu triumphieren. „Nur, du hast dich verleugnen lassen."

„Der Anruf?", stöhnte sie gequält.

„Und viele mehr!", lächelte er.

„Na gut!" Sie wurde wieder amtlich. „Und weshalb wollen die nun alle diese Figur? Weil sie aus TiC ist, wie der Professor notierte? Was ist daran so wesentlich?"

„Aus TiC? Das habe ich ja noch gar nicht gehört", wunderte sich Irenäus. Dann kam ihm die Erleuchtung: „Oh doch! Das heißt nur nicht TiC! Das ist Titancarbid, eine Beimengung für Superwerkstoffe! Dahinter sind sie alle her!"

„Ach, wie blöd ich bin!", flüsterte die Frau. „Und was ist nun mit der Figur?"

„Sie liegt, wenn wir Glück haben, immer noch in Wanda Uhlands Auto,", erklärte er, „und an das kommen wir nicht heran. Die Frau hatte nämlich ebenfalls einen Nervenzusammenbruch."

„Wieso?", stotterte Rita.

„Na, sie entdeckte als erste ihren Lover in dem riesigen Schrottberg und ist durchgedreht. Stanko! Verstehst du?", fragte er, und Rita schlug die Hände vors Gesicht. Er fuhr fort: „Ich glaube übrigens nicht, dass sie von dem Baggerdeal wusste. Das ist nicht ihre Liga, wie sie zu sagen pflegte. Aber wie auch immer, ich habe sie aus dem Trümmerhaufen gezogen, bevor alles runterkam."

„Moment mal!", überlegte Rita. „Du hast doch mich gerettet?"

„Dich auch!", prahlte er. „Erst sie, dann dich, mein Schatz!"

„Welch ein Held!", meinte Rita beleidigt und trat von ihm weg ans Fenster. „Und was ist nun aus ihr und der Figur geworden?"

„Sie liegt ebenfalls hier, vielleicht im Nebenzimmer", antwortete Irenäus, „und die Figur liegt hoffentlich noch im Auto, das wir nicht aufbrechen können. Falls wir es überhaupt finden."

Rita machte ein angeödetes Gesicht und schaute aus dem Fenster. Plötzlich schrie sie: „Da unten steht es ja, das Cabrio! Und deine Wanda haut gerade ab!"

Mit einem Sprung, den man ihm nicht zugetraut hätte, stand Irenäus am Fenster. Unten auf dem Vorplatz tänzelte Wanda Uh - land neben einem Weißbekittelten einher. Beide schienen in ein amüsantes und vertrautes Geplauder vertieft. Sie nahmen Kurs auf das Cabrio, das in einer Nische des Hofes wartete, die Entfernung mochte noch zwanzig Meter betragen.

„Scheiße!", schrie Irenäus. „Ich muss sie kriegen!"

Ohne Rita zu beachten, sprang er zur Tür und riss sie auf.

„Nimm mich mit!", kam Ritas Protestschrei im weißen Kittelchen.

„Das geht nicht, Liebste!", schrie er am Ende des Flurs und stürzte bereits die Treppe hinab.

Am Eingang kam ihm der Weißkittel entgegen. Blonder Schönling, Wandas Beuteschema.

Irenäus sprintete über die Betonplatten des Vorplatzes. Die Frau öffnete gerade gemächlich die Tür ihres Cabrios. Dann sah sie ihn. Er hatte sie fast erreicht. Seine Lunge pumpte noch nicht. Die Sprünge waren weit.

„Wanda!“, schrie er. „Bleib stehen!“

„Keine Zeit!“, antwortete ihre quakende Kinderstimme. Im letzten Moment knallte sie die Autotür zu.

Irenäus schlug mit der Faust gegen die Scheibe: „Bleib stehen!“

Ihr schmales Gesicht war mit sturer Miene geradeaus gerichtet. Mit durchdrehenden Reifen fuhr sie an. Irenäus wurde schmerzhaft zur Seite geschleudert, aber er spürte das gar nicht. Warte nur, dachte er wütend.

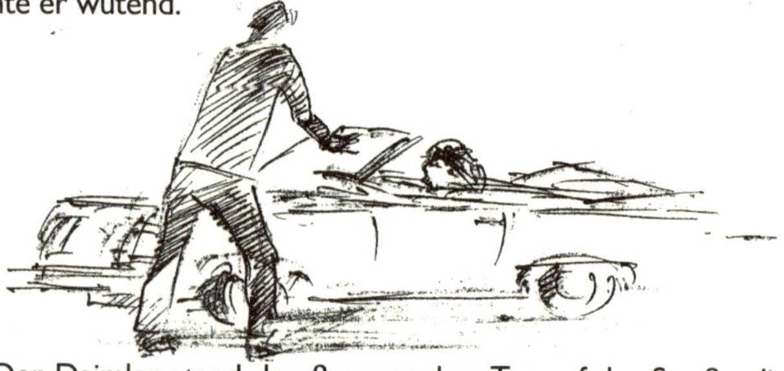

Der Daimler stand draußen vor dem Tor auf der Straße, die

nach oben zur Klinik führte. Es war eine schmale, wenig befahrene Sackgasse, auf einer Seite Wald, auf der anderen standen Häuschen. Er hechtete in seinen Wagen und kurvte, so schnell er konnte, auf diese Straße. Gerade noch sah er den BMW nach rechts auf die kleine Hauptstraße abbiegen. Mit Vollgas jagte er hinterher. Links kreischten Bremsen auf. Alles egal! Das wollte er wissen!

Er sah Wanda auf die Allee abbiegen, die hinunter zum Breitscheid-Platz führte. Sie bog nach rechts. Er fuhr bei Rot hinterher. Drückend heiße Luft wurde in den Daimler gesaugt, die Klimakatastrophe tat ihr Bestes. Zum Glück waren in der Mittagszeit kaum Menschen unterwegs.

Beide Fahrzeuge waren nun auf der B 185 und fuhren mit annähernd Einhundert durch das verschlafene Städtchen, Wanda wusste offenbar bereits, dass er ihr folgte. Das Vernünftigste wäre nun gewesen, wenn sie angehalten hätte. Er hatte sie möglicherweise vom Tode gerettet, sie gab ihm die Minoische Dame zurück und alles wäre, aus seiner Sicht, wieder – halbwegs – gut gewesen. Aber sie war eine Spielernatur.

Hinter einem Kreisverkehr und einem Bahnübergang verließ sie die Bundesstraße. Sie fuhr nun auf einer ziemlich kleinen Landstraße in Richtung Hoym, einer Ortschaft, in der es ebenfalls eine Irrenanstalt gab. Die Verfolgungsjagd wurde jetzt extrem gefährlich. Wanda fuhr teilweise Einhundertvierzig, überholte in Kurven, wo man nichts sah. Irenäus fühlte, dass der Daimler schwamm. Das lag nicht am Auto, sondern am Fahrbahnbelag. Dessen Konsistenz veränderte sich unter dem Einfluss der afrikanischen Wüstenluft.. Der Teer der Straßendecke wurde so weich, dass er zu fließen begann. Irenäus holte etwas auf, kam aber nicht wirklich nahe. Was sollte er tun, wenn er sie erreichte? Keine Ahnung.

Sie kamen in Hoym an. Ohne Rücksicht auf Verluste preschte das Cabrio über die Basaltsteine. Die Gefahr war hier größer, mit einem Fahrzeug oder einem Menschen zu kollidieren. Irenäus ahnte bereits, wohin Wandas Kurs führte. Sie wollte die B6n erreichen. Das war eine vierspurige, autobahngleiche Straße, die ebenso an Quedlinburg vorbeiführte. Man konnte sie am treffendsten mit dem anglophilen Namen „Motorway" belegen, einem Zwitterding zwischen Bundesstraße und Autobahn (Highway).

Die letzte Linksabbieger-Ampel nahm Wanda bei Rot, unter Todesverachtung tat es ihr Irenäus gleich. Ihm war, als starrten von überall wütende Gesichter. Dann erreichten sie endlich den Motorway. Der BMW nahm die Auffahrt in Richtung Quedlinburg, Wernigerode, Goslar, Paris.

Irenäus fand das okay, denn die andere Auffahrt hätte sie in die Gegend Leipzig, Dresden, Wladiwostok gelenkt. Während er sich diesen klugen Gedanken leistete, reihte sich ein vorwitziger Kleinbus voller Diakonissen aus Dessau zwischen sie ein. Er war stinksauer! So kam es, dass Wanda den Motorway einige Sekunden vor ihm erreichte.

Man bedenke an dieser Stelle, dass ein Fahrzeug mit einer Geschwindigkeit von 180 km/h in einer Minute drei Kilometer zurücklegt. Es bewältigt also in 20 Sekunden einen Kilometer oder in der Zeit eines Atemzuges, die bei normalen Menschen etwa 6 bis 7 Sekunden beträgt, ungefähr 300 Meter!

Daher war es kein Wunder, dass Irenäus, als er die Diakonissen endlich hinter sich hatte und auf der Überholspur fuhr, Wandas Cabrio bereits in weiter Ferne entkommen sah. Das war allerdings noch kein Grund zur Entmutigung. Der keiner regulären Serie angehörende Mercedes Benz Kombi mochte zwar aussehen wie eine hässliche, stumpfgrüne, räudige Russenkuh, und viele Bürger mit glitzernden Kleinwagen rümpften darüber die Nasen, aber nur Irenäus kannte seine besonderen Qualitäten. Damals, vor zwei Jahren, fuhr er noch einen ganz normalen, rot lackierten Daimler Kombi. Dieses liebenswerte Fahrzeug starb im Kampf um den Koffer der Pandora den Heldentot. Die ebenfalls dem Tode geweihte Adlige Serafina von Hagenthal bedachte den Detektiv, dem sie sehr zugetan war, nicht nur mit einer Geldsumme, von der er bis heute zehrte, sondern vermittelte ihm über die dubiosen geheimdienstnahen Verbindungen ihres getöteten Vaters einen neuen Daimler. Das war nun eine jener Spezialanfertigungen für den Kriegseinsatz der Bundeswehr in Afghanistan im Jahr 2001. Mercedes Benz lieferte seitdem so viel Kriegsmaschinerie in diese Region, dass einfach hin und wieder ein Fahrzeug nicht mehr in den Transporter passte. Eine derartige Maschine erstand seinerzeit Serafina kurz vor ihrem schmerzvollen Ende und schenkte sie Irenäus.

Dieser beschleunigte seinen staubigen Kombi auf muntere 220 km/h, sodass er sich kurz vor der Abfahrt „Quedlinburg Ost" dem BMW wieder bis auf wenige Meter genähert hatte. Vor Wanda fuhren eine Anzahl von Sattelschleppern aus der Ukraine und verwehrten ihr die Abfahrt. Aber vielleicht wollte sie den Motorway auch gar nicht verlassen. Jedenfalls scherte sie nach links aus und beschleunigte an diesen Trucks vorbei, ebenfalls gegen Zweihundert. Irenäus blieb ihr dicht auf den Fersen. Wie sollte diese mörderische Fahrt enden? Er, Irenäus, wollte jedenfalls lieber die Minoische Dame opfern, als sein Leben. So rasten sie zwischen dem Quedlinburger Klärwerk und dem Felsen des Lehofs inmitten einer zerstörten Naturlandschaft. Nach einer weiteren Minute passierten sie die Abfahrt „Quedlinburg Zentrum / Halberstadt". Wanda hielt Kurs. Der Motorway war frei. Der Westen lag vor ihnen. Die Sonne brannte auf den Asphalt. Irenäus beschleunigte und setzte sich neben Wanda. Offenbar konnte der BMW nicht mehr zulegen.

Die Frau, die er fast geliebt hätte, drehte ihm den Kopf zu und starrte ihn mit einer teuflisch verzerrten Fratze an. Er konnte richtiggehend beobachten, wie ihr Brustkorb pumpte. Sie war völlig durchgeknallt. Sollte er die Jagd abbrechen und sie ziehen lassen? So wichtig war dieses verruchte Teil nun auch wieder nicht. Vielleicht waren sie die nächsten beiden Opfer der Todesgöttin?

Während er diese Gedanken wälzte, im Bruchteil von Sekunden, beugte sich die Frau in ihrem Cabrio zur Seite. Gleich darauf hielt sie die Figur in der linken Hand. Sie schrie irgendetwas, ihre Gesichtszüge waren hassverzerrt. Dann warf sie die Statuette voller Wut gegen den Daimler. Die Entfernung betrug nur zwei Meter!

Irenäus sah, dass das Artefakt die Scheibe des Beifahrer-Fensters traf. Sie splitterte, blieb aber konsistent. Wanda schien boshaft zu lachen und blickte nach vorn. Die Minoische Dame schrammte am Daimler vorbei wie eine Daunenfeder. Er ging sofort auf die Bremse. Der BMW raste davon wie von einer Stahlfeder geschnellt. Er schaute in den Spiegel. Die Sonne brach sich in einem winzigen goldenen Lichtpunkt, der über den Motorway hüpfte, mit abnehmender Geschwindigkeit, aber gleichbleibendem Richtungsvektor.

Irenäus legte eine Vollbremsung vor, zog den Daimler auf der weichen Asphaltfläche sensibel nach rechts und kam genau hinter den Pfeilern einer Wildbrücke zwischen Börnecke und Westerhausen auf dem kurz geschorenen Rasen neben dem Seitenstreifen zum Stehen. Hastig sprang er aus dem Fahrzeug und rannte auf dem Rasen zurück. Er musste sehr vorsichtig sein. Auf einer Autobahn durfte man als Fußgänger gar nichts riskieren.

Und dann sah er die Figur. Sie lag auf der Seite, fast auf dem Mittelstreifen, inmitten eines ausgebesserten Fleckes. Obwohl diese Straße erst wenige Jahre alt war, besserte man sie ununterbrochen aus, angeblich wegen Asphalt-Krebs … Er erreichte sie, nur vier oder fünf Meter betrug hier der Abstand zwischen
Grasnarbe und weißer Mittellinie. Es hätte Sekunden gedauert, die Statuette zu retten, aber es sollte nicht dazu kommen.

Mit einer Geschwindigkeit von etwa 100 km/h rollte der Pulk von Sattelschleppern aus der Ukraine, den sie vor zwei Minuten überholt hatten, heran. Die Motoren dröhnten, schwarze Dieselfahnen bliesen aggressiv in die Luft. Lage aussichtslos.

Irenäus winkte mit den Armen. Verzweifelt! Der erste Truck zog etwas zur Mitte, um ihm auszuweichen. Scheiße! Er erfasste die Minoische Dame mit dem ersten Reifen, dem zweiten, dem dritten … Flatsch, Flatsch, Flatsch, Flatsch, Flatsch! Der nächste … Flatsch, Flatsch, … der übernächste … Flatsch, Flatsch …

Irenäus starrte wie gebannt auf dieses Desaster. Dann wandte er sich ab. Heiß brannte die Sonne auf ihn herab, eingehüllt in eine Wolke ukrainischen Dieselqualms. Ihm war schlecht. Dann wagte er den ersten Blick. Die Statuette – war nicht vollständig verschwunden. Er traute seinen Augen nicht. Aus dem schwarzen Viereck glänzte eine kleine goldgelbe Fläche im Licht der heißen

Sonne. Die Reifen hatten die Minoische Dame in den weichen Asphalt gedrückt. Es erschien ihm sogar, als recke sich noch das Ärmchen von Ariadne nach oben, bereit, die Reifen der Moderne aufzuschlitzen. Sollte die Legierung von Atlantis tatsächlich von derartiger Qualität sein?

Zwei PKWs nahten. Er trat zurück. Mit hoher Geschwindigkeit pfiffen sie an ihm vorbei. Die Figur blieb unberührt. Sie lag fast unter dem Mittelstreifen. Er würde sie mit bloßen Händen dort nicht heraus bekommen, schon gar nicht unter diesen Bedingungen. Ratlos stand er im Gras. Er musste die Stelle genauestens markieren. Dort war der Königsstein, das sogenannte Westerhäuser Kamel, auf dessen Südseite der Weinberg von Winzer Kirmann lag. Und dort befand sich die Wildbrücke über den Motorway. Ihm kam jäh zu Bewusstsein: Die Minoische Dame lag exakt dort, wo sich das Steinkistengrab befunden hatte. Ihm wurde leicht schwindlig. Gab es einen mystischen Zusammenhang zwischen der atlantischen Ariadne und dem ägyptischen Recken Krrrsan? Das wäre selbst für ihn unglaublich. Und doch …

„Verlassen Sie auf der Stelle die Bundesschnellstraße! Hier spricht die Polizei! Sie bringen sich und andere in Lebensgefahr!", schrie in diesem Moment eine Lautsprecherstimme. Irritiert schaute Irenäus um sich. Dort, auf den entgegengesetzten Fahrspuren, kroch ein Polizeiauto. Sie sprachen über Lautsprecher, ihr Blaulicht winkte hektisch. „Verlassen Sie sofort …!"

Zum Glück war das Fahrzeug ebenso den Gesetzen der Technokratie unterworfen. Es konnte weder wenden noch stehen bleiben. Die Männer konnten die Fahrbahn nicht überqueren, ohne ihr Leben zu riskieren. Aber sie konnten Verstärkung anfordern, und die würde schnell hier sein.

Ein Pulk Autos überholte die Polizei. Irenäus handelte blitzschnell: Drei größere Steine schichtete er im Gras am Straßenrand auf, prägte sich die Situation noch einmal intensiv ein und rannte dann die zweihundert Meter zu seinem Daimler. Er sprang hinein und fuhr auf die gerade leere Piste. Sein Herz schlug heftig, weniger vor Anstrengung, mehr vor Aufregung.

Wanda hatte ihm nur Unheil gebracht. Wo mochte sie jetzt sein? War sie umgekehrt?

Er verließ an der nächsten Abfahrt „Thale – Westerhausen" den Motorway.

Eins aber hatte sie ihn nachhaltig gelehrt. Es gab Menschen, die ihre Zerrissenheit kultivierten, die gleichzeitig sehr liebenswert und völlig verdorben sein konnten. Er fand das traurig, es passte schwer in sein Weltbild, aber er musste es akzeptieren und in Zukunft stärker auf dieses Phänomen achten.

Langsam kurvte er durch das Dorf Westerhausen und bog in den Wald zu seinem Freund Karl Wabenmond ab. Es war jetzt 14 Uhr und er wollte unbedingt Rita erreichen. Die war bestimmt schon sehr verstimmt.

Zum Glück war der Förster zu Hause. Sprechtag für Wald-Nutzer. Nach der Begrüßung wählte er ohne Verzögerung Ritas Handynummer.

„Ja!", sagte diese leise. „Bist du es, Karl?"

„Nein, hier ist Irenäus!", erwiderte er. „Es ist gerade etwas schiefgelaufen. Bist du noch in Ballenstedt? Ich will dich jetzt abholen."

„Zu spät!", sagte sie mit etwas trauriger Stimme. „Ich sitze im Taxi nach Quedlinburg."

„Lass dich bitte zu mir bringen!", bettelte Irenäus. „Ich bin gleich dort."

„Geht nicht, selbst wenn ich wollte", erklärte sie bestimmt. „Oder hast du Otto erlöst?"

„Oh, so ein Mist!", rief er. „Dann komme ich jetzt zu dir!"

„Ach …!", antwortete sie und legte auf,

„Was bedeutet ‚Ach …'?", fragte Irenäus seinen Freund und ahmte Ritas Stimme nach.

„Dass du kommen sollst", meinte der Förster. „Aber sag schnell, was passiert ist!"

„Die Dame liegt in der B6n im heißen Teer", sagte Irenäus und schaute den Freund prüfend an.

„Schade, dass ihr nun alle verrückt geworden seid", meinte Karl und ging in sein Büro.

„Ich erzähle es dir später." Irenäus ging zu seinem Daimler und fuhr gen Quedlinburg.

XLIII

Ein Stück hinter Goslar lenkte Wanda das BMW Cabrio auf einen düsteren Parkplatz auf freier Strecke. Sie konnte nichts mehr sehen, weil sie immerzu weinen musste. Das Leben war derart beschissen! Sie heulte wild drauflos. Von diesem Püppchen hatte sie sich viel versprochen, und nun war alles kaputt, weggewischt von einigen blöden Menschen, die nicht richtig mitgespielt hatten.

Sie wollte diese Figur nicht mehr haben, ganz egal, wo sie nun weilte. Stanko war tot, ihr Traum geplatzt wie ein Luftballon. Für sie würde es auch Zeit abzutreten, sie war eine humpelnde, alte Ziege.

Bedrückt dachte sie an ein Buch, das ihr vor Jahren so gut gefallen hatte, „Der wunderbare Massenselbstmord", geschrieben von einem Finnen, dessen Namen sie auswendig lernte: Arto Paasilinna. Eine ständig anwachsende Schar von Selbstmordkandidaten kurvte mit einem Luxusbus durch Skandinavien, um sich letztendlich mit einem großen Anlauf vom Nordkap zu stürzen …

Wanda fand schon damals Gefallen an dieser Idee, jetzt nun sollte sie es selber tun. Sie wischte das Gesicht trocken und fummelte das Handy aus der Tasche. Diesem idiotischen Kerl musste

sie vorher noch Bescheid sagen. Hastig zauberte sie die Nummer aufs Display.

„Jürgen Graf!", meldete sich die joviale Stimme des Nürnbergers. „Wanda-Kind, bist du es?"

„Ja, ich bin es!", rief Wanda mit aufgeregter Kinderstimme. „Du musst dich jetzt gefälligst wieder selber um deine bescheuerte Figur kümmern. Hast du verstanden?"

„Ja mei!", unterbrach sie der Historiker belustigt. „Was ist denn Schlimmes passiert am Harz?"

„Deine Figur tötet Menschen, das ist passiert!", sagte Wanda wütend. „Mein Freund ist tot, mein Professor, ich war in der Irrenanstalt! Du kannst das Ding wiederhaben!"

Jürgen Graf lachte verhalten: „Das ist ja interessant! Sollte diese Statuette tatsächlich einer dieser atlantischen Rache- und Todesfetische sein? Mensch, Wanda, Liebes, das konnte ich doch nicht wissen!"

„Oooooch!" Wanda stieß einen gutturalen Laut des Unverständnisses aus. „Du bist der Spezialist und hast mich einem

Todes-Fetisch zum Opfer gebracht. Prima! Wirklich! Warum tötet sie nicht diesen bescheuerten Moll?"

„Ja mei!", überlegte Jürgen Graf. „Entweder mag sie ihn, oder er besitzt eine stärkere Magie als sie. Wo befindet sich die Statuette denn jetzt?"

Wanda lachte trocken auf: „Ich habe sie bei Tempo 200 aus dem Auto geworfen. Sie liegt jetzt auf der Autobahn und kann sich an selbst inszenierten Massenkarambolagen ergötzen!"

„Ja, sag mal, spinnst du a bissl, Mädchen?", ereiferte sich der Mann im Nürnberger Studierzimmer. „Du kannst doch nicht eines der wertvollsten Artefakte der Menschheitsgeschichte einfach wegwerfen und dich dann wundern, dass er dich nicht leiden kann!"

„Da verwechselst du ja wohl Ursache und Wirkung!", schrie Wanda erbost ins Handy.

„Ganz und gar nicht!", erwiderte Jürgen Graf. „Kindchen, dir ist nicht klar, dass die Magie außerhalb von Raum und Zeit läuft, zumindest wie wir diese Phänomene kennen. Das Artefakt hat sich von dir missbraucht gefühlt, währenddessen Moll es zu lieben scheint. Wie finde ich es denn nun wieder?"

„Frage Irenäus Moll! Vielleicht hat er es schon wieder eingesammelt", keifte sie und schaltete die Verbindung ab.

Was bildete sich dieser alte Sack ein? Sie hatte das Püppchen über die Maßen geliebt und außerdem war das alles Quatsch mit dem Fetisch. Hokuspokus!

Zwei Raben strichen über das geöffnete Cabriolet und stießen krakelnde Rufe aus, so als würden sie sich unterhalten. Der eine warf ihr mit klugem Auge einen Blick zu. Wanda duckte sich vor Schreck in die Sitzpolster.

Nervt mich nicht!, dachte sie und schaltete das Navi ein. Sie leckte die Lippen mit spitzer Zunge und studierte das Kartenwerk. Es war jetzt gegen 15 Uhr. Noch heute könnte sie die Öresund-Brücke überqueren, ein erster Schritt in Richtung Nordkap. Sie wischte die letzte Träne vom Jochbein und lenkte den BMW wieder auf die Bundesschnellstraße.

XLIV

„Bin mit Otto!“, stand an Ritas Wohnungstür. Verständlich, dachte Irenäus, der Hund saß anderthalb Tage allein im Zimmer. Was er wohl angestellt hatte? Wenn Rita ihm jemals einen Schlüssel geben würde, sähe die Lage ganz anders aus. Ich könnte mich jetzt auf die Suche nach ihr begeben, dachte er, aber ich könnte auch etwas Schönes zum Trinken und Essen kaufen.

Nach einiger Zeit kehrte er mit zwei Flaschen besserem Sekt, frisch geräucherter Forelle, zwei Baguettes, einem Stück Butter und einem Tütchen Kaffee zurück. Er begegnete ihr noch auf der Straße, sie sah traurig aus. Nur Otto war heilfroh, noch einmal mit dem Leben davongekommen zu sein, und versuchte freudig jaulend, Irenäus die Einkaufstüte zu entreißen.

„Ich habe ein bisschen für uns eingekauft“, begrüßte er sie sanft. „Bestimmt musst du mal wieder was essen.“

Rita schenkte ihm ein verhaltenes Lächeln, dann sagte sie: „Na, dann komm rein, du Erpresser!“

Er stellte drinnen die Tüte ab und nahm Rita in die Arme. Bebend schmiegte sie sich an ihn. Sie wirkte heute verletzlich und nicht so durchtrainiert wie sonst. Er streichelte ihren Rücken und küsste sie. Dann packte er seinen Einkauf aus. Er wusste, dass sie gern geräucherten Fisch aß, noch lieber als Halberstädter Würstchen.

„Geht's dir wieder besser?“, fragte er und öffnete eine Sektflasche.

Sie trank zaghaft einen Schluck und erwiderte: „Nicht wirklich! Ich wusste weder, dass Darko eine Bande anführte, noch dass ich ihn in dieser Nacht vor mir hatte. Wir kannten uns erst seit sechs Tagen. So – nun weißt du es.“

„Und woher kanntest du ihn?“, wollte Irenäus wissen und drapierte den Fisch auf einer Porzellanschale.

„Ich habe ihn beim Klauen erwischt“, sagte sie leise. „Dann bin ich ihm nachgelaufen. Es war schön, aber fremdartig, Menschen aus einem anderen Umfeld, so wie bei dir Wanda Uhland.“

Er überging diese Anspielung: „Und was wird nun aus uns?“

Sie lächelte und trank noch einen Schluck Sekt: „Ich glaube, ich freue mich schon auf dich.“

Irenäus schaute sie prüfend an, dann lächelte auch er und schob ihr den Räucherfisch und das Baguette zu.

„Also mit dem Baumaschinenskandal will ich nichts zu tun haben", grinste Irenäus. „Darko war offenbar nur darin verwickelt. Stanko jedoch wollte auch die Minoische Dame klauen, die Professor Westermann für einen Superwerkstoff mit TiC-Komponente hielt. Woher aber wusste er davon?"

„Was ist heute Mittag passiert? Hast du die Tussi gefangen?", fragte Rita aufgeregt.

„Eins nach dem anderen, lieber Watson!", kicherte der Privatdetektiv und leckte die fettigen Finger ab.

„Folterknecht!", rief Rita dazwischen. „Er wusste davon, weil Wanda Uhland ihn angerufen hatte. Er war ihr Professor. Sie brauchte wahrscheinlich seinen Rat bezüglich des Werkstoffs. Eigentlich wollte sie damit das große Geld machen. Sie wollte dir die Figur abluchsen, nicht deine Liebe."

„Ja doch!", grummelte Irenäus. „Und woher kannte er mich, der Herr Professor? Von Wanda?"

„Für so blöd halte ich sie nicht", überlegte Rita, „aber sie muss eine Andeutung gemacht haben. Er hat nämlich anschließend sofort einen gewissen Markoviz angerufen. Hast du den Namen schon gehört?"

„Alexander Markoviz!", rief Irenäus. „Dann ist alles klar! Er hat ihm meinen Namen und eine haarkleine Beschreibung meiner Wohnstatt geliefert. Es hätte alles so gut klappen können, wenn sich die beiden Männer nicht zufällig begegnet wären. Das hat die Minoische Dame in Szene gesetzt. Sie war stärker als Wanda mit ihrem Firlefanz!"

„War sie so bescheuert?", erkundigte sich Rita, und ihre Augen waren dunkelgrün.

„Nein, war sie nicht", antwortete er. „Sie ist so etwas wie ein liebenswertes Arschloch. Dann bleibt nur noch die Frage: Woher wusste Wanda Uhland, dass sich bei mir eine Figur aus Bergerz befindet? Offenbar hat sie ja die gesamte Show ins Rollen gebracht. Ohne diese Frau stünde Ariadne immer noch brav unter der Kaffeemütze."

„Wo steht sie jetzt?", warf Rita neugierig ein.

„Haben Sie doch Geduld, Watson!", schimpfte Irenäus spielerisch. „Eigentlich kann sie das nur von einem einzigen Menschen wissen."

„Von Jürgen Graf!", rief Rita. „Gießen Sie mir Champagner nach, Holmes! Allerdings gäbe es noch eine zweite Variante."

Irenäus schaute sie ungläubig an.

„Karl Wabenmond", meinte die Kriminalistin gelassen. „Auch er könnte Wanda Uhlands Verführungskünsten verfallen sein ..."

„Und hätte mich die ganze Zeit belogen?", fragte Irenäus empört. „Diese Variante ist zwar theoretisch möglich, aber ich würde sie erstmal hintan stellen."

„So, nun mal endlich ...!", forderte Rita.

Irenäus grinste unfroh und schilderte die Autojagd mit Wanda. Als er geendet hatte, stöhnte seine Freundin: „Mensch, Moll, geht's denn noch bescheuerter? Die atlantische Figur über dem Grab des Recken. Hast du schon einen Plan? Hast du noch Räucherfisch?"

„Hier ist der Fisch, meine Liebe!", erwiderte er und machte ihr schöne Augen. „Ich öffne die nächste Flasche, ja? Wir müssen die Figur aus dem Straßenbelag herausarbeiten. Irgendwie. Das ist natürlich kein leichtes Unterfangen. Man könnte die Straße sperren lassen, ganz offiziell. Das setzt einen Riesenwust von Erklärungen voraus, und ich bezweifele, dass uns wer glauben wird. Aber selbst wenn, wem gehört die Figur? Der Deutschen Wehrmacht? Dieser Familie? Den Kretern? Mir? Ist sie Nationales Kulturerbe? Gehört sie der Bundesrepublik Deutschland?"

„Der gönnst du sie nicht!", rief Rita. „Habe ich Recht?"

„Hast du!", sagte er ungerührt. „Also kann ich es nur allein anstellen. In der Nacht. Ein kleines Loch mit Hammer und Meißel. In der Nacht fahren wenig Autos und man sieht ihre Scheinwerfer schon von weitem. Das Risiko, platt gefahren zu werden, hält sich in Grenzen. Was meinst du dazu?"

„Kompletter Irrsinn", konstatierte sie. „Aber ich glaube auch fast, es geht nicht anders. Die Frage ist nur, ob du das im Alleingang schaffst, oder ob du jemanden benötigst, der dir hilft." Rita schaute ihn fragend mit ihren grün schimmernden Katzenaugen an. Die roten Haare fielen ihr von einer Seite her ins Gesicht.

„Willst du etwa ...?", fragte Irenäus ungläubig und schaute skeptisch drein. „Nein, das kann ich nicht verlangen. Wenn uns jemand erwischt, bist du deinen Job los."

„Ja, du hast Recht!", sagte sie knorrig und umrundete den Tisch. „Darf ich dich mal küssen, Blödmann?" Sie packte Irenäus am Kopf und suchte mit den Lippen seinen Mund, seinen Hals, sie wurde inbrünstig und strich die nackten Brüste über sein Gesicht, stöhnte und ließ sich lecken. Dann löste sie sich wieder und lachte: „Verzeihung, ein kurzer Liebeskoller! Bevor es weitergeht, muss ich duschen."

„Dieses ewige Gedusche“, knurrte er und knetete ihren Hintern und ihre Schenkel. „Ich könnte Karl fragen, aber auch der riskiert seine Stelle bei der Behörde.“

„Ich habe noch eine andere Idee“, erklärte Rita. „Warum willst du eigentlich nicht mit Jürgen Graf zusammenarbeiten? Ich glaube, die Zeit ist reif.“

„Mit dem?“ Irenäus war empört. „Der will mir doch die Figur wegnehmen.“

„Ist doch gar nicht wahr!“, widersprach die Frau und setzte sich rittlings auf seine Oberschenkel. „Er wollte mit dir einen Deal eingehen und du hast ihn weggeschickt. Ich glaube, ihr könntet beide ganz gut kooperieren.“

„Und Wanda?“, fragte er nicht überzeugt und schob langsam das grüne T-Shirt nach oben. „Hat sie mit ihm zusammengearbeitet?“

„Die macht doch alles im Alleingang“, meinte Rita. „Aua, etwas sensibler, wenn ich bitten darf! Los, rufe den Graf jetzt an. Ich suche die Nummer raus. Mal sehen, was er sagt!“

Zehn Minuten später.

„Jürgen Graf!“, meldete sich eine sonore Stimme.

„Irenäus Moll!“, antwortete Irenäus. „Haben Sie einen Moment Zeit? Es ist wichtig.“

„Ja mei, der Herr Moll!“, rief der Nürnberger. „Das trifft sich ja gut! Ich bin gerade dabei, die Reise zu Ihnen vorzubereiten. Was ist den nun wieder mit dem Artefakt passiert?“

„Sie wissen bereits davon?“, fiel ihm Irenäus sehr erstaunt ins Wort. Rita, die über Lautsprecher mithörte, zog eine Grimasse.

„Na, die Wanda hat mich doch gleich angerufen wie ein aufgescheuchtes Huhn“, lachte Jürgen Graf. „Mei, ist das eine ambivalente Person! Sie hat mir so einen Schmarrn erzählt, dass sie die Figur bei 200 km/h Ihnen an den Kopf geworfen hätte. Alles solch konfuses Zeug. Was stimmt denn nun? Ich will gleich zu Ihnen kommen. Diesmal wimmeln's mich nicht ab! Mein Angebot steht.“

„Herr Graf!“, versuchte Irenäus sachlich zu bleiben. „Wanda Uhland hat mich mit der Statuette beworfen, als wir mit Zweihundert nebeneinander herfuhren. Das stimmt schon. Die Minoische Dame ist auf der Straße gelandet und in den glutheißen Asphalt gedrückt worden. Von einigen ukrainischen Sattelschleppern. Dort liegt sie jetzt unsichtbar.“

„Wir müssen sie unbedingt herausholen!", rief der Kulturhistoriker aufgeregt. „Warten Sie bitte damit, bis ich in Quedlinburg bin. Morgen werde ich da sein."

„Würden Sie sich an der Rettungsaktion beteiligen?", erkundigte sich Irenäus. „Ohne linke Dinger? Deshalb rufe ich an."

„Was für linke Dinger, Herr Moll?", fragte Jürgen Graf mit belegter Stimme. „Ich bin ein Ehrenmann und würde sehr gern mit Ihnen gemeinsam arbeiten. Diese Wanda habe ich nur ein paar Stunden lang gesehen. Sie sollte herausfinden, ob diese Statuette bei Ihnen ist, weiter nichts. Das war für sie selbst ein Gaudi."

„Hm!", machte Irenäus. „Sie ist wesentlich weiter gegangen. Sie war scharf auf das Material. Das wollte sie unbedingt besitzen und weiter vermarkten. Die spezielle Verbindung mit Titancarbid."

„Titancarbid? Ja mei! Die Figur ist doch aus Bergerz! Und das habe ich nur nebenbei erwähnt." Jürgen Graf klang bestürzt. „Mir kommt es doch auf die Herkunft an. Aber dann wird mir alles klar!"

„Was wird ihm klar?", fragte Rita interessiert, aber so, dass es der Nürnberger mithörte.

„Ach, die Frau Hauptkommissarin! Grüß' Sie!", rief der Historiker. „Mir wird klar, warum sich das Artefakt gegen diese Leute zur Wehr gesetzt hat."

„Zur Wehr gesetzt?", fragte nun Irenäus. „Können Sie das genauer erklären?"

„Sie sind ja auch ein subtiler Geist, Herr Moll, und werden das verstehen", artikulierte der Wissenschaftler vorsichtig. „Wie es aussieht, handelt es sich bei diesem Artefakt um einen atlantischen Todes- und Rachefetisch. Er beseitigt die Leute, die ihn nicht lieben. Ich rate Ihnen dringend, mit der Bergung zu warten, bis ich morgen bei Ihnen bin. Da ist die Straße auch noch gut aufgeweicht. Es soll noch heißer werden. Versprechen's mir das?"

„Eine Rachegöttin? So was gibt`s doch gar nicht", sagte Rita, halb nachdenklich, halb spöttisch. „Das sind doch Märchen … Tragen Sie da nicht etwas sehr dick auf, Herr Graf?"

„Halten's sich zurück, Frau Hauptkommissarin!", meldete sich Jürgen Graf zu Wort. „Wir mit unserer Mondlandung und dem ganzen Computer-Schnickschnack meinen, wir hätten die Weisheit mit Löffeln gefressen. Dem ist nicht so! Andere Zeiten, anderes Denken, andere Erkenntnisse. Glauben's mir! Ich sitze länger dran als Sie beide! Warten Sie auf mich? Morgen früh fahre ich los. In der nächsten Nacht bergen wir die Schönheit."

„Abgemacht!“, erwiderte Irenäus, und Rita nickte ihm bedächtig zu. „Bis dann!“

„Servus! Bis dann, Ihr Zwei!“ Jürgen Grafs Stimme klang erleichtert, als er auflegte.

Irenäus legte einen Arm um Ritas Taille: „Beide Fälle gelöst. Die Details erfahren wir morgen.“

„Ganz schön mystisch“, flüsterte Rita. „Ich gehe jetzt duschen. Du könntest auch mal …“

„Ihr alle mit dieser fortwährenden Duscherei“, grinste Irenäus und fing an, abwechselnd Rita und sich selber zu entkleiden.

XLV

Am Mittwoch meldete sich Rita telefonisch für diese Woche krank, wie man es ihr in der Psychiatrie vorgeschlagen hatte. Irgendwelche diffizilen Fragen konnte sie bei ihrer momentanen Seelenschwäche nicht beantworten. Kollege Schropel war zum Glück gerade außer Haus, sodass der waghalsige Akt in wenigen Minuten abgehandelt war. Anschließend kaufte sie zwei Gläser Halberstädter Würstchen und fuhr zusammen mit Otto in den Wald zum bewussten Grundstück.

Irenäus war ein wenig überdreht, denn voraussichtlich würde er noch in dieser Nacht die Operation „Rettung der Minoischen Dame" anführen müssen. Rita küsste ihn sanft, sie genoss es, wieder mit einem Menschen zusammen zu sein, der die Welt ähnlich wie sie sah. Dieser große Hund mit seinen intelligenten blauen Augen hatte ihr mehr zu bieten, als der kleine schwarze Straßenkater Darko.

Sie gestanden sich nicht laut ein, dass sie wie gespannte Federn auf Jürgen Graf warteten, aber sie konnten kaum an etwas anderes denken. War es die richtige Entscheidung gewesen? Sie glaubten daran. Irenäus konnte seine Freude darüber nicht verbergen, einmal einem wahren Atlantis-Forscher zu begegnen, und Rita war gespannt darauf, zum ersten Mal in ihrer Laufbahn einen mysteriösen Edelkriminellen vor sich zu haben.

Gegen Mittag ertönte ein Motorengeräusch.

„Er kommt!", flüsterte Irenäus und zwickte Rita vor Aufregung in die Seite. Otto und sein Vater liefen zum Eingang.

„Aua!", lachte Rita. „Ich weiß nicht, die Hunde …"

Die Hunde rannten wedelnd auf den kleinen grünen Jeep der Stadtverwaltung zu, der in einiger Entfernung stoppte.

„Na, ihr zwei!", begrüßte sie Karl Wabenmond. Dann legte er die Stirn in Falten: „Was ist los? Komme ich zur falschen Zeit?"

„Ein bisschen!", sprang Rita schnell ein. „Wir erwarten gerade jemand anderen."

„Aber das macht nichts", fügte Irenäus schnell hinzu und beugte sich zu Birka, der Dachsbracke, die nun auch mit Otto Bekanntschaft schloss.

„Ist was passiert?" Karls Augen schauten misstrauisch von einem zum anderen. „Besser, ich fahre wieder. Ja?"

Rita seufzte tief: „Willst du's ihm sagen, Irenäus?"

„Ach nee!", sprach Karl und drehte sich um. „Lieber nicht!"

„Wir warten auf Jürgen Graf", stieß Irenäus hervor. „Gemeinsam wollen wir die Minoische Dame ... Wir wollen dich nicht in Schwierigkeiten bringen, Karl!"

„Ach ja?", fragte Karl beleidigt und schaute über die Schulter zurück. „Dann lasst es bleiben!"

„Na, komm schon!", rief Rita, die ein weicheres Herz als Irenäus hatte. Karl kehrte um – und erfuhr alles.

Gerade als der Bericht sein Ende fand, ertönte erneut ein Motorengeräusch. Diesmal rannten drei Hunde bellend zum Eingang. Ein rotweißer Opel Kapitän hielt hinter Karls Jeep.

„Wow!", machten Irenäus und Karl. Auch Rita staunte. Solch ein Fahrzeug hatten sie bis jetzt höchstens als Spielzeug-Auto gesehen.

Aus dem Wagen stieg ein rüstiger, älterer Herr mit einer weißgrauen Einstein-Frisur und einem imposanten Schnauzbart. Irenäus ging ihm entgegen. Zwei Alpha-Tiere begegnen einander, dachte Rita belustigt.

„Servus, Herr Moll!", rief der Mann und streckte beide Arme zum Gruß aus. „Sehr gut, dass wir uns so treffen."

„Guten Tag, Herr Graf!", antwortete Irenäus tatsächlich. Rita musste grinsen. „Hatten Sie eine gute Fahrt?"

„Wie im Film", flüsterte Karl kichernd Rita zu. Die beiden
Männer kamen zum Gartentisch.

Irenäus stellte vor: „Die Hauptkommissarin kennen Sie ja schon. Sie ist privat hier. Und das ist mein Freund Karl Wabenmond. Er war von Anfang an in die Bergung der Minoischen Dame involviert. Er kennt die gesamte Geschichte."

Nachdem sich alle brav begrüßt hatten, fragte Irenäus höflich: „Möchten Sie bei dieser Hitze ein Schlückchen trinken?"

„Ja mei!", antwortete Jürgen Graf. „Ich habe ein tiefgekühltes Fässchen geräuchertes Nürnberger Schwarzbier dabei. Ehe es warm wird?"

„Oh!", riefen Irenäus und Karl. Rita zog die roten Brauen zusammen.

Beim Ausladen erklärte der Historiker: „Den Kapitän fahre ich schon seit kurz nach der Konfirmation. Kann mich einfach nicht trennen. Vor dreißig und vor zehn Jahren habe ich von Opel eine neue Maschine einbauen lassen. Man muss so etwas nur rechtzeitig ordern, versteht's?"

Der rotweiße Opel Kapitän wirkte wie ein Schiff aus einer anderen Raum-Zeit-Blase. Die blitzenden Chromleisten, Radkappen und Außenspiegel. Verchromte Stoßstangen, angedeutete Heckflossen, dunkelrote Ledersitze, weiße Reifen, ein Lenkrad aus weißem Duroplast mit verchromten Speichen. Der Wahn!

Sie stellten das Zwanzig-Liter-Fässchen in die Küche. Unter der glühenden Aprilsonne stießen sie alle vier an.

„Haltet euch im Zaum, Männer!", mahnte Rita. „Heute Nacht muss die Aktion steigen. Nicht, dass ihr dazu nicht mehr fähig seid. Prost!"

„Sehr vernünftig, Frau Hauptkommissarin", sagte der neue Gast. „Ich heiße übrigens Jürgen! Wenn's beliebt."

„Irenäus!"

„Karl!"

„Rita!"

Bei einem Gläschen des starken und würzigen Gebräus erzählten sie einander die vollständige Geschichte von Wanda, Irenäus, der Minoischen Dame und dem Erforscher uralter Artefakte. Es war eine sehr angenehme und lehrreiche Runde, in der die einen immer wieder über die Erlebnisse der anderen in Staunen versetzt wurden.

„So!", sagte der Nürnberger, als alles abgehandelt war. „Ich würde euch nun gern zu einer kleinen Fahrt im Kapitän einladen. Wir sollten unbedingt alle miteinander auf dem gleichen Erkenntnisstand bezüglich der Örtlichkeit sein. Bis jetzt weiß nur Irenäus, wo das Artefakt begraben liegt. Nehmt's euch alle noch a Glaserl Geräuchertes und dann ab!"

Sie fuhren durch Quedlinburg, sahen die Burg in der ungewöhnlichen Hitze flimmernd zum Himmel ragen. Das Bier war noch sehr kühl. Kopfschüttelnd trank Rita aus den großen Gläsern. Die Frau Hauptkommissarin im Gehirn befand, dass sie sich momentan in diametral anderen geistigen Gefilden bewegte als noch vor einer Woche um diese Zeit. Irgendwie war zwar ebenfalls nichts von dem, was sie taten, besonders staatskonform, aber es befand sich auf einem wesentlich angenehmeren Niveau.

Bald rollte das fahrende Pub von der Bundesstraße 79 auf das Band des monströsen Motorways B6n, das erbarmungslos eine gewachsene Kulturlandschaft zerschnitt.

„Hier haben's euch die Steuerzahler aber ein Ding hingebratzt!", entfuhr es Jürgen Graf. Gemächlich fuhr der Kapitän auf der rechten Spur. Irenäus erinnerte sich an die Autojagd mit dreifacher Geschwindigkeit.

„Gleich kommt die Stelle“, sagte er. Jürgen Graf wurde noch langsamer. Zur Linken lag das Dorf Westerhausen. „Hier!“, rief Irenäus. „Dort ist das Viereck!“ Tatsächlich gab es nur eine einzige ausgebesserte Fläche.

„Das hat sie sich genau ausgesucht“, sagte der Historiker.

„Dort liegen meine Markierungssteine“, begeisterte sich Irenäus. Sie hatten jetzt die Stelle erreicht. Seltsamerweise waren sie völlig allein auf dem Motorway. Ein goldener Reflex strahlte für eine Sekunde aus der Fahrbahn. Alle hatten es gesehen, obwohl das physikalisch relativ unwahrscheinlich war.

„Sie ruft uns schon!“, lachte Jürgen Graf.

Rita wischte heimlich eine Träne aus dem Auge. Diese drei Männer waren wirklich verrückt.

XLVI

Kurz nach eins in der Nacht bremste Rita auf dem Seitenstreifen. Die drei Männer stiegen aus.

„Viel Glück!", wünschte sie mit aufgeregter Stimme.

„Das wird schon! Bis gleich!", sagte Irenäus und küsste sie flüchtig auf die Wange.

In den vergangenen Stunden hatten sie die unterschiedlichsten Szenarien durchgespielt. Wildbrücke, Begrenzungszaun, Lichtsignale. Letzten Endes hatten sie das alles verworfen und die triviale Lösung bevorzugt.

Karl, der Jäger, blieb auf der Böschung und hielt nach den Lichtern sich nähernder Fahrzeuge Ausschau. Wenn er rief, würden die beiden anderen Männer sofort die Fahrbahn verlassen. Irenäus und Jürgen Graf würden mit einem akkubetriebenen Bosch-Meißel und einem Hammer die Statuette befreien. So war der ganz einfache Plan.

Also gingen die beiden im Schein einer Handlampe auf die

Straßenmitte. Nirgends ein Autoscheinwerfer. Der Asphalt war angenehm warm. Nachttiere stießen Paarungsrufe aus, Frösche quakten, entfernt bellten Hunde in Börnecke und Westerhausen. Die Sterne strahlten von einem blitzblanken Firmament. Der abnehmende Mond war noch zur Hälfte sichtbar. Es war die wärmste Aprilnacht seit Beginn der Wetteraufzeichnungen.

Die Minoische Dame machte es ihnen leicht. Fast hätte Irenäus auf das ausgestreckte Ärmchen getreten, das ein paar Zentimeter aus dem Asphalt ragte. Der perfekte Reifenkiller!

„Sie hat sich nicht verbogen", flüsterte der Historiker.

„Weil sie aus Bergerz besteht", antwortete Irenäus.

Jürgen Graf setzte behutsam den Bosch-Meißel an und stanzte ein kleines Viereck aus dem Belag. Da nahte ein Scheinwerferpaar aus der Gegenrichtung, jenseits der Mittelleitplanke. Die beiden Männer duckten sich ab. „Das ist Rita!", sagte Karl. Gleich darauf grüßte der Golf mit einem Hupsignal. Dann war er vorüber. Sie arbeiteten weiter. Nach drei Minuten hatten sie die relativ weiche Deckschicht entfernt. Bis jetzt war noch kein Auto gekommen.

„Sie schützt uns“, sagte Graf. „Das ist ein gutes Omen.“

Eine Minute später setzte Irenäus einen blanken Edelstahl-Meißel an. Mit einiger Gewalt hebelte er Ariadne aus der Unterlage. Etwas Asphalt klebte noch an ihr. Ein Gefühl äußerster Befriedigung durchzog sein Gemüt. Er küsste die Statuette, dann reichte er sie Jürgen Graf.

„Ja mei!“, sagte der und gab ihr ebenfalls einen Kuss. „Was machst' denn für Gaudi?“

Sie verließen die Fahrbahn. Das Loch in der Schwarzdecke war vernachlässigbar. Auch Karl freute sich sehr und zog sein Handy heraus. Fröhlich sagte er: „Operation beendet!“

Drei Minuten später hielt Ritas Golf bei Ihnen. Die Minoische Dame hatte es so eingerichtet, dass der Motorway in den vergangenen fünfzehn Minuten von niemandem befahren wurde.

EPILOG

X

Nach Abschluss dieser Operation versetzte Ariadne die vier Akteure in einen Zustand überwältigender Müdigkeit. Möglicherweise war aber auch keinerlei Mystik oder Zauberei im Spiel, und es handelte sich nur um eine durchgreifende Erschöpfung im Gefolge der ungewöhnlichen Erlebnisse und Gefühlsschwankungen.

Erst am Nachmittag fand man sich wieder bei Irenäus Moll zusammen, diesmal in freudig ausgeglichener Stimmung. Es gab wahrlich Grund zum Feiern. Im Schatten einer Baumkrone, die wie ein Schirm die heiße Sonne fernhielt, wurde einer von Irenäus' Tischen aufgestellt. Der Tisch war schwer und aus gediegener Eiche. Auf seine polierte Platte legte Rita eine von Omas Damast-Tischdecken. Darauf platzierte sie das alte blauweiße Bertha-Geschirr und einheitliche Gläser fürs geräucherte Nürnberger Schwarzbier.

In einer Kasserolle bot sich das Lieblingsgericht des Privatdetektivs ohne Lizenz und Waffe Irenäus Moll den hungrigen Blicken dar. Die braune Oberfläche der Halberstädter Würstchen gab noch zarte Dampfwolken ab. Der Mostrich glänzte in einem edlen Porzellangefäß. Radieschen, Tomate und Gewürzgurken

lagen in einer Schale, das frische Brot von Bäcker Koch war auf einem Buchenholzbrett geschnitten.

„Es ist fantastisch!", intonierte der Kunsthistoriker und zapfte fränkisches Bier in die Gläser. Am Tisch saßen Irenäus, Rita, Karl und Jürgen Graf. In der Mitte der Tafel stand, ein wenig deplatziert, eine ältere Kaffeemütze. Zum Startzeichen des Banketts hob der Hausherr diese in die Höhe.

Genau in diesem historischen Augenblick erhoben sich alle drei Hunde von ihren Plätzen und rannten, sich gegenseitig bedrängend, zum Eingang..

Ein roter Fleck tauchte hinter dem Grün der Büsche auf. Karl lächelte plötzlich verzückt und erhob sich von dem uralten Gartenstuhl. Die Hunde umsprangen Marie, die ihr Fahrrad auf die Freifläche schob. Jürgen Graf schluckte vor Überraschung, denn Marie sah heute besonders sexy aus. Das kleine rote Oberteil war verschwitzt, ihre blauen Hotpants spannten um die braunen Schenkel. Die schwarzen Haare hingen etwas wirr vom Fahrtwind. Atemlos sagte sie: „Ich wollte auch dabei sein …!"

Alle freuten sich, und Karl bemerkte plötzlich, dass Rita bereits ein Gedeck mehr aufgelegt hatte. Er flüsterte: „Hast du ihr Bescheid gesagt?"

Rita nickte unauffällig mit dem Kopf.

„Woher wusstest du ihre Adresse?", wisperte er, während Marie die beiden anderen Männer begrüßte. „Die kenne doch selbst ich nicht."

„Ich bin Kriminalistin", flüsterte Rita und lächelte geheimnisvoll.

„Gib sie mir!", forderte der Förster.

Rita schüttelte unmerklich den Kopf und tat der Schönen ein Halberstädter Würstchen auf den Teller. Mit ihrem bezaubernden Lachen, dem allerschönsten Merkmal an ihr, setzte sie sich neben Karl, dem somit keine Zeit zum Einschnappen blieb. Marie führte auf dem Gepäckträger eine Picknick-Kühlbox mit, aus der sie unverzüglich eine Flasche Champagner hervorzog. Irenäus eilte ins Haus, um die dafür angemessenen Gläser herbeizuholen.

Endlich stießen alle miteinander an, jeder mit jedem, wobei sie sich wechselseitig mehr oder weniger tief in die Augen blickten. Nachdem sie die Lippen mit dem trocken prickelnden Getränk benetzt hatten, lüftete Irenäus mit der gebotenen Andacht die Kaffeemütze.

Vor ihnen erschien in der Mitte des Tisches, auf einer kleinen runden Hartholzscheibe stehend, die Minoische Dame. Im Halbschatten des Blätterdachs reflektierte sie das Sonnenlicht in grünlich goldenen Schlieren. Sie war makellos wie eh und je, abgesehen von einigen Bitumen-Resten, die noch an ihr hafteten und einen interessanten Kontrast abgaben, so als hätte man sie erst gestern aus einem Sumpf gezogen. Ihr Gesicht war wie stets abgewandt und leicht ins Abseits gerichtet. Offenbar hatte der Künstler einen magischen Winkel gewählt, der diesen Eindruck optimal verstärkte.

„Sie ist völlig heil geblieben!", rief Marie ungläubig aus. „Obwohl so viele Autos und Lastwagen über sie gefahren sind. Ein Wunder!"

„Es ist tatsächlich ein Wunder", bestätigte Irenäus. „Rational gesehen, kann es nur darin begründet sein, dass sie aus TiC besteht und vielem anderem …"

„Eben aus Bergerz!", warf Jürgen Graf heiter ein.

Die Stimmung war fröhlich und ausgelassen. Es waren genug Halberstädter für alle da, und die kalten Getränke hielten die Herzen in einem optimalen Frequenzbereich.

„Und nun?", fragte Marie, deren Gefühle der Statuette möglicherweise am Fernsten standen. „Was soll nun mit der Figur geschehen?"

Mit großen dunklen Augen schaute sie reihum und ließ den Blick schließlich auf Irenäus haften. Der empfand sich als der Hauptangesprochene und blickte nun seinerseits leicht verunsichert auf Rita. Diese hob fast unmerklich die Schultern. Karl Wabenmond guckte eilig in sein Bierglas und Jürgen Grafs Miene drückte fordernde Verlegenheit aus. Also sprach Irenäus: „Wir haben dich, Jürgen Graf, deshalb benachrichtigt, weil wir dein Fachwissen zu Rate ziehen wollten. Wie könnte uns diese Bronze über ihre Entstehungszeit aufklären und uns den damals herrschenden Geist über die Zeit hin vermitteln? Die Atlantis-Theorie interessiert auch mich, und ich bin sehr gespannt auf deine Erklärungsvorschläge. Vielleicht wären wir noch lange nicht zusammen gekommen, wenn die Minoische Dame nicht die Konfusionen der letzten zehn Tage inszeniert hätte. So könnte man das Geschehene zumindest interpretieren, obwohl die meisten Leute diese Deutung für esoterische Spinnerei halten werden. Doch wir an diesem Tisch wissen, was wir wissen. Wer nicht dabei war, wird uns nur schwer Glauben schenken können. Für manche Menschen allerdings mag die Minoische Dame die spannendsten Antworten der Menschheitsgeschichte in sich tragen.

Was meinst du?"

„Das Problem ist nicht ganz einfach, verehrter Irenäus Moll", erwiderte der Historiker. „Um diese hypothetischen Fragen gewissenhaft abzuklären, muss ich eine Reihe von Untersuchungen durchführen. Am einfachsten ginge das alles, ehrlich gesagt, wenn sich die Figur in meinem Besitz befinden würde. Sage mir einen Preis, und ich kaufe sie dir ab. Ich werde nicht knausrig sein."

Irenäus schaute ziemlich verwirrt drein, dann rang er sich jedoch zu einer Aussage durch: „Ich denke, in diesem Falle hatte Wanda tatsächlich Recht. Die Figur gehört niemandem, sucht sich aber ihren Besitzer selber aus. Wenn sie wirklich ein Rache- und Todesfetisch ist, wie du behauptest, sollte lieber sie selbst entscheiden."

„Na ja, mit dem Rache- und Todesfetisch", begann Jürgen Graf, seine eigene Aussage zu relativieren, „ist das so eine Annahme. Eigentlich ist es erstmal eine sehr seltene und überaus schöne Statuette aus Bergerz. Alles andere wird sich zeigen. Welche Summe würdest du denn ins Auge fassen?"

„Jürgen, du beginnst herumzueiern", sagte Irenäus streng. „Du solltest dich in meinen Augen nicht unglaubwürdig machen. Ich will die Figur nicht verkaufen."

„Dann versucht doch einfach folgende Lösung", wandte sich Rita an die Männer. „Ihr beschäftigt euch beide mit der Figur. Sie bleibt im Besitz von Irenäus, aber Jürgen untersucht sie. Dann werdet ihr euch beide überlegen, wie die Erkenntnisse publiziert werden können."

„Das ist keine schlechte Idee", pflichtete Karl bei. „Zuerst klärt ihr die Atlantis-Theorie und anschließend vielleicht noch die Bergerz-Hypothese. Diesen Pakt schließt ihr vor unseren Augen und vor Ariadne. Keiner von euch soll die Figur heimlich unterschlagen. Die hat bereits gezeigt, was sie dann anstellt."

„Gut gesprochen!", lachte Marie. „Schließt den Pakt, und ihr habt beide etwas davon!"

Irenäus Moll und Jürgen Graf blickten beide etwas skeptisch, doch dann lockerten sich auch ihre Mienen, und sie gaben sich die Hand. Der Pakt wurde geschlossen.

Anschließend nahm der Kulturwissenschaftler die Minoische Dame in die Hand, schaute verliebt darauf und sagte: „Ich schlage vor, dass ich sie heute noch mit nach Nürnberg nehme und mit den detaillierten Untersuchungen beginne. In ein paar Tagen bringe ich sie wieder her und wir feilen gemeinsam an einer Hypothese, die wir veröffentlichen können. Das ist besser, als die Maid hier ewig unter der Mütze zu verstecken. Am liebsten würde ich gleich losfahren. Ich bin nämlich sehr gespannt."

Irenäus fand diesen Vorschlag nicht sonderlich prickelnd, aber als er die warnend zustimmenden Blicke der anderen auffing, antwortete er: „Das ist eine vernünftige Idee. Aber bedenke, dass ich ebenfalls sehr interessiert an der Erforschung bin."

Darauf gelang Jürgen Graf keine Entgegnung, denn die Hunde sprangen bellend unter dem Tisch hervor und rannten zum Eingang. Erst jetzt bemerkten auch die Menschen, dass sich von dort mit leisem Motorengeräusch ein silbergrünes Auto heranschlich.

„Ein Renault Laguna Coupé", sagte Marie erstaunt. Keiner hätte ihr diese Kenntnis zugetraut. „Wer sitzt denn da hinterm Steuer?"

Diese Frage wurde nicht unmittelbar geklärt, als sich eine hochgewachsene Blondine mit modischer Frisur aus dem flachen Fahrzeug schlängelte. Sie sagte einige ruhige Worte zu den drei Hunden, von denen sie empfangen wurde und die sich daraufhin wie durch Zauberei artig verhielten. Im ersten Moment konnte niemand etwas mit dieser Person anfangen, bis auf der anderen Seite des Laguna ein Mann in Bluejeans und farbenfroh gemustertem Hemd ausstieg, in dem alle Eingeweihten unschwer den Hauptkommissar Heinz Schropel erkannten. Mit einer harschen Handbewegung wies er die Hunde von sich und kam dann lächelnd auf den Tisch zu. Dabei fasste er die Blondine, die etwa einen halben Kopf größer war als er, an der Hand.

„Shit!", flüsterte Rita und warf blitzschnell die Kaffeemütze über Ariadne.

„Macht euch keine Umstände!", meinte Heinz Schropel gut gelaunt. „Wir wollten nur einen kurzen Krankenbesuch bei Rita abstatten – weil wir gerade auf der Durchfahrt sind."

Rita erhob sich und umarmte ihn andeutungsweise: „Hallo, Heinz! Möchtet ihr noch ein Halberstädter oder ein Glas Schwarzbier. Du kennst ja hier fast jeden, nur den Herrn Graf noch nicht."

„Oh, Herr Graf!", flötete Schropel. „Sehr angenehm! Hauptkommissar Schropel. Und das ist meine Partnerin Helena vom Umweltdezernat des LKA Magdeburg."

Alle Anwesenden interessierten sich eindeutig mehr für Helena als für den aufgedrehten Kriminalisten. Die Frau hätte die Zwillingsschwester der ARD-Wetterfee Claudia Kleinert sein

können. Ihr üppiger Oberkörper wurde von einer gelben Bluse halbwegs verhüllt, darunter trug sie eine modisch farbige halblange Sommerhose, die ihre braun gebrannten Waden frei ließ. An den Füßen saßen hochhackige gelbe Pumps.

Während Rita mit den beiden sprach, holte Irenäus zwei weitere Gartenstühle heran, und nachdem die allgemeinen Sprüche geklopft waren, wandte sich Schropel auch an ihn: „Na, Herr Moll, diesmal haben Sie uns ja ganz allein ermitteln lassen. Die Fälle haben Sie wohl nicht so interessiert? Gut, die Baumaschinen waren sicherlich nicht das Richtige. Aber der tote Professor? War das nicht ihr Ding?"

„Ach, wissen Sie", sagte Irenäus und reichte dem Hauptkommissar ein Schwarzbier, „man kann sich schließlich nicht um alles kümmern. Der Professor war doch nur eine Randperson …"

„Eine Randperson?", wiederholte Schropel. „Na, Sie machen mir Spaß! Wir werden vielleicht nie rauskriegen, wie er getötet wurde. Es stellt sich dar, als wäre er aus dem Nichts aufgetaucht … Oder was meinst du, Rita?"

„Ach, lass mich damit in Ruhe!“, lachte die Angesprochene. „Ich bin krank geschrieben.“

„Wusstest du“, fuhr Heinz Schropel unbeirrt fort, „ dass zwischen dem LKW-Fahrer, den es erwischt hat, und dieser Wanda Uhland, die du befragt hast, einen engen Zusammenhang gab? Sie hatte es mit diesem Stanko und dem Professor.“

„Vielleicht hat Stanko den Professor aus Eifersucht erschlagen, wegen Wanda Uhland?“, frotzelte Irenäus.

„Sie kennen Wanda Uhland?“, hakte der Hauptkommissar professionell nach.

„Wer kennt die nicht …?“, grinste Irenäus.

„Er gibt ihr schließlich das Alibi für den Todeszeitpunkt des Professors“, ging Rita auf das Spiel ein. „Er tanzte mit ihr im ‘Stadtgespräch’. Ist ein nettes Lokal, müsst ihr mal hingehen!“

„Ich habe eine interne Fahndung nach Wanda Uhland herausgegeben“, erklärte Schropel. „Sie ist aus der Klappsmühle abgehauen. Sie war in der Nacht des Bagger-Diebstahls am Tatort. Und sie ist noch nicht wieder zu Hause aufgetaucht. Irgendetwas läuft bei dieser Frau.

Übrigens, dieser sogenannte Darko war einer der berüchtigsten Diebe und Hehler in dieser Gegend. Er war so schlau, dass wir niemals auf ihn gestoßen sind …“

„Ach, erfreuen wir uns lieber am Frühling“, sinnierte Irenäus und warf einen Blick auf Ritas beherrschtes Gesicht. „Heute ist Walpurgis-Nacht. Diese Wanda Uhland ist zwar eine Hexe, aber in Ihren Fällen trifft sie keine Schuld, Herr Schropel. Die Hauptschuldigen sind alle tot, viel mehr Fakten werden Sie nicht ermitteln …“

„Er hat den Fall doch schon gelöst, Heinz! Er wird es nur nicht zugeben“, lachte Helena mit angenehmer Stimme. „Aber wir sollten es jetzt dabei bewenden lassen. Iss dein Würstchen! Wir müssen weiter. Es ist wirklich sehr schön bei Ihnen, Herr Moll. Vielen Dank!“

Heinz Schropel schwieg tatsächlich von nun an zu diesem Problemkreis. Vielleicht war er doch sensibler als der Schein vorgab. Einige Zeit später hakte der silbergrüne Laguna zurück und entfernte sich. Rita zog die Kaffeemütze von Ariadne. In diesem Moment klingelte das Telefon.

Hastig wollte sich Irenäus erheben, um ins Haus zu eilen. Aber Rita drückte ihn am Arm zurück auf den Stuhl: „Geh nicht ran! Sie ist es.“

Irenäus' Augen flackerten angespannt, als er erwiderte: „Meinst du, ich soll sie im Stich lassen? Sie ist in Not."

„Ja, sie ist in Not", bestätigte Rita, und die grünen Augen fixierten ihn eindringlich. „Wenn du aber jetzt ans Telefon gehst, wirst du für immer in der Falle sitzen."

Irenäus schwieg. Er sah das nicht ganz so und fühlte sich schuldig. Er saß einige Sekunden still. Dann verstummte das Telefon.

„Das war aber eine ziemlich paranormale Vorstellung", sagte nach einigen Augenblicken Jürgen Graf. „Doch auch ich habe es gespürt. Das war Wanda Uhland."

Alle schwiegen nachdenklich, bis der Nürnberger endlich wieder das Wort ergriff: „Ich fahre jetzt heimwärts, zusammen mit Ariadne. In den kommenden Tagen werde ich mich mehrmals melden. Dann bin ich auch wieder hier. Einverstanden, Irenäus?"

Er erhob sich und strich den Schnauzer glatt. Einige Minuten später fuhr der Opel Kapitän vom Hof. Die vier Zurückgebliebenen winkten.

Dann sagte Karl Wabenmond: „Na, hoffentlich geht das gut!"

Ehe einer von ihnen darauf eingehen konnte, erscholl unweit ein dumpfer Schlag. Sie schauten sich beklommen an. Was war das gewesen?

„So beschaulich ist eure Siegesfeier aber nicht!", kicherte

Marie und stand vom Tisch auf. Vom Eingang nahte nun eine schnaufende Person, die sich den Schweiß von der Stirn wischte. Marie ging dem Mann entgegen und stützte grinsend seinen Arm.

„Zapft mir ein Bier!", schimpfte Jürgen Graf und humpelte zum Tisch. „Ich bleibe hier!"

Die anderen lachten befreit auf und folgten seinem Wunsch. Rumorend kippte er den Inhalt des Glases unter seinen Schnauzer: „Diese depperte Artefaktin! Will tatsächlich hier bleiben. Ich kann's nicht fassen …"

„Was ist denn passiert?", fragte Rita.

„Mir ist ein schwarzes Schwein ins Auto gerannt", schimpfte der Historiker und nahm das nächste Geräucherte entgegen. „Das Vieh ist vom Himmel gefallen! Hab's nicht kommen sehen! Na ja, eure Minoische Dame will eben bei Irenäus bleiben. Kannst den Schaden mal bitte aufnehmen, Karl?"

Der Förster lachte laut: „Dann gibt es heute noch Schweineleber! Wer hätte das gedacht? Immer Halberstädter wird eh langweilig."

„Wenn ich es recht verstehe", schmunzelte Irenäus, „wird sich der Hauptsitz des Instituts für Atlantis-Forschung in Zukunft an der Asenstal befinden!? Vielen Dank, Ariadne!"

XX

Etwa zur gleichen Zeit näherte sich Wanda Uhland auf der Europastraße 6 dem Nordkap. Sehr viele Kilometer lagen nicht mehr vor ihr. Sie hatte das Letzte aus ihrem BMW herausgeholt, war fast pausenlos über Berge und durch Täler gekurvt. Je näher sie dem Polarkreis kam, umso kälter wurde es im Freien. Überall lagen noch Schnee- und Eismassen vom letzten Winter und die verkrüppelten Birken und Nadelbäume lagen oftmals darunter begraben.

Wanda fuhr und fuhr, trank Unmengen Kaffee und büchsenweise Redbull. Sie aß nichts und schlief kaum. Nach und nach geriet sie in einen Schwebezustand, in dem ihr Geist nicht mehr richtig zwischen Schein und Wirklichkeit unterscheiden konnte. Das kranke Bein schmerzte vom vielen Treten der Kupplung, selbst die Schmerzmittel halfen nur noch bescheiden.

Im Augenblick stand sie auf einem leeren Parkplatz, der teilweise vom Schnee freigeschoben war. Sie trank eine halbe Büchse Redbull und fasste den Entschluss zu telefonieren. Mit irgendwem wollte sie noch sprechen, bevor das Finale an die Reihe kam. Wollte sie dieses Ende überhaupt? Sie wusste es nicht, sie war völlig überdreht.

Vielleicht sollte sie diesen kleinen smarten Doktor aus der Irrenanstalt anrufen. Doktor Schling! Sie wählte das Klinikum Quedlinburg und ließ sich die Nummer geben.

„Peter Schling!", meldete sich der Arzt.

„Hier ist Wanda!", rief sie euphorisch. „Ich sollte mich bei dir melden!"

„Ja, Wanda!", antwortete er freudig. „Schön, dich zu hören. Wo bist du denn auf einmal geblieben? Wir machen uns Sorgen."

„Braucht ihr nicht!", sagte sie mit cooler Stimme. „Ich musste einfach verreisen, Jetzt stehe ich im Schnee. Es ist wunderschön! Schade, dass du nicht hier bist. Operierst du mein Bein bald?"

„Wann immer du möchtest", lachte er. „Ich muss oft an dich denken, Wanda. Du hast mich stark beeindruckt. Lernen wir uns näher kennen?"

„Ich fand dich auch sehr angenehm", meinte sie mit warmem Tonfall. „Schon möglich, dass wir uns öfter sehen."

„Komm bald wieder her!", rief er aus dem Handy. „Ich muss jetzt gleich aufhören und nach Hause fahren. Ruf mich wieder an!"

„Arbeitet deine Frau auch im Klinikum?", fragte Wanda mit lauernder Angst.

„Nein, beim Landkreis", antwortete er.

„Habt ihr schon Kinder?", erkundigte sie sich und versuchte, nicht zu zittern.

„Ja, drei", sagte Dr. Schling. „Ich zeige sie dir. Es ist …"

Wanda schaltete ab. Der Kontakt war für sie beendet. Die Hand mit dem Handy zitterte stark. Eine Träne lief über das markante Jochbein.

Irenäus! Sollte sie den anrufen? Sie hatte während der Fahrt viel mit ihm gehadert. War er ein Lieber oder ein Dämon? Fast automatisch drückte sie seine Nummer. Es rief und rief.

Enttäuscht legte sie das Handy auf den Nebensitz. Sie hatte das Spiel verloren.

„Fuck it!", fluchte sie voller wütender Traurigkeit und lenkte das Cabrio auf die Europastraße 69.

Vor ihr lag eine tiefe dunkelgraue Wolkenbank. Es begann zu schneien. Große, klebrige Flocken fielen auf ihre Frontscheibe, vermischt mit Regentropfen. Wanda musste langsam fahren. Bald

schlich sie im Licht der Scheinwerfer über eine einsame weiße Piste. Plötzlich sah sie in der Ferne eine dunkle Masse am Straßenrand. Sie konnte nicht ausmachen, um was es sich handelte. Sie fuhr noch langsamer. Erst dann erkannte sie im Schneegeriesel das Leuchten der Warnblinkanlage. Ein liegengebliebener Truck. Neben dem Sattelschlepper nahm sie die Silhouette einer dick vermummten Gestalt war, die eifrig mit den Armen winkte.

Langsam fuhr Wanda daran vorbei. Die Augen des Fahrers blitzten blau unter der Pelzmütze hervor. Sie überlegte, ob sie rechts heranfahren sollte oder weiter …

Zum Nordkap.

Kriminalromane von Christian Amling im dr. ziethen verlag

Die minoische Dame

Ein neuer Fall für Irenäus Moll

ISBN: 978-3-938380-06-3 9,90 Euro

Raubgräber öffnen ein Hünengrab aus der Bronzezeit. Dabei machen sie eine geheimnisvolle Entdekkung und bringen eine Lawine mysteriöser und bedrohlicher Ereignisse ins Rollen.
Eine wunderschöne minoische Statuette, ein Familiengeheimnis, das mit allen Mitteln gewahrt werden soll, Scheintote in einer Gruft auf einem uralten Friedhof bei Quedlinburg ... Die attraktive Lara Fuchs gerät in eine ausweglose Situation und bittet den Privatdetektiv Irenäus Moll um Hilfe.
Doch für den könnte dies den Tod bedeuten ...

Kriminalromane von Christian Amling im dr. ziethen verlag

Odins Fluch

Ein neuer Fall für Irenäus Moll

ISBN: 978-3-938380-46-8, 10,00 Euro

Eine kleine Gruppe Odinisten versucht, in Quedlinburg die germanischen Götterkulte neu zu beleben. Loki, Freya, Hel, Ragnar und ihre Gefährten streifen durch die Straßen dieser Stadt. Ein spektakulärer Einbruch im Domschatz und der Diebstahl einer Bergkristallflasche mit einem Tropfen Milch der Jungfrau Maria sorgen für Aufregung. Auch Irenäus Moll kann sich dem nicht entziehen, denn er wird zum Thor erwählt, und in seinem Haus befindet sich das Diebesgut. Der Privatdetektiv erwacht.

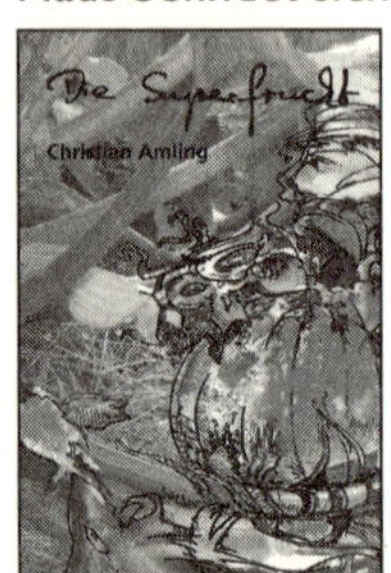

Die Superfrucht

ISBN: 978-3-938380-62-8, 9,90 Euro

Dem etwas weltfremden Professor Jan Takkert und seiner ehrgeizigen Assistentin Olivia Braun gelingt in einem Quedlinburger Forschungsinstitut die Züchtung einer Pflanze mit außergewöhnlichen Eigenschaften. Diese „Superfrucht" erregt Aufsehen und stört die Interessen mächtiger Feinde. Die Professorengattin Annette beginnt derweil eine Romanze mit dem Hüter der Wälder. Doch dann setzen rätselhafte Verbrechen der angenehmen Alltäglichkeit ein jähes Ende. Privatdetektiv Irenäus Moll muss wider Willen diesen gefährlichen und undurchsichtigen Fall lösen.

Der Koffer der Pandora

ISBN: 978-3-938380-81-9, 9,90 Euro

Geheimnisvolle Umweltdaten, ein unbekannter Toter in den Felswänden des Harzes, eine sterbenskranke junge Adlige, ein skrupelloser Waldbesitzer. Gnadenlose Killer, die den Koffer der Pandora in ihren Besitz bringen wollen. Der Quedlinburger Privatdetektiv Irenäus Moll gerät an seine Grenzen, aber es führt kein Weg zurück.